dtv

Von Romantik oder gar Liebe versteht der attraktive Edmund Feathers, Anfang dreißig und angehender Staranwalt der Britischen Krone, leider nichts. Hinter ihm liegt eine harte Kindheit als Waise, seine erste Frau, die er mit siebzehn geheiratet hatte, war eine Hure aus Irland gewesen. Und so erhält Feathers Auserwählte, die muntere Schottin Elizabeth Macintosh, einen förmlich formulierten Heiratsantrag auf feinstem Kanzleipapier. Elizabeth, kurz Betty, weiß, dass ihr mit dieser Ehe eine materiell sorgenfreie, aber leidenschaftslose Zukunft bevorsteht, und sie vermutet richtig, dass ihr freundlicher Ehemann weiter mit seiner Arbeit verheiratet sein wird. Sie kann nicht anders: Sie schwört Feathers lebenslange Treue und wirft sich noch am selben Abend seinem Anwaltskollegen Terry Veneering in die Arme. Veneering ist ein vulgärer Aufschneider, unattraktiv, aber unwiderstehlich. Von der einen Liebesnacht zehrt sie ein ganzes langes Eheleben. Bettys Sicht ist naturgemäß eine ganz andere als die ihres Mannes Feathers in ›Ein untadeliger Mann‹.

Jane Gardam wurde 1928 in North Yorkshire/England geboren. Als einzige Schriftstellerin wurde sie gleich zweimal mit dem Whitbread/Costa Award ausgezeichnet. Mit ›Old Filth‹ (›Ein untadeliger Mann‹) stand sie auf der Shortlist des Orange Prize und mit ›Last Friends‹ auf der Shortlist des Folio Prize 2013. Sie lebt in Kent.

Jane Gardam

Eine treue Frau

Roman

Aus dem Englischen
von Isabel Bogdan

dtv

Bei dtv außerdem erschienen:
Ein untadeliger Mann (14567)

Die Übersetzerin dankt dem Deutschen Übersetzerfonds
für die großzügige Unterstützung ihrer Arbeit.

**Ausführliche Informationen über
unsere Autoren und Bücher
www.dtv.de**

MIX
Papier aus verantwortungsvollen Quellen
FSC® C019821

2017 dtv Verlagsgesellschaft mbH & Co. KG, München
Die Originalausgabe erschien 2009 unter dem Titel
›The Man in the Wooden Hat‹ in London.
Lizenzausgabe mit Genehmigung des Carl Hanser Verlag, München

Umschlaggestaltung: dtv nach einem Entwurf und unter Verwendung
einer Fotografie von Peter-Andreas Hassiepen
Satz: Greiner & Reichel, Köln
Druck und Bindung: Druckerei C.H.Beck, Nördlingen
Gedruckt auf säurefreiem, chlorfrei gebleichtem Papier
Printed in Germany · ISBN 978-3-423-14609-8

Für David

Teil eins:

Ehe

1. Kapitel

Ein ruhmreicher Teil Englands nennt sich *The Donheads.* Die Donheads sind eine Ansammlung von Dörfern, die durch gewundene Landstraßen miteinander verbunden sind und die Namen unterschiedlicher Heiliger tragen. So gibt es Donhead St. Mary, Donhead St. Andrew, Donhead St. James und noch einige mehr, zum Beispiel Donhead St. Ague.

Diese Gemeinschaft von Heiligen ist für Neuankömmlinge bisweilen überraschend, wenn sie nicht religiös sind und die Namen mit den Dorfkirchen in Verbindung bringen. Die alteingesessenen Familien sind streng katholisch geprägt. Einst lebten hier Ritter. Außenstehende kennen die Donheads als »Thomas Hardy Country«, denn so wird die Gegend von den Immobilienmaklern bezeichnet, die die alten Cottages der Armen an reiche Leute verkaufen.

Das ist allerdings nicht ganz korrekt, denn Thomas Hardy hat etwas weiter im Südwesten gelebt. Der einzige Dichter, der die Donheads verbrieftermaßen besucht hat, war Samuel Taylor Coleridge, der hier einen wichtigen Gelehrten traf, aber nur für eine Nacht blieb. Vielleicht wegen der Feuchtigkeit. Das Donhead, das sich Ague nennt, scheint auf keinen Heiligen zurückzugehen, sondern auf einen lokalen Witz aus der Bronzezeit. Jedenfalls ist es das attraktivste dieser Dörfer, das hübscheste und mit Sicherheit das abgeschiedenste, es liegt inmitten meilenweiter, dichter Wälder, und die Feldwege sind üppig von Blumen gesäumt. Die kleinen Bauernhöfe sind verschwunden, ebenso wie die florierenden Dorfgemeinschaften. Die Feldwege sind zu schmal für moderne landwirtschaftliche Maschinen, wie sie anderswo durch offenere Landschaften donnern. An den Wochenenden kommen die Reichen aus London mit dem Wagen voller Vorräte, die sie auf einem Bauernmarkt in der Stadt gekauft haben. Diese Leute haben kaum Freunde an ihren Zweitwohnsitzen; höchstens dann, wenn sie ihrerseits Verbindungen zu den großen Anwesen mit eigenen Parkanlagen haben, in denen es immer noch Butler gibt und die heute meist abwesenden Prominenten gehören. Junge Leute sieht man hier kaum.

Und gerade das macht die Gegend attraktiv für die betuchten Ruheständler, die so klug gewesen waren, sich hier schon vor Jahren Eigentum zu sichern. Ihre Kinder versuchen, nicht darüber nachzudenken, dass die Plagen des Alters kommen und ihre Eltern in Pflegeheime zwingen werden und dass das Finanzamt sich auf die Häuser stürzen wird.

Westlich des Hügels, auf dem Donhead St. Ague liegt, verläuft ein abschüssiger Weg – zu ländlich, als dass man von einer »Zufahrt« sprechen könnte. Er teilt sich fast sofort, ein Teil führt nach links, einer nach rechts, einer hinunter, einer hinauf. Am Ende des linken, nach unten führenden Wegs steht das wunderbar renovierte alte Bauernhaus von Sir Edward Feathers QC (im Ruhestand), der dort seit Jahren in Frieden lebt. Seine Frau Elizabeth – Betty – starb, als sie an einer alten Backsteinmauer Tulpen setzte. Das Haus liegt in einer Senke abseits des Dorfes, mit Blick auf die Kreidefelsen am Horizont und ein uraltes Baumrondell auf einer Anhöhe. Der rechte Weg führt in die andere Richtung steil hinauf und verliert sich zwischen Kiefern. Um die Kurve herum, hoch oben über dem Weg, liegt ein gelblich gekiester Platz, darauf ein Haus aus roten Klinkern. Bis auf eine Sichtbehinderung hat es dieselbe herrliche Aussicht wie Eddie Feathers' Haus weiter unten. Die Sichtbehinderung ist Feathers' großer steinerner Schornstein, der älter wirkt als das restliche Haus und im Reiseführer der Region einen Stern hat. Möglicherweise war das Haus einmal eine Bäckerei. Die Leute in dem hässlichen Haus auf dem Hügel müssen um den Schornstein herumgucken, um den Sonnenuntergang zu sehen.

In dem Rotklinkerhaus leben seit Jahren dieselben Leute aus der Gegend, sie sind diesbezüglich gelassen. Das Haus ist eine Art Altenteil einer Bauernfamilie, die sich nicht unter die anderen Dorfbewohner mischt, und Landwirten ist die Aussicht traditionell gleichgültig. Sie haben sich nie beschwert.

Aber eines Tages sind sie weg. Lastwagen und Autos und »Familienmitglieder« nehmen sie mit und überlassen Eddie Feathers die Aussicht. Er ist ein wenig verschnupft, dass sie sich nicht mal verabschieden, auch wenn er selbst ihnen seit Jahren lediglich zunickt, wenn er sie zufällig auf der Straße sieht. Er fragt sich, wer wohl seine neuen Nachbarn sein werden. Aber nicht sehr intensiv.

Die Dorfbewohner fragen sich das ebenfalls. Jemand hat in der *Country Life* eine Verkaufsanzeige für das scheußliche Haus zu einem erstaunlichen Preis gesehen. Auf dem Foto sah es aus wie ein Märchenschloss mit Türmchen. Und kein Schornstein weit und breit.

Aber eine Zeitlang kommt niemand zur Besichtigung. Ein Londoner Immobilienmakler stellt unten an der Straße ein Schild auf, über das Eddie Feathers sich fürchterlich aufregt, nicht nur, weil es geschmacklos ist, ein Haus in den Donheads *bewerben* zu müssen, vor allem in St. Ague, sondern weil man womöglich glauben könnte, es wäre sein Haus, das zum Verkauf steht.

Wochen und Monate vergehen. Auf der rechten Zufahrt wuchert Unkraut. Jemand sagt, er habe eines frühen Morgens merkwürdige Dinge vorgehen sehen. Ein Zwerg habe in der Einfahrt gestanden. Aber immer noch keine Anzeichen für etwaige neue Bewohner.

»Ein Zwerg?«

»Nun ja, das hat der Zeitungsjunge gesagt. Als er Sir Edwards Zeitung in das Stück Regenrinne gelegt hat. Morgens um sieben. Er ist halt auch nicht mehr ganz taufrisch.« (Der Zeitungsjunge ist siebzig.)

»Es gibt keine Zwerge mehr. Da gibt es heutzutage Mittel und Wege.«

»Es war aber ein Zwerg«, sagte der Zeitungsjunge. »Mit einem großen Hut.«

2. Kapitel

Etwas mehr als ein halbes Jahrhundert zuvor, als auf den Feldwegen der Donheads noch Kühe und Hühner herumliefen, als es noch Schmiede gab und der Dorfladen der Mittelpunkt des Universums war, als die meisten Einwohner – sofern sie im Krieg nicht bei der Armee gedient hatten – noch nie weiter als bis Shaftesbury gekommen waren, stand ein junges englisches Mädchen in einem Zimmer eines zweitklassigen Hotels in Hongkong und presste sich einen Brief ans Gesicht. »Oh«, sagte sie. »Ja.«

»Oh *ja*«, sagte sie zu dem Brief. »Ja, ich denke schon!« Sie strahlte übers ganze Gesicht.

Etwa im selben Augenblick – vom Orient aus betrachtet am Vortag – saß ein ungewöhnliches Paar im glänzenden neuen Flughafen von London (der heute Heathrow hieß) in England (das heute eigenartigerweise United Kingdom hieß) und wartete auf einen Flug nach Hongkong. Einer der Männer, er war beinahe im besten Alter, also gerade Anfang dreißig, war Engländer und sehr groß. Er trug einen etwas altmodischen, maßgeschneiderten Anzug und Schuhe, die er an der Piccadilly gekauft hatte (St. James's Street). Ihm war kaum bewusst, wie distinguiert er wirkte, und hätte er einen Hut getragen, dann hätte man ihn für einen Geist halten können. So hatte man nur das Gefühl, er sei aus der Zeit gefallen.

Sein Begleiter war ein chinesischer Zwerg.

So wurde er jedenfalls in der englischen höheren Anwaltschaft beschrieben. Der große Mann war Anwalt vor höheren Gerichten, Junior im Inner Temple, und man sprach bereits voller Respekt über ihn. Der Zwerg war Anwalt vor niederen Gerichten, hatte sich international schon einen Ruf erworben und war nur theoretisch Chinese. Er selbst sah sich lieber als Hakka. Er wurde mit noch größerem Respekt behandelt als der höhere Anwalt – der natürlich Edward Feathers war und bald unter dem Namen »Old Filth« zu Ruhm kommen sollte (wobei »Filth« das Akronym von »Failed in London Try Hong Kong« ist) – denn er verfügte geradezu über eine Goldmine laufender Zivilprozesse in aller Welt, überall, wo englisches Recht galt. Der Zwerg hatte einen guten Riecher für Gewinner.

Sein Name war Albert Loss. Eigentlich hieß er Albert Ross, aber er hatte Schwierigkeiten, das R auszusprechen, obwohl er sonst akzentfrei Englisch sprach. Das ärgerte ihn, denn »Loss« klang so nach Verlieren, und das war kein gutes Signal seinen Mandanten gegenüber. Er behauptete, er wäre in Eton gewesen, aber selbst Feathers war seine tatsächliche Herkunft schleierhaft. Er bemühte sich nach Kräften, seinen Namen mit dem schottischen Ross-Clan in Verbindung zu bringen, und ließ gelegentlich Anspielungen auf Glamis Castle und die Hirschjagd in den Glens einfließen. Manchmal wurde er scherzhaft »Albatros« genannt, daher auch »Coleridge« oder »Ancient Mariner«, was er gewöhnlich mit einem huldvollen Senken des Kopfes quittierte. Er war unglaublich eitel. Aber er war Eddie Feathers seit dessen siebzehntem Lebensjahr ein großartiger, wenn auch strenger Freund gewesen.

Unterhalb der Taille, jetzt von einem Tisch in der First Class Lounge des Flughafens verdeckt, an dem er saß und eine Patience legte, verjüngte sich Ross' stämmiger Rumpf zu dürren, kurzen Beinen, die in klobigen Füßen in Gesundheitsschuhen endeten. Die Beine ließen auf eine schwierige Geburt und eine kränkliche Kindheit schließen. Niemand fand je heraus, ob da etwas dran war.

Wie ein König oder Prinz trug er keine Uhr. Eddie Feathers hatte ihm während des Krieges im Hafen von Ceylon, als um sie herum Bomben fielen und Ross sich entschlossen hatte, dennoch dort zu bleiben, eine Uhr geschenkt, seinen wertvollsten Besitz. Sie hatte Eddies Vater gehört. Die Uhr war inzwischen natürlich längst verschwunden, wahrscheinlich gegen Lebensmittel eingetauscht, aber sie war nicht vergessen, und sie wurde nie ersetzt.

Auf dem Kopf trug Ross heute wie jeden Tag einen braunen Trilbyhut in Größe 10, ebenfalls von der St. James's Street. Zu Füßen der beiden Männer standen zwei lederne Aktentaschen, in die Eddie Feathers' Initialen in Gold geprägt waren. Unübersehbar Taschen, die mit ihrem Besitzer zusammen alt werden würden, wenn er Queen's Counsel wurde, Richter, Höherer Richter, vielleicht Lord of Appeal in Ordinary, sogar Queen's Remembrancer, möglicherweise Gott.

Feathers würde seinen Erfolg verdienen. Er war ein wirklich guter und freundlicher Mann, fleißig und klug. Er war in Britisch-Malaya aufgewachsen, einsam und von niemandem als dem Personal geliebt, und dann als sogenanntes Raj-Waisenkind in eine (schreckliche) Pflegefamilie in Wales gesteckt worden. Dann war er aufs Internat gegangen und hatte in der Luftschlacht um England Freunde verloren, von denen einer ihm mehr bedeutet hatte als jede Familie und über den er nie sprach. Er war als Evakuierter in den fernen Osten zurückgeschickt worden und hatte auf einem maroden Schiff Ross kennengelernt und ihn gleich wieder verloren. Eddie kehrte krank und ohne einen Penny nach England zurück und saß nach einem freudlosen Jura-Studium in Oxford eines Tages unterbeschäftigt im Korridor einer eiskalten, dickenshaften Kanzlei im Lincoln's Inn (der Inner Temple war komplett zerbombt), als plötzlich wie aus heiterem Himmel Ross vor ihm stand und ihn in Pracht und Herrlichkeit erhob. Ross war inzwischen Anwalt geworden und hatte jede Menge Mandate aus Fernost und einen Sack Märchengold mitgebracht.

Unter seiner Anleitung spezialisierte Eddie sich auf Schadensersatzforderungen wegen Bombenschäden und dann allgemein auf Baurecht. Ross brachte ihn beinahe aus dem Stand so weit, dass er in guten Anzügen rund um die Welt flog und zum Zaren der Bauindustrie (so nannte man ihn heute) wurde. Im Fernen Osten begann der Wolkenkratzerboom.

Und jetzt, in den mageren Attlee-Jahren nach dem Krieg, sprachen seine Kollegen an den Inns of Court beim Walfischsteak über Eddie. Die meisten von ihnen hatten sonst nicht viel zu tun. Rechtsstreitigkeiten waren Anfang der fünfziger Jahre so selten wie Selbstmord im Krieg.

Aber es gab auch keine große Eifersucht. Baurecht ist nicht so glamourös wie Strafverteidigung. Es ist angeblich eher einfach, im Vergleich zu Transport- oder Regulierungsrecht. Tatsächlich ist es sehr nah am Ingenieurswesen, was in England von jeher verpönt ist. Oft wird es als »Abwasser und Kanalisation« bezeichnet. Nannte man ihn deswegen Filth? Nein, mit Schmutz hatte das nichts zu tun. Filth war ein unbedingt liebevoll gemeinter Spitzname. Eddie, oder Filth, sah stets aus, als käme er gerade aus der Dusche eines Fünfsternehotels. Er war untadelig an Leib und Seele. Beinahe jedenfalls. Man konnte gut mit ihm zurechtkommen, aus einer gewissen Entfernung natürlich, wie es in England eben üblich war. Er war nicht eifersüchtig, und er rief keine Eifersucht hervor. Frauen …

Ach, Frauen. Nun ja, Frauen waren von ihm fasziniert.

Er hatte nichts Weichliches. Er war sexuell nicht unattraktiv. Manchmal hatte er so ein Strahlen im Blick. Aber keine kam ihm wirklich nah. Er hatte keine Verpflichtungen, niemand hörte ihn im Schlaf reden, wenn er das leidenschaftliche Malaysisch seiner frühen Kindheit sprach.

Seine Erinnerungen waren so geheimnisvoll und intim wie die anderer Leute auch. Er wusste nur: am fähigsten und am glücklichsten war er unter der fernöstlichen Sonne, beim Prasseln des Monsunregens oder beim Brüllen und Schwappen des warmen Meers an weißem Strand. Die meisten Fälle gewann er im fernen Osten.

Seine einzige Bedrohung war ein anderer englischer Anwalt, ein wenig jünger als er und ein ganz anderer Typ: ein Mann, der keine weitere Sprache außer Englisch sprach, der ein Ingenieursdiplom und irgendein juristisches Examen von einer Art Abendschule in Middlesborough hatte; er war dreist, hässlich, nicht zu bremsen und unerschütterlich gut gelaunt auf eine Weise, die viele Frauen und viele Männer unwiderstehlich fanden. Sein Name war Terry Veneering.

Terry Veneering vertrat die Gegenseite in dem Fall, den Edward Feathers in Hongkong vor sich hatte. Er flog aber mit einem anderen Flugzeug, oder vielleicht war er auch bereits in Hongkong, denn seine Frau war Chinesin. Eddie war inzwischen ganz gut darin, alles über den verabscheuten Widersacher zu verdrängen, und konzentrierte sich stattdessen auf seinen Berater Ross, der ein Kartenspiel von einer Hand in die andere fliegen ließ, die Karten mischte, austeilte, im hohen Bogen durch die Luft schnipste und sie mit der anderen Hand wieder auffing. Ross machte Wind.

»Hör doch mal auf damit«, sagte Filth. »Die Leute gucken schon.«

»Aber nur, weil die das alle nicht können«, sagte Ross. »Das ist eine Gabe!«

»Du hast schon mit Karten herumgespielt, als ich dich das erste Mal gesehen habe. Willst du nicht lieber stricken lernen?«

»In Hongkong braucht kein Mensch Pullover. Such mal die Herzdame.«

»Ich will die Herzdame nicht. Ich will das verdammte Flugzeug, wo bleibt es denn? Stimmt etwas nicht? Sie lassen einen aber auch im Unklaren.«

»Sollte eigentlich alles gut sein, es ist ein ganz neues. Mit großen, quadratischen Fenstern.«

»Großartig. Nur dass es anscheinend nicht funktioniert. Die alten waren letztes Jahr besser. Wie sie so herumtrudelten. Mit losen Schrauben. Und wo noch erst Männer mit Ölkännchen kamen und die Teppiche anhoben. Wir sind immer angekommen!«

»Da ist unser Aufruf«, sagte Ross. Er ließ die Karten auf einen Stapel zusammenschnurren, steckte den Stapel in ein Etui und nahm dann mit einer Taschenspielergeste die beiden Aktentaschen vom Boden auf und marschierte in Richtung der Aufzüge. Von oben sah er aus wie ein gehender Hut.

Filth ging mit weit ausgreifenden Schritten hinter ihm her und trug nur seinen Spazierstock und den *Daily Telegraph*. An der Treppe zum Flugzeug ließ Ross, wie es sich gehörte, dem höheren Anwalt den Vortritt. Filth wurde an Bord mit einer Verbeugung begrüßt und gleich nach links in die erste Klasse geleitet. Ross hinkte in seinen Dr. Scholls hinter ihm her und wurde gebeten, sein Handgepäck abzustellen und seine Sitznummer vorzuzeigen.

Aber es war Ross, der dafür sorgte, dass die Aktentaschen sicher verstaut wurden und dass sie Plätze bekamen, auf denen Filth seine langen Beine unterbringen konnte, denn das Flugzug war halb leer, wie immer, und es war ebenfalls Ross, der dafür sorgte, dass Filths Jackett auf einem Bügel in einen Schrank gehängt wurde, Ross der sich weigerte, seinen Hut abzusetzen, und der verlangte, dass der kostenlose Champagner sogleich wieder aufgefüllt wurde.

Sie lehnten sich zurück und sahen England unter sich verschwinden, dann folgte der köstliche Sprung durch die grauen Wolken in den strahlenden Sonnenschein und den blauen Himmel.

»Der Champagner ist aber zweitklassig«, sagte Ross. »In Puerto Rico gab es besseren.«

»Es wird ein gutes Abendessen geben«, sagte Filth. »Und hervorragenden Wein. Was ist eigentlich mit deinem Hut?«

Ross setzte ihn mit beiden Händen ab und legte ihn auf seinen Tisch.

Ein Steward kam herbei. »Soll ich Ihnen den abnehmen, Sir?«

»Nein. Ich behalte ihn bei mir.« Nach einer Weile legte er ihn auf den Boden.

Ein Wägelchen mit glasiertem Lammrücken wurde in die Mitte der Kabine geschoben. Silberbesteck – echtes Silber, bemerkte Ross, nachdem er die Gabel umgedreht und den Stempel gefunden hatte – wurde auf gestärkte Tischdecken gelegt. Mittschiffs erschien ein Tranchiermesser. Dazu wurde Côtes du Rhône gereicht.

»Weißt du noch, die *Breath o'Dunoon*, Albatros?«, sagte Filth. »Weißt du noch, wie du diesen Mehlpudding mit Käfern statt Korinthen gemacht hast?«

Ross brütete vor sich hin. »Ich erinnere mich an den Schiffsingenieur. Er wollte mich im Cribbage fertigmachen. Er wollte mich wirklich fertigmachen. Ich habe ihn geschlagen.«

»Es ist eigentlich ein Wunder, dass wir nicht mit Torpedos beschossen wurden.«

»Ich glaube, das wurden wir schon. Andererseits, ich wurde so oft torpediert ...«

»Danke, danke«, brüllte Filth in Richtung des Lammrückens. Er neigte zum Brüllen, wenn er aufgebracht war; das waren die letzten Überreste des schrecklichen Stotterns aus seiner Kindheit in Wales. »Fang nicht mit den Torpedos an.«

»Zum Beispiel«, sagte Ross, »in der Timorsee. Da war ich schiffbrüchig mit ...«

Aber dann kamen Gemüse und Johannisbeergelee. Sie aßen und meditierten über dies und das, Ross hing mit dem Kinn gerade so über dem Teller. »Du hast sechsunddreißig Bananen gegessen«, sagte er. »Am Strand von Freetown. Du warst ekelhaft.«

»Es waren ganz kleine Bananen. Dieses Lamm ist wundervoll.«

»Das Essen wird nach dem Umsteigen in Delhi noch besser. Dann gibt es wieder Stäbchen und die wahre Cuisine.«

Nachdem die Tischdecken eingesammelt worden waren und sie ihren Kaffee ausgetrunken hatten, dösten sie ein wenig.

Filth sagte, er müsse sich um seine Akten kümmern. »Bleib sitzen, ich kann sie mir selbst holen. Pass du mal auf deinen Hut auf. Was hast du denn da drin, Opium?«

Ross ignorierte ihn.

Heiße Handtücher wurden gebracht, die rosa Bänder um die Akten gelöst, Protokolle ausgebreitet, und Ross schlief ein.

Wie er schnarcht, dachte Filth. Das war schon auf der *Dunoon* so. Er arbeitete mit Füllfederhalter und Notizblock und war schon bald taub, blind und unempfänglich für alles andere. Der Himmel, der sie umschloss, war jetzt schwarz. Die Bergketten unter ihnen waren von kleinen Lichtern gesprenkelt, sie sahen aus wie die Sterne über ihnen. Wenig später wurden die Sitze zu Betten ausgeklappt – nur Filths nicht, er arbeitete weiter – und Decken und warme Socken wurden verteilt. Es war Nacht.

»Brandy, Sir? Ein Schlummertrunk?«

»Warum nicht?«, sagte Filth, schob seine Papiere zusammen, zog seinen Kaschmirpullover aus und einen von Marks & Spencer's an. Ein Steward kam und räumte seine Schuhe beiseite.

Ich war selten so glücklich, dachte Filth, nippte an dem Brandy, schloss die Augen und wartete auf den Schlaf. Ob ich dem Albatros erzählen soll, warum? Nein. Damit warte ich besser bis Delhi.

Andererseits: Warum eigentlich nicht? Ich verdanke ihm so viel. Wahrscheinlich der beste Mensch, dem ich je begegnet bin. Der loyalste. Mein Retter. Ich hatte auch noch andere Retter, aber dieser scheint zu bleiben.

Er betrachtete das seltsame, schlafende Gesicht des Zwergs, und Ross schlug die Augen auf.

»Coleridge?«

Albert Ross wirkte verdattert.

»Coleridge, ich muss dir etwas sagen.«

Sofort flogen die Spielkarten durch die Gegend. Ross fing an zu mischen und auszuteilen.

»Kannst du die verdammten Dinger mal wegtun?«

»Habe ich das richtig verstanden«, sagte Ross und legte die Karten sachte hin, »dass jetzt eine Art Verkündigung kommt?«

»Ja.«

»Dann such lieber die Herzdame«, sagte Ross und verteilte schon wieder Karten.

»Ich habe die Herzdame gefunden, Coleridge. Ich habe sie gefunden.«

Schweigen. Nur das Brummen der Motoren.

Das Schweigen hielt an bis Delhi, den ganzen Zwischenaufenthalt über, als sie in der marmorverkleideten First Class Lounge saßen, als sie im Flughafenshop Tand kauften – Ross kaufte ein Kästchen mit blauen Schmetterlingen – und beim Umsteigen in die Air India. An ihrer Seite schwebten lächelnde, geschminkte Mädchen in Cheongsams. Dann kam der letzte Take-off nach Hongkong.

»So«, sagte Ross. »Dann heiratest du also. Das ist ja wirklich eine Nachricht, aber beruflich unerheblich. Wirst du schon sehen, wenn du das so oft gemacht hast wie ich.«

Filth wirkte beunruhigt. »Davon hast du mir ja nie was erzählt, Albert.«

»Das ist ja auch meine Privatangelegenheit. Wer ist sie?«

»Sie ist in Hongkong, wenn wir ankommen. Sie wartet auf mich. Heute.«

»Chinesin?«

»Nein. Schottin. Aber in Tianjin geboren. Ich habe sie … nun ja, wir treffen uns seit einem Jahr immer mal wieder. Immer, wenn wir im Osten sind. Seit dem ersten Fall, den du mir besorgt hast. In Singapur.«

»Dann ist es meine Schuld?«

»Ja. Natürlich. Zum Glück! Ich hoffe sehr, dass du mein Trauzeuge wirst. Ohne diesen Hut.«

»Wie heißt sie?«

»Elizabeth Macintosh. Betty. Eine Gute. Sehr attraktiv.«

»Eine *Gute*!« Wieder flogen die Karten. »Eine *Gute*?« Er ließ seinen eigenartigen Kopf hin und her pendeln.

»Sie hat noch nicht ja gesagt«, sagte Filth. »Ich habe sie nur gefragt. In einem Brief aus der Kanzlei an ihr Hotel, mit der Aufschrift, man möge ihn bis zu ihrer Ankunft aufbewahren. Sie ist mit einer Freundin zusammen auf der Durchreise. Sie waren in Australien oder so. Irgendwas hat sie dort gearbeitet, keine Ahnung. Scheint geheim zu sein. Sie ist schon immer gerne gereist, ist aber nicht gerade reich. Sie wohnt im Old Colony Hotel.«

»Nie gehört.« Wie von selbst erhoben sich die Karten zu einem flüssig wirkenden Kreis und fielen wieder zusammen.

»Bitte, Albert, vielleicht erwähnen wir es erstmal noch nicht. *Vielleicht* nimmt sie mich. Sie scheint mich zu mögen. Aber gesagt hat sie noch …«

»Das freut mich aber, dass sie dich zu mögen scheint. So läuft das normalerweise.«

»Und ich mag sie auch wirklich gern. Was hast du denn?«

»Dann hast du noch nicht mit ihr geschlafen?«

Ein Steward schaute weg, hörte aber weiterhin zu.

»Nein!«, rief Filth unwillkürlich und laut. »Natürlich nicht. Sie ist eine Dame. Und ich möchte sie heiraten.«

»Wie alt?«

»Habe ich nicht gefragt. Ein junges Mädchen. Also, natürlich kein Kind mehr, sie ist im Krieg groß geworden. In einem japanischen Internierungslager in Shanghai. Hat beide Eltern verloren. Aber sie spricht nicht drüber.«

»Hast du sie je danach gefragt?«

»Ich wollte sie nicht bedrängen.«

»Edward, was weiß sie denn über dich? Was du ihr erzählen solltest? Worüber habt ihr überhaupt geredet? Wird sie bei dir bleiben?«

»Sie kennt sich mit Vögeln und Pflanzen aus. Wie ich. Seit der Prep School. Sie ist lebhaft. Ansteckend fröhlich. Blitzende Augen. Stark. Fast schon muskulös. In ihrer Gegenwart fühle ich mich sicher.« Filth betrachtete das bebende Flugzeug. »Tatsächlich«, sagte er, »würde ich für sie sterben.«

»Ja, ich will«, sagte das Mädchen in dem schäbigen Hotel in einer Gasse, wo die Straßenmusik gegen den Lärm der Mah-Jongg-Spieler auf den Balkonen und Terrassen ankämpfte. Der Deckenventilator eierte und war voller Fliegen. Auf den Betten lagen scharlachrote Satin-Tagesdecken aus den 1920ern mit hässlichen gelben Blumen in Stielstich. Sie hatten offenbar den Krieg überlebt. Die alten, hölzernen Fensterläden klapperten. Es roch nach den verrottenden Lilien im Hof. Betty war allein, ihre Freundin Lizzie war irgendwo unterwegs, Gott sei Dank. Betty hätte es grässlich gefunden, Edwards Brief nicht allein zu lesen. Was für eine schöne Handschrift. Eigentlich schade, dass er das Briefpapier der Kanzlei benutzt hatte. Sie überlegte, wie viele Entwürfe er wohl gemacht hatte. Wie viele Abschriften. Er war mit Abschriften verheiratet. Das hier musste aufbewahrt werden.

Genau das würde sie tun. Sie würde den Brief für alle Zeiten aufbewahren. Ihre Enkelkinder würden ihn einem Museum vermachen, als Erinnerung an die lustigen alten Toten.

Eddie Feathers? Jesses! Er klang schon ein bisschen kurios. (*Könntest Du Dir eine Eheschließung mit mir vorstellen, Elizabeth?*) Nicht gerade Romeo. Eher Mr Knightley, wobei Mr Knightley immer mit einem Fragezeichen versehen war. Um die vierzig und immer allein nach London. Kann mir doch keiner erzählen, dass Emma die Erste war. Ich schweife ab. Eigentlich wünsche ich mir wirklich, Eddie wäre nicht so perfekt. Aber natürlich heirate ich ihn. Es spricht überhaupt nichts dagegen.

Sie küsste den Brief und steckte ihn sich in die Bluse.

Über dem Südchinesischen Meer sagte Ross: »Weißt du irgendetwas über dieses Mädchen? Meinst du, sie weiß irgendetwas über dich, verdammt?«

»Ich würde sagen, ich war ziemlich direkt.«

»Ach, würdest du? *Würdest* du?«

Das Flugzeug schlingerte seitwärts und hinunter. Dann wieder seitwärts und wieder hinunter. Es neigte die Flügel wie ein Vogel, der sich in der Dunkelheit plötzlich nicht mehr konzentrieren konnte und einschlief. Was, dachte Filth, der Prep-School-Ornithologe, niemals passierte.

»Elizabeth«, sagte er, »erinnert mich an einen Eisvogel. Sie glitzert und schimmert. Oder an ein Glas Wasser.«

»Ach?«

»Ein Glas klares Wasser aus einem schottischen Bach, der durch die Heide fließt.«

»Du lieber Gott.«

»Ja.«

»Hat sie die Heide überhaupt schon mal *gesehen*? In Tianjin geboren? Ist sie schön?«

Filth wirkte schockiert. »Nein, nein! Mein Gott, nein. Überhaupt nicht. Nicht glamourös.«

»Verstehe.«

»Ihr – Wesen – ist schön.« (Das musste der Champagner sein, der zum Frühstück serviert worden war.) »Sie hat eine gute Seele.«

Ross nahm die Karten auf. »Was Frauen angeht, bist du wirklich kein Connaisseur, Edward.«

»Woher willst du das wissen, Coleridge? Auf der *Breath o'Dunoon* haben wir nicht über Frauen gesprochen.«

»Und was war mit der Schlampe in Belfast?«

»Das habe ich dir nie erzählt!«

»Der Shilling auf dem Nachttisch. Du hast von nichts anderem gesprochen, als du wegen der Bananenvergiftung im Delirium warst.«

Der unfehlbare Filth ging kurz in sich.

»Du erzählst Miss Macintosh wohl besser, was dabei rausgekommen ist.«

»Woher weißt du denn, was dabei rausgekommen ist?«

»Ach, ich kenne ein paar Leute.«

»Also. Ich bin geheilt. Das habe ich schriftlich. ›Geschlechtskrankheit‹ haben sie geschrieben. Kleinere Verfehlungen an der Front. Gibt es schon so lange, wie es Soldaten gibt. So lange es Menschen gibt. Meistens heilbar.«

»Du warst nicht an der Front. Du warst mit einer irischen Schlampe in einer Pension in Belfast im Bett.«

»Ich war sechzehn.«

»Ja. Und? Du warst merkwürdig wenig beunruhigt. Ich dagegen mache mir Sorgen um deine …«

»Was?«

»… Fruchtbarkeit.«

»Du lieber Himmel, Ross, ich werde dich verstoßen müssen.«

»Denk mal nach, Eddie. Niemand kennt dich so gut wie ich.«

Unter ihnen ging am Rand des Erdballs die Sonne auf. In der Luft standen meilenhohe Nebelsäulen wie die Vorhänge einer riesigen Bühne. Stewardessen schoben die Blenden von den Fenstern hoch und ließen einen Sonnenstrahl nach dem anderen herein. Konservenmusik wurde gespielt. Chinesische Musik. Ting-tang. Die Schlafenden regten sich, rekelten sich und gähnten, und Edward Feathers lächelte. Er sah hinaus, so kurz vor der Landung und doch noch so hoch oben, und wartete auf den ersten Blick auf die dreihundertfünfundzwanzig Inseln, die Hongkong genannt werden.

Auf einer davon würde Betty Macintosh seinen Brief lesen. Er sah sie lächeln und herumhüpfen. Die Süße. So jung und lieb und gut.

Was hätte sie auf der *Breath o'Dunoon* von ihm gehalten? Jung, gezeichnet, wahnsinnig, schiffbrüchig? Sie war damals noch ein Kind gewesen. Und er ein hagerer, kranker Junge, der gerade erst die Schule abgeschlossen hatte. Mit einem riesigen Adamsapfel. Wobei es ihm an Frauen nie gemangelt hatte.

Isobel.

Heutzutage sahen die Frauen ihn an wie eine Klippe. Ich bin nicht besonders attraktiv, dachte er, aber angeblich habe ich eine Art Goldrand. Aus Geld, vermutlich.

»Da wären wir«, sagte Ross, und unter ihnen lag der Flughafen Kai Tak.

Sie drehten eine Kurve über dem Hafen. Die vertraute Landebahn, die sich übers Wasser erstreckte wie ein Sprungbrett. Während des Krieges war hier jede Woche ein Flugzeug verschwunden. Seit Kriegsende war erst eines ins Hafenbecken gefallen. Aber die Passagiere wurden im Landeanflug immer für einen Augenblick still.

»Also, Edward«, sagte das Mädchen mit den blitzenden Augen an diesem Abend, als die Sonne gleißend im Meer versank. »Eddie, ich will«, und nahm seine Hand. »Ja. Ich will. Danke. Ich will und ich werde.«

Irgendwo auf dem Archipel saß ihre Freundin Lizzie sicher in einer Bar und trank.

Den ganzen Vormittag hatte sie gesagt: »Betty, das kannst du nicht machen. Es wäre ein fürchterlicher Fehler.«

Am Ende sagte sie: »In Ordnung. Ich sag dir mal was: Ich kenne ihn.«

»Das hast du mir ja gar nicht erzählt! Woher? Wieso kennst du Edward?«

»Siehst du diesen Stecknadelkopf hier? Das ist die Welt. Die *Middle Classes.* Der *Empire Club.* In ein paar Jahren ist das alles vorbei, und das ist vermutlich auch besser so.«

»Du kennst Eddie?«

»Ja. Auch im biblischen Sinne. Ich war mal verrückt nach ihm. Verrückt! Er hatte seine Qualitäten. Ich weiß selbst nicht, was es war. Oder wahrscheinlich noch ist. Aber Teddy Feathers vergisst man nicht. Er versteht niemanden, Bets, und ganz bestimmt keine Frauen. Wegen irgendetwas Schrecklichem in seiner Kindheit. Außerhalb des Gerichts kann er sich nicht ausdrücken, und dort ist eine ganz andere Stimme zu hören. Das ist auch so, wenn er schläft. Ich weiß, wovon ich rede. Er spricht Malaysisch. Wusstest du, dass er mal stark gestottert hat? Er ist jedem anderen Menschen ein Rätsel außer diesem Anwaltszwerg, und *der* ist wirklich sonderbar. Bets, du wirst perfekt für ihn sein, während er immer langweiliger wird. Immer aufgeblasener. In Stein gemeißelt. Mit Sicherheit irgendwelche Titel bekommt. Reich wie Krösus wird. Aber es fehlt etwas. Nicht, dass er asexuell wäre; er kann einem großes Vergnügen bereiten. Das war, bevor ich andersrum war.«

»Hast du es ihm erzählt?«

»Um Gottes willen, nein! Er wäre entsetzt. Er macht einem ja sowieso schon immer ein schlechtes Gewissen, er ist so untadelig. Aber irgendetwas fehlt. Womöglich seine Nanny – oh, Betty, tu's nicht!«

Sie sagte: »Lizzy-Izz, du bist eifersüchtig!«

»Wahrscheinlich. Ein bisschen.«

Betty war den ganzen Tag herumgelaufen, hatte die Stadt wieder und wieder durchquert und war zweimal von Hongkong auf die Kowloon-Seite und wieder zurück gewechselt. Es war Sonntag, und sie war in die St. John's Cathedral gegangen und hatte die Kommunion empfangen. Sie war schockiert, dass der chinesische Priester vom Kantonesischen ins Englische wechselte, als er ihr das Brot reichte. Sie vergaß immer, dass sie keine Chinesin war. Danach ging sie zum Flughafen Kai Tak. Flugzeuge starteten und landeten. Sie hatte keine Ahnung, wann Eddie landen würde. Die Flugzeuge dröhnten über die Papierhäuser der Armen hinweg. Angeblich waren die Menschen dort taub.

Sie nahm den Lärm gar nicht wahr, streifte durch die verschmutzten Straßen und kam an ein ramponiertes Gebäude, vier Stockwerke hoch, auf jeder einzelnen Stufe lag Müll. Sie stieg hinauf und immer weiter hinauf, aus jeder Tür und von jeder Galerie ertönte ein Lärm wie zur Fütterungszeit im Zoo. Der Chor ihrer Kindheit, an den sie sich so gern erinnerte, der umwerfende Geruch nach Essen und Küchenabfällen. Sie stieg über Kisten und Lumpenbündel und Vogelkäfige und Päckchen, die von unbeweglichen, ins Nichts starrenden Menschen bewacht wurden. Auf kleinen Kochern blubberte Reis. Im dritten Stock sangen buddhistische Mönche, es roch nach Lampenöl, Gewürzen und Rauch. Im obersten Stockwerk stand ein antiker englischer Kinderwagen mit der Aufschrift »Silver Cross« und blockierte beinahe die Wohnungstür, an die Betty klopfte. Ihre Freundin Amy öffnete, mit einem blonden, rosigen Kind auf der Hüfte und einem weiteren Kind im Bauch. In einer Hand hielt sie eine Bibel und hatte den Daumen als Lesezeichen hineingesteckt. Sie waren Schulfreundinnen und hatten sich nicht mehr gesehen, seit Amy vor einigen Jahren Missionarin geworden war. Damals war sie Tänzerin gewesen.

Amy sagte: »Oh, hallo, Betty Macintosh. Komm rein. Wir haben gerade Gebetskreis, aber gleich gibt es was zu essen. Bleibst du über Nacht?« Der Flur hinter ihr war voller lärmender Menschen.

In der Wohnung schien es keine Möbel zu geben außer einem Klavier, auf dem eine sehr alte Engländerin in einem Affentempo Kirchenlieder von Moody and Sankey spielte. Kinder unterschiedlichster Nationalitäten saßen im Schneidersitz auf dem Boden und wurden gefüttert. Die alte Dame sang zu ihrer eigenen Begleitung. »Sie ist auch Missionarin«, sagte Amy. »Und sie hat Depressionen. Wir holen sie jeden Tag her, damit sie nicht ins Hafenbecken springt. Sie wohnt in Richtung der New Territories hinter Stacheldraht und mit Wachhunden – sie hat ein paar Antiquitäten – das stinkt da vielleicht!«

Ein Stuhl wurde gefunden. Betty setzte sich und bekam das Baby gereicht, während Amy Reis aus einem schwarzen Topf holen ging. Die alte Dame hörte auf zu spielen und zu singen und fing an zu weinen, und von unten herauf erklangen ebenfalls heulende buddhistische Gesänge. Aus einer Art Wandschrank platzte ein junger Mann, offensichtlich Engländer, und rannte aus der Wohnung, beugte sich über den Harrods-Kinderwagen und brüllte zu den Mönchen hinunter, sie sollten jetzt endlich aufhören. Er versuche hier zu arbeiten. Wenn sie etwas zu essen wollten, das könnten sie haben, aber sie sollten bitte aufhören zu singen und dem lieben Gott mal eine halbe Stunde Pause gönnen. Sein Kantonesisch war sehr gut. Kurz darauf hatten ein paar Mönche in orangefarbenen Gewändern über den Kinderwagen hinweg verhandelt. Sie kamen in die Wohnung, standen lächelnd in einer Reihe und warteten auf Reis.

Amy nahm mit der Kelle in der Hand Betty das Baby ab und setzte es der Depressiven auf den Schoß. Es fing sofort an zu weinen, was dafür sorgte, dass die Depressive damit aufhörte. Amy hatte zwei Teller Reis in der Hand, setzte sich neben Betty auf den Boden und sagte: »Na?«

»Hallo, Amy.«

»Seit wann bist du wieder zu Hause?«

»Zu Hause? Ich habe schon seit Jahren kein Zuhause mehr.«

»Ach, komm schon«, sagte Amy.

»Ich mache Urlaub. Bin auf der Durchreise und lasse mich treiben.«

»Allein?«

»Mit einer Freundin. Lizzie Ingoldby. Erinnerst du dich? Von der Schule, ein bisschen älter als wir. Wo ist Nick?«

»Das war Nick, der gerade die Buddhisten angeschrien hat. Er versucht, eine Predigt über Demut zu schreiben. Er ist ein bisschen durch den Wind. Die verlieben sich hier alle in ihn, und er hasst es, Frauen zu enttäuschen. Übrigens bekommen wir noch ein Baby.«

»Das sehe ich.«

»Das vierte. Und wir sind pleite. Hast du zufällig Geld übrig?«

»Keinen roten Heller. Ich bekomme Geld, wenn ich dreißig bin. Meine Eltern dachten, ich wäre vielleicht flatterhaft. Aber ich bin nur hungrig.«

»Dann werd besser nicht Missionarin. Hunger haben wir nicht, aber wir hätten schon manchmal gern ein bisschen was nebenbei. Nebenjobs sind aber nicht erlaubt. Ein reicher Gönner wäre fein.«

Die alte Dame, eine Mrs Baxter, hatte das Baby mit *Hymns Ancient and Modern* beruhigt und rief: »Das sehe ich auch so! Ich bin ja keine Nonne!« Sie tupfte sich die Augen, und Amy reichte ihr ein sehr kleines Tässchen Reiswein.

»Wir sind praktisch alles, was sie hat«, sagte Amy. »Sie könnte sich die Überfahrt nach England nicht leisten, und selbst wenn, dann kennt sie dort niemanden mehr. Und was für ein Nebeneinkommen hast du, *Elizabeth of the Enigma Variations* und immer Klassenbeste, Star von St. Pauls und St. Annes?«

»Ich glaube – also, ich *glaube* – ich versuche es mit einem Ehemann.«

»Oh, wie großartig! Wer ist es denn?«

»Kennst du nicht. Also, glaube ich jedenfalls. Ich kenne ihn auch nicht besonders gut. Ich bin eigentlich gekommen, um dich zu fragen, ob ich das tun soll. Er kommt heute Abend her. Ich muss mich entscheiden. Keine Lust mehr auf diese Unentschlossenheit. Bis morgen. Oder heute Abend.«

»Was ist er denn? Engländer oder Chinese? Christ oder Agnostiker? Du hast ja Tränen in den Augen.«

»Er ist Engländer. Christ. Nicht so christlich wie ihr, in Vollzeit. Eher so wie ich. Spricht nicht drüber. Ach ja, und er ist schon ziemlich reich. Er wird noch viel reicher werden, er hat ein gutes Händchen dafür. Er ist Anwalt und wird sicher Richter.«

»Ach so, er ist über neunzig. Sabbert er?«

»Nein. Er ist jung. Er ist brillant. Er sieht so gut aus, dass es ihm peinlich ist, die Straße runterzugehen. Er findet, sein Aussehen gehört einem anderen. Er ist sehr, sehr nett, Amy. Und er braucht mich.«

»Aber?«

»Ich weiß nicht.«

»Hast du mit ihm geschlafen?«

»So einer ist er nicht. Ich weiß nicht mal …«

»Ist er noch Jungfrau?«

»Nein. Das nicht. Habe ich gehört. Im Krieg war er mit Queen Mary befreundet.«

»Er hatte eine Affäre mit Queen Mary?«

Sie starrten sich an, und dann johlten und lachten sie und krümmten sich wie zu Schulzeiten.

»Er muss ein wirklich vornehmer Mann sein«, sagte Amy.

»Nein. Nicht in diesem Sinne. Er weiß nie, wer wer ist. Sozialleben interessiert ihn nicht.«

»Und du? Was ist mit dir? Liebst du ihn?«

»Ich weiß nicht. Ich glaube schon. Ich nehme an, das sollte ich, aber ich bin ein bisschen kindisch. Ich will, dass mir jemand den Mond vom Himmel holt, wie so ein Backfisch.«

»Man sollte auch den Mond wollen. Tu's nicht, Bets. Lass dir keine Vierzig-Watt-Birne andrehen, nur weil sie hübsch aussieht. Du bleibst darauf sitzen, wenn sie ausgeht. Du bist so loyal, und dann hockst du am Ende ewig im Dunkeln.«

Mrs Baxter verkündete, Jesus sei das Licht der Welt.

»Das stimmt«, sagte Amy. »Trinken Sie noch einen Schluck Wein.«

»Und nur ihm sollt ihr dienen«, sagte Mrs Baxter.

»Amy, ich muss gehen. Vielleicht ist er schon da. Er kann jeden Moment kommen.«

»Komm bald wieder! Das machst du doch, oder? Bring ihn mit.«

Betty versuchte, sich Edward in seinen polierten Schuhen

in Reismatsch stehend vorzustellen, während die Buddhisten sangen und Mrs Baxter heulte.

»Ich würde gern so leben wie du, Amy.«

»Das sagst du so«, sagte Amy.

3. Kapitel

Und so versank wenige Stunden später das große, rote Sonnen-Jo-Jo im Meer, und Dunkelheit lag über dem Wasser der Bucht. Dann zeigten sich die Lichter, erst die scharfen Lichter unter der erhöht liegenden Hotelterrasse, auf der sie standen, dann die etwas verschwommeneren Lichter der Boote, die an den Pfahlbauten der Fischer sachte aneinanderstießen, dann die Lichter der fahrenden Schiffe, die weiß auf schwarz durch die Bucht zogen, und schließlich die auf der anderen Seite, an den Buchten und Küsten des Archipels entlang; Lichter der Fähren, farbige Lichter unsichtbarer Dörfer, und ganz weit im Süden die gedämpften Lichter des eigentlichen Hongkong.

Edward Feathers und Elizabeth Macintosh standen nebeneinander, sahen hinaus, und eine Trommel begann zu schlagen. Stimmen erhoben sich zu einem Kreischen, wie ein Sonnenuntergangs-Chor wilder Vögel: Kantonesisch und ein halbes Dutzend Dialekte; das Scheppern von Töpfen und Pfannen, ein klappernder Tumult. Blauer Rauch stieg von den Booten auf zur Hotelterrasse, und es roch überwältigend nach gebratenem Fisch. Hinter dem Paar, das da stand und hinaussah, breiteten Kellner Tischdecken aus und dekorierten Untertassen mit Schwimmkerzen und Blumen. Der letzte Sonnenschimmer verschwand, und am Himmel standen hundert Millionen Sterne.

»Edward? Eddie – ja. Danke sehr. Ja. Ich will, und ich werde, aber könntest du bitte etwas sagen?«

Ein paar der älteren Kellner antworteten Elizabeth in langsamem Vorkriegs-Englisch. Inzwischen klang es nach Vergangenheit. Stolz, unerschrocken, kolonial. Aber die junge Frau passte sich dem nicht an. Sie hatte nackte Beine in offenen Sandalen, die Zehennägel waren sauber, aber nicht lackiert. Sie trug ein Baumwollkleid, das sie schon seit Jahren besaß, und hatte nicht mal darüber nachgedacht, sich umzuziehen, bevor sie ihren zukünftigen Gatten traf. Die Zeit im Lager in Shanghai hatte ihren Körper eher konserviert als reifen lassen, und ihre Hockeymannschaft aus der Schulzeit hätte sie immer noch wiedererkannt.

Edward sah auf ihren lockigen Kopf hinunter, der etwa dieselbe Farbe hatte wie seiner. »Kastanienbraun« nannte man das wohl. Rötlich. Unsere Kinder werden rotes Haar haben. Die Chinesen haben Angst vor rotem Haar. Unsere Kinder werden nach England gehen müssen, wenn wir hierbleiben. Falls wir welche bekommen.

Sie sagte: »Edward? Bitte?«

Und dann nahm er sie endlich in den Arm.

»Wir müssen zurück«, sagte er, und auf der Fähre durch den Hafen saßen sie eng beieinander auf einer Lamellenbank, aber ohne sich zu berühren. In ihrer Nähe saß ein teigiger junger Engländer, der von einer Chinesin mit sehnsuchtsvollem Gesicht gestreichelt und angeschmachtet wurde. Sie war plump und blass, sah zu ihm auf, flüsterte ihm Dinge zu und küsste ihn permanent auf den Hals, genau unterm Ohr. Er fasste sich gelegentlich ans Ohr, als säße dort eine Fliege, aber er lächelte. Die Fähre tuckerte und spritzte. Der Engländer wirkte stolz und zufrieden. »Sie kann auch sehr gut kochen«, rief er ihnen zu. »Sie macht hervorragendes Kartoffelpüree. Nicht immer nur Reis!«

Auf der Kowloon-Seite gingen Edward und Elizabeth in dezentem Abstand zueinander zu seinem Hotel, stiegen die Marmorstufen hinauf und traten durch die blitzenden Glastüren. Drinnen, zwischen Marmorsäulen, Lilien und Springbrunnen, hob Edward einen Finger in Richtung der Rezeption, und sein Schlüssel wurde ihm gebracht.

»Heute Abend ist eine Party.«

»Wann? Wessen?«

»Jetzt. Hier. Der Richter von morgen. Das wird eine lange Verhandlung, und er ist ein gutmütiger Kauz, er fängt immer gern mit einer Party an. Beide Seiten werden eingeladen. Chefs, Juniorpartner, Frauen, Freundinnen, Verlobte. Und Kurtisanen als i-Tüpfelchen.«

»Müssen wir da hin?«

»Ja. Ich habe auch keine große Lust dazu, aber wenn es dir nichts ausmacht …«

Sie sah ihm an, wie glücklich er war.

»Kann ich mich noch umziehen?«

»Nein. Es hat sicher schon angefangen. Wir zeigen da nur kurz unser Gesicht. Du bist wunderbar angezogen. Rein zufällig habe ich auch noch etwas, was du tragen kannst. Ich gehe schnell hoch und ziehe mir ein anderes Jackett an, und dann bringe ich es dir mit.«

»Soll ich mit hochkommen?«

Der neue, entspannte, glückliche Edward stockte. »Nein, brauchst du nicht. Ich bin in zehn Minuten wieder da. Ich bestelle dir einen Tee.«

»Was für eine sonderbare Verlobung«, erzählte Betty dem seerosenförmigen Tablett, der flachen Tasse, dem winzigen Stückchen Battenbergkuchen und dem Kressesandwich, das so klein war, dass schon ein Lüftchen vom Springbrunnen her es hätte wegpusten können. Hinter ihr spielte ein Trio Mozart. Zwei Chinesen, ein Japaner, die exzellent und mit Todesverachtung spielten. Ihr fiel ein, dass es in England immer geheißen hatte, kein Asiate könne jemals Mozart spielen. So wie es auch geheißen hatte, es würde niemals japanische Piloten geben können, weil die Japaner hinter dunklen Brillen halb blind seien. Ganz plötzlich fand sie die Menschheit unglaublich idiotisch und musste lachen. So ähnlich muss es Gott doch auch gehen, dachte sie. Ach, ich liebe Hongkong. Ob wir hier leben könnten? Ob Edward das könnte?

Da kam er schon, gewaschen und rasiert, in frischem Hemd und Leinenjackett, aus Richtung der Aufzüge, lächelte wie ein Junge (ich werde den Rest meines Lebens mit diesem Menschen verbringen!) und ließ ihr einen kleinen Stoffbeutel in den Schoß fallen. Sie zog die herrlichste Perlenkette heraus.

»Deine«, sagte er. »Sie ist alt. Habe ich von jemandem bekommen. Als ich siebzehn war. Im Krieg. Gerade noch rechtzeitig. Ein paar Minuten später ist sie gestorben. Sie lag neben mir an Deck, unter einem Rettungsboot. Wir sind durch die irische See heimwärts getorkelt – alle waren krank oder lagen im Sterben. Sie war sehr alt. Eine alte Raj-Jungfer. Backenbärtig und tapfer. Solche gibt es gar nicht mehr. Sie sagte: ›Nimm sie, junger Mann, und schenk sie deinem Schatz.‹«

Sie dachte: So kalt ist er gar nicht. Und dann: Oh, OH, was für herrliche Perlen! Aber sie waren nicht das Wichtigste.

»Es gibt eine Bedingung, Elizabeth.«

»Wegen der Perlen?«

»Aber nein, natürlich nicht. Sie gehören dir, für immer. Du bist mein Schatz. Aber wegen der Hochzeit, unserer Hochzeit …«

»Psst«, machte sie. »Man kann uns hören. Später.«

»Nein. JETZT«, donnerte er, wie es so seine Art war. Mehrere Köpfe wandten sich um. »Diese Hochzeit ist eine große Sache. Ich glaube nicht an Scheidung.«

»Du redest von Scheidung, bevor du mir überhaupt einen Antrag gemacht hast?«

Hinter ihnen erklang der Schlussakkord. *Ah! Bravo! Auf Wiedersehen!* Das Trio stand auf und verbeugte sich.

»Elizabeth, du darfst mich nie verlassen. Das ist die Bedingung. Ich bin mein ganzes Leben lang verlassen worden. Seit ich ein Baby war, wurde ich Leuten weggenommen. Raj-Waise und so weiter. Das ist ja auch nichts Ungewöhnliches. Angeblich soll es das Rückgrat stärken.«

»Das kenne ich alles. Ich bin auch Raj-Waise. Meine Eltern haben darunter gelitten.«

»Unsere gesamte Elterngeneration hat wegen einer Ideologie gelitten. Sie dachten, es wäre gut für uns, nach Hause geschickt zu werden, während sie weiter das Empire regierten. Wir sind alle beschädigt, auch wenn wir ziemlich widerstandsfähig geworden sind. Es hat mich nicht zerstört, aber verdammt unsicher gemacht.«

(»Darf ich Ihnen das Tablett abnehmen, Madam?«)

»Ich werde dich niemals verlassen, Edward.«

»Ich werde nie wieder auf dieses Thema zurückkommen.« Er rang um Worte. »Ich wurde mein ganzes Leben lang weggeschickt. Albert Ross hat mich gerettet. Tut mir leid. Es ist mit mir durchgegangen. Ich bin nicht so gut in Gefühlen.«

»Das, lieber Eddie, erklärt wahrscheinlich auch, warum du mir immer noch keinen Antrag gemacht hast.«

»Ich dachte, ich hätte …«

»Nein. Dein Kanzleibriefpapier hat. Du nicht. Ich möchte es von dir hören. In deinen eigenen Worten. Aus deinem Mund.« (Sie war allerdings glücklich.)

»Heirate mich, Elizabeth. Verlass mich nie. Ich werde dich nie wieder darum bitten. Aber verlass mich nicht. *Nie.*«

»Ich werde dich nicht verlassen, Edward.«

Ein weiterer Kellner wehte vorbei und nahm ihr Tablett mit, und sie rief: »Oh nein!«

Verflixt, dachte sie, ich habe den ganzen Tag nichts gegessen außer dem bisschen Reis bei Amy. Und dann: Ich sollte jetzt nicht an Kuchen denken.

Im Aufzug auf dem Weg zu der Anwaltsparty spielte sie mit den Zehen in ihren offenen Sandalen immer noch mit dem Sand vom Hafen herum und dachte: Dann weiß ich ja jetzt Bescheid. Es wird nicht romantisch werden, aber wer will das schon? Es wird auch nicht leidenschaftlich werden, aber vielleicht ist das auch besser so. Wir werden Kinder haben. Er ist wirklich bemerkenswert, und ich werde ihn innig lieben lernen. Er hat nichts an sich, was nicht liebenswert wäre.

Sie standen jetzt zusammen am Ende des Ganges, auf dem der Richter seine Suite hatte. Sie sahen die offenen Türen in Gold und Weiß. Dahinter brandete gedämpft der Partylärm auf.

Edward sagte: »Lass doch mal die Perlen los. Ich lege sie dir um.« Er nahm die schwere, cremefarbene Kette in beide Hände und hielt sie sich vors Gesicht. »Sie riechen immer noch nach Meer.«

Sie sagte: »So ein Quatsch«, und lachte, und endlich küsste er sie sehr ernst vor den Augen sämtlicher Kellner, die vor der Tür standen. Seine Augen waren voller Tränen.

Ach, der gute Kerl, dachte sie.

4. Kapitel

Der Richter stand gleich hinter der Tür seiner Suite, um die Gäste zu begrüßen, und schwenkte demonstrativ ein Glas Indian Tonic, um allen klarzumachen, dass er morgen früh im Gericht sein würde. Er war ein kluger, geistesabwesender kleiner Mann mit blasser, sommersprossiger Haut wie kalter Porridge. Er war im Fernen Osten geboren, aber seine Haut schien immer noch keinen Umgang damit gefunden zu haben. Seine Frau, Dulcie, deutlich jünger und mit ihm hier, war zerstreut und pummelig und trug Seide mit Paisleymuster. Die Ankunft des aufstrebenden Edward und der unkonventionell wirkenden Frau an seiner Seite schien beiden nicht besonders wichtig zu sein. Der Richter sah sich um.

»Ach ja, Eddie Feathers«, sagte er (er war unter dem Namen Pastry Willy bekannt). »Hervorragend. Gut gelandet. Gute Reise gehabt? Aber ich will Sie nicht mit Beschlag belegen, wir werden ja noch Monate miteinander zu tun haben, auf unterschiedlichen Seiten des Geschehens. Bis wir uns nicht mehr sehen können. Das Gleiche habe ich auch zur Gegenseite gesagt. Sie stehen alle da drüben.«

Von der anderen Seite her erschallte lautes Gelächter, und jemand, der größer wirkte als die anderen, kasperte herum. Er hatte einen flachsblonden Haarschopf.

»Ich weiß nicht mehr, wie gut Sie Veneering kennen?«

»Ganz gut.«

Pastry Willy sah schnell beiseite. Da war doch irgendetwas mit einer gegenseitigen und unerklärlichen Abscheu gewesen.

»Darf ich Ihnen Elizabeth Macintosh vorstellen? Meine zukünftige Frau.«

»Sehr erfreut, sehr erfreut«, sagte der Richter, und seine Frau Dulcie blinzelte angesichts des Baumwollkleids und der Perlenkette.

Elizabeth beugte sich vor und küsste Pastry Willy auf die Wange. »Hallo, Uncle Willy. Ich bin Betty Macintosh.« Und küsste ihn auf die andere Wange.

»Ach du meine Güte! Das ist ja die kleine Betty! Josephs Tochter!«

»Vater lebt nicht mehr«, sagte sie und verschwand in der Menge.

»Aber das ist ja großartig! Großartig, Feathers! Sie hat auf meinem Schoß gesessen, und ich habe ihr Märchen vorgelesen!« Edward eilte hinter ihr her. »In Tianjin!«

»Elizabeth!« Er hatte sie eingeholt. »Du hast Willy geküsst!«

»Wir kennen uns schon, seit ich sieben bin«, sagte sie.

Mitten in der Menschenmenge begann Edward fröhlich mit der Vorstellung nach rechts und links: »Hallo, meine – meine Verlobte.«

Es wurde immer voller, die Gespräche drehten sich um die Londoner Inns of Court und darum, dass zurzeit so viele englische Anwälte in der Kolonie waren. Ein ganzer Schwarm aufgeregter Ehefrauen, die gerade erst angekommen waren, aber schon Zeit gehabt hatten, sich neue Seidenkleider zu kaufen, trieb vorbei, perfekt frisiert und geschminkt. Eine reizende Chinesin in Blassgelb mit großen Ohrhängern lag auf einer Chaiselongue und stellte ihren Ennui zur Schau. In der Ecke des Raumes, in der es am lautesten war, löste sich der Flachsblonde, brüllend vor Lachen, aus seiner Gruppe. Er trug Khakishorts und ein Khakihemd, was vielleicht nicht wirklich exzentrisch wirkte, aber doch wie ein modisches Statement und sehr stilbewusst. »Nein, nicht in die Richtung«, befahl Edward, und der Mann mit dem leuchtenden Haar rief: »Oh Gott! Old Filth!« Dann sah er Elizabeth in Baumwolle und Perlen und blieb stehen.

»Mein Name ist Veneering«, sagte er. »Terry Veneering.« Seine Augen waren leuchtend hellblau.

Elizabeth dachte: Und es ist genau eine Stunde zu spät.

»Komm, ich stelle dich jemandem vor.« Edward lenkte Elizabeth weg. »Du musst meinen Clerk kennenlernen, und – ich sehe Ross noch gar nicht. Ich hoffe, du magst ihn. Ich sag dir – oh, hallo! *Hallo*! Tony, Desmond. Da sind wir wieder alle. Das ist ...«

Aber Elizabeth war verschwunden. Sie hatte durch eine Glastür auf einem luftigen Balkon ein Buffet erspäht. Ihr Urlaubsgeld war in Australien komplett draufgegangen, und in der letzten Woche hatten Lizzie und sie nur noch gebratene Nudeln von einem Marktstand gegessen. Am Ende dieses bescheidenen Feiertags (sie hatte gedacht, er würde mit einem Festmahl bei Sonnenuntergang enden) hatte sie einen Bärenhunger. Mit einer feinen Wahrnehmung, für die sie den Rest ihres Lebens dankbar sein sollte, hatte sie bemerkt, dass Edward kein Abendessen erwähnt hatte. Und sie wusste, dass er nach der Party noch dringend Arbeit für den nächsten Tag zu erledigen haben würde.

Auf dem Balkon war auf weißen Tischdecken ein üppiges Buffet angerichtet, dahinter stand eine Reihe roboterhafter Kellner.

»Ich bin Ihre erste Kundin«, sagte sie. Mit einem Hauch von Missbilligung reichte ihr einer einen Teller, und sie ging allein am Buffet entlang und nahm sich große Mengen Krabben und Hummer mit Mayonnaise. Ach, herrlich!

Sie setzte sich allein an einen leeren Tisch mit einer bis zum Boden reichenden Tischdecke, streckte die sandigen Füße darunter aus und berührte etwas, das quiekte.

Sie legte ihre Stäbchen ordentlich ab, hob eine Ecke der Tischdecke an und sah einen Jungen im Schneidersitz auf dem Marmorboden sitzen und an einem Hummer knabbern. Er hatte chinesisch-schwarzes Haar, das ganz unasiatisch in alle möglichen Richtungen abstand. Und blaue Augen.

»Guten Abend«, sagte Elizabeth. »Isst du immer unter dem Tisch?«

»Manchmal lassen sie mich früher ans Buffet. Wenn mein Vater eine Party macht, habe ich auch immer Hunger.«

»Ich habe auch immer Hunger«, sagte sie. »Aber heute bleibe ich hier oben an der frischen Luft. Wer bist du denn? Ich bin Betty Macintosh.«

»Macintosh? Wie der Regenmantel?« Er leckte sich alle Finger ordentlich ab, dann reichte er ihr die Hand. »Ich bin Harry Veneering. Ich bin Einzelkind. Mein Vater ist ein berühmter Anwalt. Er arbeitet ganz oft hier, aber ich gehe in England zur Schule. Ich fliege heute Abend noch zurück.«

»Ist der Hummer dann so eine gute Idee, was meinst du?«

»Aber ja, danke. Mir wird nie schlecht. Ich kann alles essen. Wie mein Vater! Meine Mutter isst dafür fast gar nichts. Nie.«

»Wo in England gehst du denn zur Schule?«

»In der Nähe von London. Es ist eine Prep School, für Eton natürlich. Mein Vater ist halt berühmt.«

»Ist er der Mann in Shorts?«

»Ja. Er sagt, wenn man erstmal jemand ist, kann man tragen, was man will. Hat ihm mal ein Lord oder Duke gesagt.

Oder ein Premierminister. Mein Dad ist wirklich ein fürchterlicher Snob und sehr, sehr lustig.«

»Und solltest du mit Fremden so über ihn reden?«

»Na klar. Er versteht Spaß. Er ist der reinste Clown! Und ganz schön schlau.«

»Ich glaube, ich habe ihn gesehen. Gelbliches Haar?«

»Ja, schlimm. Ist aber nicht gefärbt! Ich habe die Haare von meiner Mutter geerbt. Sie ist die mit den langen Ohrhängern.«

»Aber die Augen hast du von deinem Vater.«

»Ja.« Er sah sie von der anderen Seite des Tisches aus an, wo er sich jetzt auf das Krabbenfleisch stürzte. »Er kann Hypnose. Deswegen gewinnt er auch jeden Fall.«

»Oh nein«, sagte sie. »Oh nein. Ich werde bald einen anderen Anwalt heiraten, und er gewinnt auch Fälle, und zwar manchmal auch gegen deinen Vater. Und er gibt *nie* so an. Er war auch nicht in Eton. Und ist überhaupt kein Snob, nicht im Geringsten. Wie alt bist du, und warum redest du über Dinge, von denen du nichts verstehst?«

»Ich bin neun. Ich bin klein, aber ich wachse noch. Mein Dad sagt, bei Jungs wachsen zuerst die Füße, und gucken Sie sich mal meine Füße an, die sind riesig. Ich nehme an, Sie heiraten Mr Feathers. Wussten Sie, dass er ›Old Filth‹ genannt wird? Weil er so sauber und so schlau ist. Also, *relativ* schlau.«

»Du brauchst mir über meinen zukünftigen Mann nichts zu erzählen. Das ist frech. Und jetzt komm her und bring die große Serviette mit, ich mache dich sauber. Und denk dran, dass du mit der zukünftigen Mrs Feathers sprichst.«

»›Mrs Feathers‹ klingt wie ein Huhn.« Der Junge kam zu ihr, schloss die Augen und hielt ihr sein seidiges chinesisches Gesicht hin, während sie die Serviette in Wasser tauchte und die Mayonnaise um seinen Mund entfernte. Dann schlug er die blauen Augen auf und sagte: »Ich weiß, ich bin sicher, dass ich Sie schon mal gesehen habe. Ich wollte nicht frech sein. Ich mag Hühner.«

»Nein«, sagte sie, »ich glaube nicht, dass wir uns schon mal gesehen haben.«

»Wenn Sie wieder in England sind«, sagte er, »wollen Sie dann mal zum Sportfest an meiner Schule kommen? Ich bin ziemlich gut. Ich gewinne alles, und es ist nie jemand da und sieht es, weil meine Eltern immer woanders sind. Zum Beispiel hier.«

»Ich würde sie um Erlaubnis bitten müssen.«

»Ach, das wird schon in Ordnung sein. Und der Schule ist das egal. Ich kann ja sagen, Sie sind meine Nanny.«

Sie sah ihn an.

»Was ist denn? Sie sehen genau richtig aus. Wissen Sie, meine Mutter ist angeblich die schönste Frau von Hongkong.«

»Das muss ja ganz schön hart sein«, sagte Elizabeth.

Urplötzlich stand die träge Chinesin von der Chaiselongue hinter ihnen, mit einem Champagnerglas zwischen den Fingerspitzen einer Hand. Mit den Fingerspitzen der anderen hielt sie sich an der Wand fest.

Die Leute strömten jetzt zum Buffet, und die Kellner erwachten zum Leben. Hinter Elsie Veneering stand Veneering. Er betrachtete Elizabeths faltenloses Gesicht, seine Frau Elizabeths unlackierte, sandige Zehennägel.

»Harry«, sagte Elsie, »wir müssen los. Stell mich doch mal deiner Freundin vor.«

»Das ist Miss Macintosh, sie gehört zu Mr Feathers. Sie heiratet ihn. Das ist meine Mutter.«

»*Heiratet*?« Elsies Augen waren schwarz und unbewegt. »Was für eine Enthüllung! Wir hatten alle den Verdacht …

Wie nett, dass Sie sich mit Harry unterhalten haben. Haben Sie Kinder? Enkel?«

»Oh ja«, sagte Elizabeth. »Ich habe siebenundzwanzig Enkelkinder. Und das mit achtundzwanzig Jahren.«

Elsie kam ins Schwimmen, aber Harry lachte und ließ sich auf Elizabeth fallen wie ein Welpe. »Sie kommen doch, oder? An meine Schule? Zum Sportfest?«

»Wenn deine Eltern es erlauben.«

»Es gibt überhaupt kein Sportfest, wenn du dir nicht das Hemd in die Hose steckst und dich fertigmachst. Wir haben noch nicht mal alles gepackt, und um Mitternacht geht dein Flugzeug. Deine Mutter muss sich ein bisschen ausruhen.« Veneerings Stimme war nicht unangenehm. Gut. Vielleicht ein paar Stunden Sprechunterricht?

»Bringst du mich nicht hin? Dad? Du bringst mich doch immer zum Flughafen.« Der Junge, der gewirkt hatte, als könnte er es mit einem ganzen Bataillon aufnehmen, fiel in sich zusammen und weinte wie ein Baby.

»Diesmal kann ich nicht«, sagte Veneering. »Ich muss mich noch auf morgen vorbereiten. Tut mir leid, Chef.«

»Du hättest deine Scheißarbeit ja auch machen können, statt auf diese bescheuerte Party zu gehen.« Der Junge trat nach seinem Vater, schubste alle anderen aus dem Weg und rannte aus der Suite des Richters.

Veneering sah Elizabeth an, und Elsie schwebte davon.

»Er muss lernen, allein zu reisen«, sagte Veneering. »Hunderte von Kindern tun das. Es härtet ab. Und es liegt in den britischen Genen.«

»Was für einen Unsinn Sie da reden«, sagte Elizabeth.

»Sie reisen erster Klasse. Werden bestens umsorgt. Am anderen Ende abgeholt. Wir tun wirklich alles. Das ist nicht mehr wie zu unserer Zeit.«

»Es sind vierzehn Stunden Flug. Mit Zwischenlandungen in Indien und in Rom.«

»Er strotzt vor Selbstbewusstsein. Und er hat das schon öfter gemacht.«

»Wenn Sie jemanden brauchen, der sich mal um ihn kümmert – wir werden wohl zunächst in London leben. Ich würde das gern übernehmen. Bitte.«

»Ich habe gehört, Sie heiraten Old Filth. Das ist die Neuigkeit des Abends. ›Wer ist sie denn, mein Lieber?‹ Filth würde nie zulassen, dass Sie sich um meinen Sohn kümmern. Wir mögen uns nicht besonders. Er hält mich für gewöhnlich. Wann hat er denn sein Stottern so weit in den Griff bekommen, dass er Sie fragen konnte?«

»Ungefähr vor drei Stunden.«

»Muss er Ihr ›Ja‹ erst noch abwägen? Oder denkt er über das Strafmaß nach? Ihnen sehe ich an, dass Sie das tun.«

Sie stand auf. »Sie sind ja genauso vulgär wie Ihr Ruf.« Sie reichte ihm ihren leeren Teller, knüllte die Serviette seines Sohnes darauf, als wäre er ein Kellner, und ging.

5. Kapitel

Was das Abendessen anging, hatte sie recht gehabt. Ein Junior aus seinem Team hatte Edward um eine Unterredung nach der Party gebeten. Es gehe um ein wichtiges Detail des Falls. Edward würde sie selbstverständlich erst zu ihrem Hotel zurück begleiten.

»Sehen wir uns später noch?«

»Man weiß nie, wie lange …«

»Edward, wir sind noch nicht mal einen ganzen Tag verlobt. Hast du nicht mal Zeit für ein Abendessen? Ich habe dich noch gar nichts essen sehen. Wir haben kaum miteinander gesprochen.«

»Kein Hunger. Meine innere Uhr ist noch nicht umgestellt, für mich ist es mitten in der Nacht.« Er nahm ihren Arm und sagte: »Ich wäre sowieso viel zu aufgeregt.«

»Oh! Nun gut. Eddie, komm doch hinterher zu mir. Ins Old C. Nummer 182. Ich bin allein, Lizzie geht aus.«

»Ich will nichts versprechen. Aber am Wochenende haben wir zwei ganze Tage nur für uns. Und dann den Rest unseres Lebens.«

Er setzte sie vor ihrem Hotel ab, in dem Lichter und kreischende Musik pulsierten.

»Also, gute Nacht, zukünftiger Ehemann, der mich nicht mal küsst.«

»Doch nicht hier! Du weißt doch, dass ich dich liebe. Und immer lieben werde. Danke. Bitte bleib für immer am Leben. Und mach, dass ich nicht so ein Langweiler bin. Ich kann nicht anders als arbeiten. Das ist seit der Schulzeit mein Sicherheitsnetz. Um nicht nachdenken zu müssen. Aber jetzt wird alles gut. Für immer. Wir machen lange, lange Flitterwochen, sobald dieser Fall abgeschlossen ist.«

Er küsste sie wie ein Bruder.

Ihr Zimmer war nicht verschlossen, und sie musste vier uniformierte Pagen hinauswerfen, die auf dem Boden und dem Bett herumlagen und in ihren winzigen, flackernden Fernseher starrten. Lizzie musste das *Bitte nicht stören*-Schild falsch herum an die Tür gehängt haben. Sie konnte nicht gut Kantonesisch lesen. Es roch nach Moschus, und Elizabeth öffnete das Fenster und schaltete den Fernseher, das Licht und den Ventilator aus. Warme Hafengerüche strömten herein. Die Wasserrohre unter der Decke dröhnten im Rhythmus der Dusche obendrüber. Sie nahm die Perlenkette ab und legte sie auf einen Stuhl. Dann nahm sie die vergilbte, mit Fettfingern übersäte Frühstückskarte in die Hand und dachte: Nein, ich bestelle morgen früh. Eigentlich brauche ich nur Schlaf.

Gegen Mitternacht wachte sie panisch auf. Fluglärm dröhnte vom Himmel. Harry würde jetzt am Flughafen sein. Nein, er musste schon in der Luft sein, auf seinem Erster-Klasse-Platz. »Um Mitternacht geht dein Flugzeug.« Blieb zu hoffen, dass die Mutter … Sie hatte betrunken gewirkt. Man hätte meinen sollen, dass der Vater seine Unterredung absagt. Sein einziges Kind. Wird Edward für ein Kind berufliche Termine absagen? Sie wusste: nein. Aber ich werde da sein.

Unsere Kinder werden immer mich haben.

Wo ist Lizzie? Sie hat Geheimnisse. Schon immer gehabt. All diese Geheimnisse. Sie dachte an die Codes in Bletchley Park in der milden englischen Landschaft. Wir haben es so leicht genommen. Geheimnisse. Elizabeth schlief im Irrenhauslärm von Kowloon wieder ein. Leer. Jetlag. Immer noch halb in Sydney. Ein Loch in der Luft, *c'est moi*. Ich sollte das alles besser wegstecken können. Entspannter. Ich heirate. Ich bin achtundzwanzig.

Im Traum sagte sie ihren längst verstorbenen, aber immer schemenhaft vorhandenen Eltern, sie sollten sich keine Sorgen machen. Sie lag wieder auf dem vernarbten Boden des Lagers. Der Staub. Plötzlich donnerte die Stimme ihres Vaters: »Wenn du dreißig wirst, bekommst du Geld. Tu nichts Übereiltes.« Sein Brustkorb wölbte sich vor. Seine Nase stach scharf aus dem Schädel heraus. »Ich bin in Sicherheit!«, rief sie. »Es geht mir gut.«

Als sie am Morgen aufwachte, lief neben dem anderen Bett Lizzies Radio. Elizabeth setzte sich verschlafen und verstrubbelt auf und blinzelte zur lang ausgestreckt daliegenden Lizzie hinüber. Das Radio plapperte auf Kantonesisch vor sich hin.

»Lizzie-Izz! Da bist du ja wieder! Wo warst du denn? Ich muss dir was ...«

»Sei mal still. Das sind ja schreckliche Nachrichten.«

»Oh. Was denn?«

»Flugzeugabsturz. Am frühen Morgen. Über dem Mittelmeer. Es ist in zwei Hälften geborsten.«

Elizabeth war schon aus dem Bett und zog sich an. »Welches?«

»Welches was?«

»Flugzeug. Airline. Flugziel.«

»British Airways nach Heathrow. Eine von den neuen Maschinen. Jede Menge Kinder auf dem Heimweg ins Internat. Was machst du denn?«

Elizabeth war bereits angezogen. Sie kümmerte sich nicht um ihre Haare, wusch sich nicht und sah nicht in den Spiegel. Sie tastete nach den Sandalen neben ihrem Bett, rannte ins Bad, und als sie wieder herauskam, zog sie sich im Gehen den Schlüpfer hoch. Die Perlenkette ließ sie auf dem Stuhl liegen. Sie suchte nicht nach ihrer Handtasche. Sie rannte hinaus.

»Ich glaube, sie haben gesagt, es ist von Rom aus gestartet!« Aber Elizabeth hörte nichts mehr.

Sie rannte auf die Straße, zum Kai, durch die hämmernde, rastlose Stadt am Montagmorgen, durch die Mengen von Menschen, die zur Arbeit strömten und sie nicht ansahen, nicht ansprachen, nicht berührten, die nicht stolperten, ebenso wenig wie sie. Sie rannte die Marmorstufen des Peninsula Hotels hinauf, und die Hotelboys in den weißen Uniformen mit den Pillendosen auf dem Kopf öffneten ihr die Glastüren und blinzelten verblüfft, als sie an ihnen vorbeistürmte.

Hinter dem Springbrunnen blieb sie stehen. Das weiße Klavier auf dem Podium war mit einem Tuch abgedeckt, die goldenen Notenständer waren zusammengeklappt. Sie rannte zu den Aufzügen, und andere Gäste wendeten betreten den Blick von ihr ab, zwei makellos gekleidete Männer an der Rezeption sahen demonstrativ beiseite. Irgendwo über ihr im Hotel stand Edward vermutlich gerade auf und dachte an den kommenden Tag im Gericht. Es kam ihr gar nicht in den Sinn, sich nach ihm zu erkundigen.

Sie wusste Veneerings Zimmernummer nicht und fragte den Liftboy. »Suite eins«, sagte er, schien aber unsicher, ob er sie dort hinbringen sollte. »Es ist dringend«, sagte sie. »Wegen eines Gerichtsfalls.« Er betrachtete ihr zerzaustes Haar und ihr zerknittertes Kleid.

Aber der Lift fuhr hinauf, die Tür ging auf und sie rannte

auf die Doppeltür von Suite eins zu und läutete. Sie läutete und läutete.

Schließlich wurde die Tür von einer Maid geöffnet – nein, von einer Nanny. Eine der alten Amahs in Schwarz und Weiß mit verhärmtem Gesicht. Hinter ihr stand Terry Veneering. Und neben ihm Harry.

»Wir haben das Flugzeug verpasst!«, rief der Junge. »Ich bin noch hier. Mum ist ohnmächtig geworden, und wir haben es nicht mehr geschafft. Und genau so eins ist im Mittelmeer abgestürzt.« Er fiel Elizabeth um den Hals.

Die Amah verschwand, und Veneering sagte: »Harry, schnell. Geh Bescheid sagen, dass Miss Macintosh Kaffee braucht. Na los. Geh schon.«

Dann trat er einen Schritt vor, ergriff ihre Hände und führte sie ins Zimmer.

»Nein, nein, ich will gar nicht reinkommen«, sagte sie. »Dann ist ja alles in Ordnung. Ich brauche nicht reinzukommen.«

Sein Clownsgesicht wirkte jetzt schmal und blass, seine blauen Augen erschöpft. Seine Hände, mit denen er ihre immer noch festhielt, zitterten. »Ich dachte es auch«, sagte er. »Aber es war nicht sein Flugzeug.«

»Ich muss gehen«, sagte sie. »Edward suchen. Meiner Freundin Bescheid sagen. Isobel. Alles in Ordnung jetzt. Jetzt ist alles gut.«

»Hören Sie erstmal auf zu weinen.«

»Ich muss verrückt geworden sein«, sagte sie.

»Ich schicke Ihnen heute Abend einen Wagen. Sie sind im Old C? Ich schicke Ihnen um halb sieben einen Wagen. So. Und jetzt hören Sie auf. Es geht ihm gut. Es war nicht sein Flieger. Singen Sie das *Te Deum* und *Laudamus*. Elizabeth, es war *ein anderes Flugzeug*.«

»Ja. Ja, ich werde singen. Für immer.«

»Sie haben ihn – seien Sie still, sonst muss ich Sie schütteln – doch nur eine halbe Stunde lang kennengelernt. Er ist meiner, mein Sohn, nicht Ihrer. Sie werden bald einen eigenen haben.«

»Ja. Ich verstehe es ja selbst nicht. Ich bin wohl hysterisch. Ich bin nie, nie … Gott sei Dank. Gott sei Dank, Terry!«

»Halb sieben«, sagte er und schloss die Tür hinter ihr.

6. Kapitel

Sie ging aus. Sie rief Edward nicht an, und sie wartete auch nicht darauf, dass er anrief. Sie erklärte auch Lizzie nichts, die schon wieder verschwunden war. Sie ging in eine kleine Boutique und kaufte sich von ihrem letzten Geld mit der Aufschrift »für Notfälle« ein Kleid.

Die Verkäuferin zitterte vor Kälte, weil der Laden neuerdings eine Klimaanlage hatte, wie im Westen. Sie wirkte krank und missmutig. Elizabeth schob die Seidenkleider auf der Stange herum und stellte fest, dass sie Öl an den Fingerspitzen hatte. Sie zeigte es dem niesenden Mädchen, das sich zunächst leugnend abwandte, aber als Elizabeth auf Kantonesisch sagte: »Machen Sie bitte sofort mit einem Lappen die Stangen sauber«, ging sie ein Tuch holen. In diesem Moment sah Elizabeth ein meergrünes Seidenkleid. Das Kleid ihres Lebens. Sie streckte die öligen Finger aus, damit das Mädchen sie ihr saubermachte, und als sie fertig war, sagte sie: »Das hätte ich gern.« Das Mädchen zuckte mit den Achseln und machte eine Geste, ob Elizabeth es nicht vielleicht anprobieren wolle, und Elizabeth sagte: »Nein, danke, es ist perfekt. Haben Sie passende Schuhe dazu?« Sie zahlte (einen ordentlichen Preis) und ging ins Hotel zurück. Lizzie war immer noch nicht da, und am Telefon blinkte keine Lampe, dass etwa jemand eine Nachricht hinterlassen hätte. Sie stellte die steife Papiertüte auf ihrem Bett ab und ging sich einen Friseur suchen.

Der Friseur machte ein ziemliches Gewese um ihren Kopf.

»Ist es für einen bestimmten Anlass?«

»Ich weiß nicht. Na ja, ich gehe heute Abend aus.«

Der Friseur lächelte und lächelte, aber nicht mit den Augen. Elizabeth konnte sich des Eindrucks einer dezenten Missbilligung nicht erwehren.

»Möchten Sie Farbe?«

»Ich weiß nicht.«

»Hätten Sie es gern etwas *entschlossener* rot?«

»Nein. Nein, überhaupt nicht.« (Was mache ich hier eigentlich?) »Waschen Sie mir einfach die Haare. Dass ich nicht aussehe wie frisch aus dem Flugzeug.«

»Nicht wie frisch aus dem Flugzeug.« Dümmliches Kichern.

Hoch oben an der Wand über den Waschbecken hing, vermutlich seit Jahren unbemerkt, eine Vorkriegsfotografie, die Studioaufnahme einer Engländerin im besten Alter, mit onduliertem Haar, die alternden, manikürten Hände voller Ringe. Sie hatte das Kinn in die Hand gestützt. Ihr Mund war dunkel geschminkt und ihre Fingernägel dunkel lackiert. Ihr Lächeln war gutmütig, aufrichtig und sanft, und in der Ecke hatte sie das Bild signiert und dazugeschrieben: *Ich werde Euch nie vergessen.* Sie war den Bridge-Freundinnen von Elizabeths Mutter im alten Tianjin so ähnlich, dass Elizabeth kurz den Staub ihrer frühen Kindheit roch, der sich auf alles gesetzt hatte, drinnen wie draußen, auf die Frisierspiegel ihrer Mutter, die langen Pergamentrollen an den Wänden, die Teetabletts mit Tassen und Silberlöffeln, die kleinen, grauen Schmetterlingskuchen, die Zigarettenetuis und Zigarrenanzünder und getrockneten Gräser in chinesischen Vasen. Die Erinnerung spülte sofort ein Bild hoch, dann einen Klang, sie hörte das Lachen ihrer Mutter, wenn ihre Amah sie ins Zimmer trug, damit sie für eine halbe Stunde still zu den Füßen ihrer Mutter sitzen konnte, während die vier Damen in ihre Karten starrten und Zigaretten rauchten. Gelegentlich warf ihre Mutter ihr einen Blick zu, um sich zu vergewissern, dass sie ordentlich aussah, und dann lächelte sie zurück. Ihre Mutter trug ein seidenes Teekleid, Seidenstrümpfe, bootsförmige Seidenpantoffeln und einen Diamantring (wo war der eigentlich hingekommen?), der in einem durch die Jalousien fallenden Sonnenstrahl zwischen den tanzenden Staubpartikeln aufglänzte.

»Wer ist denn die Dame?«

Der Friseur sah zu dem Foto auf. »Ach, das wird eine Kundin von vor dem Krieg gewesen sein. Lange her.«

»Können Sie ihren Namen lesen?«

Ein langes Kichern. »Nein, nein! Wir müssen das mal abnehmen. Es ist uralt. Der Rahmen ist total altmodisch. Der Salon wird demnächst renoviert.«

»Sie muss Sie alle sehr gemocht haben. Das ist ein teurer Rahmen. War das die Frau des Gouverneurs?«

Sämtliche Mädchen lachten. Das betretene, klingelnde Lachen.

»Da ist Fliegendreck drauf. Wir müssen es wirklich abnehmen.«

»Sie hat es Ihnen bestimmt geschenkt, bevor Sie nach Hause gereist ist. Vielleicht, als der Krieg ausbrach. Bevor die Japaner kamen.« Wieder lachten sie und beobachteten sie. Sie sah, dass eins der Mädchen Japanerin war. Elizabeths Haar wurde mit einem neumodischen Fön trocken geblasen, der in der Hand lag wie eine Waffe. Die Dame hatte sicher noch eine gute halbe Stunde unter einem Metallhelm gesessen, der in ihren immer roter werdenden Ohren dröhnte, während sie auf dem Schoß Briefe schrieb oder in *Country Life* oder *The Royal Geographical Magazine* oder *John o'London's* blätterte – glücklich und zufrieden mit ihrem warmen, gemächlichen Leben, mit einer rosigen Zukunft und sich der Tatsache gewiss, dass sie und ihr Land bewundert wurden. Sie hatte mit Sicherheit immer Trinkgeld gegeben, ganz dezent natürlich, und zu Weihnachten – aber nicht zum chinesischen Neujahr – war sie mit kleinen Geschenken für alle gekommen, eingepackt in Papier mit Mistelzweigen und Stechpalmen darauf, die keins der Mädchen je gesehen hatte. Kleine *Christmas Puddings* und *Mince Pies*, die unbesehen weggeworfen wurden. Woher weiß ich das alles?

»Sie sieht aus wie meine Mutter.«

»Wir müssen es wirklich mal abnehmen.«

Der Friseur brachte ihr Tee.

Im Old Colony war immer noch keine Nachricht von Edward eingegangen, also musste die Verhandlung wohl an Fahrt aufnehmen. Es ging um Landnahme. Edward vertrat die Architekten, Veneering die Bauunternehmer. Die Bewohner der Dörfer auf dem todgeweihten Land vertraten niemanden, und niemand vertrat sie, mit Ausnahme der legendären Monster und Schlangen, die in der Tiefe lauerten. Es handelte sich um ein Sumpfgebiet, wo sie immer schon durch die Fantasien gegeistert waren und nur darauf warteten, das nächste Opfer zu verschlingen. Der geplante Damm sollte das neue Hongkong mit Wasser versorgen, das erst viele Jahre später, nach der Übergabe, entstehen würde. Die Dorfbewohner kamen nach Anbruch der Dunkelheit heraus und besänftigten die Monster mit Opfergaben und Milch in kleinen Schälchen. Morgens entfernten Ingenieure aus dem Westen die unberührten Gaben. Nichts ging voran.

Elizabeth saß in ihrem muffigen Zimmer, in dem die Betten immer noch nicht gemacht waren, bestellte sich ein Mittagessen, und als es kam, wollte sie es nicht mehr. Sie schlief ein und wachte gegen sechs Uhr wieder auf. Keine telefonischen Nachrichten, kein Wort von Edward oder Lizzie. Sie kämmte sich das glänzende, frische Haar und dachte an die tugendhafte Frau, die aussah wie ihre Mutter. Dann zog sie das meergrüne Kleid an. Es gab eine kleine, dazu passende grüne Handtasche an einem schmalen Riemen. Sie hängte sie sich über die Schulter. Dann schlüpfte sie in ihre neuen Abendschuhe. Helle, seidenbezogene, hochhackige Sandalen. Dann sah sie aus dem Fenster.

(»Ich schicke einen Wagen. Halb sieben.«)

Es war noch so früh am Morgen gewesen, sie noch halb im Schlaf, halb in einem Albtraum. Vielleicht hatte sie sich das alles nur eingebildet.

Erst vor wenigen Stunden war sie entschlossen gewesen, ebenfalls eine tugendhafte Dame zu werden, wie die auf dem Foto. Sie hatte neben ihrem zukünftigen Ehemann gestanden – ihre Eltern wären begeistert gewesen von Edward Feathers – und hatte die Sterne am Himmel betrachtet und daran gedacht, wie sie ihren Kindern eines Tages erzählen würde, wie sie »ja, ich will« gesagt und es auch so gemeint hatte. Sie sah das Gesicht ihrer Mutter vor sich, gefangen in den Gepflogenheiten des Empire und der Diplomatie.

Auf der gegenüberliegenden Straßenseite stand ein Taxi ohne Licht. Sie drehte das Schild an ihrer Tür auf *Bitte nicht stören* in chinesischer Schrift. Sie hinterließ keine Nachricht. Sie nahm den Aufzug nach unten. Sie hatte nur die kleine grüne Handtasche dabei. Darin steckten ihr Pass und ihre letzten Travellerschecks, aber nicht ihr Rückflugticket nach England.

Als sie zu dem dunklen Taxi hinüberging, stieg der Fahrer aus und hielt ihr die Beifahrertür auf. Er sagte »Veneering?«, und sie sagte: »Ja.«

Sie ließen die Lichter und Kais schnell hinter sich und fuhren landeinwärts. Je höher sie kamen, desto spärlicher wurde der Verkehr, desto seltener zeigte sich eine Menschenseele. Sie fuhren in Richtung der New Territories, zwischen ganzen Städten aus unfertigen Wohnblocks und Arbeiterbehausungen, alles lag noch im Dunkeln und wartete auf das neue Zeitalter. Die Straße wand sich hinauf, wurde flacher, dann wieder steiler. Sie verschwand zwischen Bäumen, dann in dichtem Wald.

Wald?

Sie hatte gar nicht gewusst, dass es in Hongkong Wald gab. Wald war etwas für üppigere Landschaften. Sie hatte geglaubt, außerhalb der Stadt wäre alles sandig und kahl. Das Taxi wurde jetzt vollständig von einem schwarzen Wald verschluckt. Der Himmel war nicht mehr zu sehen, und die Straße führte wieder ein wenig bergab. Das Taxi bog in einen unbefestigten Weg ein. Kleine, tanzende Lichter tauchten auf, um sie herum wie eine riesige Entourage, die Schatten hunderter Menschen mit Lampen in den Händen.

Die Schatten hielten nicht still, sie bewegten sich, manchmal kamen sie dicht an die geschlossenen Fenster des Taxis heran. Sie gingen zu zweit oder dritt und sprachen nicht miteinander. Kein einziger Kopf wandte sich um. Sie schienen das Taxi gar nicht zu bemerken, das jetzt recht schnell und still zwischen ihnen hindurchglitt, der Fahrer blendete kein einziges Mal auf oder hupte. Niemand ging ihnen aus dem Weg. Niemand drehte sich zu ihnen um. Über dem Boden schien ein weißer Nebel zu liegen, und es wurde sehr heiß im Taxi.

Das Sonderbare an dem bevölkerten Wald war die Stille.

Rechts und links zwischen den Bäumen, abseits der Straße, leuchtete dann und wann ein helleres Licht auf, dann verschwand es wieder hinter den nächsten Bäumen. Da oben müssen große Häuser sein, dachte sie, die Wochenendhäuser reicher Leute. Sie hatte so etwas vor langer Zeit in Penang gesehen, Geisterpaläste, die den Großteil des Jahres leerstanden, hinter gewaltigen Metallzäunen, und am Tor hing ein Schild mit einem Blitz und der Aufschrift *Lebensgefahr* auf Englisch, Chinesisch und Malaysisch.

Die Schatten schenkten den Häusern zwischen den Bäumen keine Beachtung. Sie schwammen wie ein Schwarm um das Taxi herum. Sie konzentrierten sich auf die Dunkelheit. Sie wurden zu Rauch, waberten um das Auto, und Elizabeth begann, sich zu fürchten.

Ich will zu Edward. Er hat keine Ahnung, wo ich bin. Und ich auch nicht.

Der kleine chinesische Kopf des Fahrers wandte sich nicht um, und er sagte kein Wort, als sie sich vorbeugte, ihm auf die Schulter tippte und ihn auf Kantonesisch anschrie: »Dauert es noch lange? Bitte sagen Sie mir, wo wir sind. In Gottes Namen.«

Statt einer Antwort bog er von der Straße ab, ließ die Schatten hinter sich und fuhr einen steileren Weg hinauf. Nach einer Weile war ein Leuchten zu sehen, scheinbar im Wipfel eines Baumes. Vor diesem Licht beschrieb das Taxi einen Kreis und hielt an.

Das Licht kam aus einem kleinen Holzhaus, das auf Pfählen zu stehen schien. Die Äste der Bäume reichten von allen Seiten dicht heran. Es gab eine Art Leiter mit einem kleinen Tor am Boden, an dem tatsächlich ein Schild mit dem Hochspannungszeichen und der Aufschrift *Lebensgefahr, Zutritt verboten* hing.

Sie sah die Leiter hinauf. Es sah aus, als würde die kleine Holzhütte von den Ästen gehalten. Die Tür war offen, und

Licht fiel die Leiter herunter. Neben dem Taxi stand Veneering. Er öffnete die Tür und nahm ihre Hand. Dann trat er am Fuß der Leiter beiseite und ließ sie vor, und als sie von oben aus zu ihm hinunterschaute, war das Taxi bereits verschwunden.

Ebenso wie die schweigende Menschenmenge und all die Lichter zwischen den Bäumen. Dieses Haus schien weniger ein Haus zu sein als ein organisches Gewächs im Wald, süß duftend, in den Armen der Bäume. Veneering schloss die Tür hinter ihnen und zog ihr das grüne Kleid aus.

7. Kapitel

Am nächsten Morgen hing *Bitte nicht stören* immer noch an der Tür zu Zimmer 182, und die Betten waren immer noch nicht gemacht. Es hatte niemand darin geschlafen. Das Chaos herumfliegender Kleider und Habseligkeiten war unberührt, und es roch nach gestern. Niemand war da. Das Licht am Telefon blinkte immer noch nicht. Unter der Tür war immer noch keine Nachricht durchgeschoben worden. Vielleicht war seit gestern Morgen gar keine Zeit vergangen. Der Friseur, das grüne Kleid, das Taxi, das auf sie gewartet hatte, die seltsame Fahrt, die glorreiche Nacht, die Rückkehr in der Morgendämmerung, wieder mit dem schwarzen Taxi, das wieder unter den Bäumen gewartet hatte, vielleicht alles Einbildung? Eine geträumte Ewigkeit in einem Wimpernschlag.

Aber ich bin keine Jungfrau mehr. Das ist jedenfalls sicher. Das war aber auch Zeit! Oh Edward. Heiliger Edward, wo warst du? Warum warst du das nicht? Sie zog das Kleid aus und stopfte es in den Papierkorb. Sie brachte die tröpfelnde Dusche in Gang und stellte sich darunter, bis sie sich die Stunden dieser glühenden, wundervollen Nacht abgewaschen hatte, bis ihr das Haar platt und braun und rau auf der Haut lag. Wie Eselshaar. Ich bin nicht schön. Aber das fand er wohl doch. Wer war er? Oh! Es *muss* Edward gewesen sein! Ich heirate ihn. Er hasst – sie konnte seinen Namen nicht aussprechen. Ich wurde verhext. Dann dachte sie an die Nacht und stöhnte vor Glück. Nein, du warst es. Nicht Eddie. Eddie hat sich auf die Verhandlung vorbereitet. Er hatte keine Zeit. Aber du hattest Zeit. Derselbe Fall.

Und so würde es immer sein. Sie betrachtete durch das Fenster hinter der Dusche den weißen Rauch, der von der Klimaanlage in den blauen Himmel aufstieg. Seine Arbeit wird immer an erster Stelle stehen. Er wird unterschreiben und unterstreichen und eine Sekretärin beauftragen, Akten abzuholen, bevor er zu mir nach Hause kommt. Und wo ist er jetzt? Und Lizzie? Ich bin allein. Ich kann nicht den ganzen Tag nackt hier herumstehen. Mit meinem neuen, benutzten, glücklichen Körper. Ich sollte wohl mal ein bisschen schlafen. Ich muss vollkommen übermüdet sein, aber ich war noch nie so wach. Ich rufe Amy an.

»Ja?«

Im Hintergrund war lautes Geheul und Geschrei zu hören.

»Ich muss mit dir reden, Amy. Ich muss dir was erzählen. *Bitte*!«

»Dann komme ich sofort. Ich mache die Schulrunde, und dann komme ich zu dir. Was hast du denn?«

»Erzähle ich dir dann. Ich hab nichts. Na, schon … ich habe etwas … getan.«

Weniger als eine halbe Stunde später fuhr Amys Blechbüchsenauto vor dem Old Colony vor und hielt da an, wo am letzten Abend das Taxi gehalten hatte. Und heute Morgen. Elizabeth sah es, zog sich eine Baumwollhose und eine Bluse über und rannte hinaus. Die Alternative wäre das verknautschte karierte Baumwollkleid oder die grüne Seide im Papierkorb gewesen. Sie ließ sich in das klappernde Auto fallen und sagte: »Oh Amy! Gott sei Dank!« Amy hatte keinen Zoll Platz zwischen sich und dem Lenkrad. Das Baby in ihrem Bauch strampelte. Man konnte es sogar strampeln sehen, wenn man etwas von diesen Dingen verstand. Betty hatte aber keine Ahnung und starrte geradeaus.

»Wohin fahren wir denn, Amy? Das ist doch nicht der Weg zu dir.«

»Nein, ich mache heute meine Gesundheitsrunde. Neugeborene. Hausgeburten. Ich sage einfach, du bist meine Assistentin. Du kannst ein Klemmbrett halten. Also, was gibt's?«

»Das kann ich dir nicht sagen. Noch nicht. Ich bin ja gerade erst eingestiegen. Ich war die ganze Nacht weg.«

»Und hast mit Eddie Feathers geschlafen? Das war ja auch Zeit. Finde ich.«

»Nein. Nein. Das würde er nicht tun. Er findet, wenn es etwas Ernstes ist, dann tut man es erst, wenn man verheiratet ist.«

»Das hat er gesagt?«

»Nicht ausdrücklich. Aber er gibt es mir zu verstehen.«

»Nun«, sagte sie. »Das kann man so sehen. Ich finde das auch richtig, übrigens. Und Nick auch. Wir haben uns trotzdem nicht daran gehalten. Mit wem hast du denn dann die Nacht nach deiner Verlobung verbracht? Erzähl schon! So, da sind wir. Steig aus, ich erklär dir, was zu tun ist. Und dann erzählst du mir, was passiert ist.«

Sie standen auf einem betonierten Hof vor einem Gebäude, das aussah wie ein zehnstöckiges Parkhaus. »Nimm das Klemmbrett. Und geh selbstbewusst hinter mir her. Okay? Wir wiegen und messen Säuglinge, die zu Hause geboren wurden. Jede Familie wird uns als Erstes ein Glas Tee anbieten. Wenn es keinen Tee gibt, dann ein Glas Wasser. Wenn es kein Wasser gibt, dann ein leeres Glas. Was auch immer es ist, nimm es an wie ein Glas Champagner. In Ordnung?«

In dem primitiven Gebäude zwischen den schemenhaften

hölzernen Balken musste Elizabeth an die unsichtbaren Menschen im Wald denken. An den Türen verbeugten sich die Leute und streckten ihnen eingewickelte Babys entgegen. Amy wickelte sie aus und legte sie zum Wiegen in eine lederne Hängematte, die an einem Haken hing. Wie Fleisch, dachte Elizabeth. Das Baby wurde untersucht, mit einer Taschenlampe angeleuchtet, abgeklopft und getätschelt, dann gemessen und wieder zurückgegeben. Die Mutter oder Großmutter – das war manchmal nicht so genau zu erkennen – verbeugte sich und bot ihnen ein Glas an. Die Augen der Babys glänzten schwarz und schmal und betrachteten Elizabeth mit dem Wissen Methusalems. Sie schnappte den stolzen Blick einer Mutter auf, lächelte und sagte: »Wunderschön.« Die Mutter stritt das stolz ab.

»Das letzte Baby wird sterben«, sagte Amy, als sie zum Auto zurückkehrten. »Wir fahren jetzt nach Hause, und ich mache dir Frühstück. Und dann will ich von den weltbewegenden Erfahrungen mit deinem Zukünftigen hören.«

»Er war es nicht. Habe ich doch schon gesagt.«

»Wer denn dann?«

»Jemand anderes. Ich hatte ihn gerade erst kennengelernt.«

»Du lieber Himmel! Hier, hilf mir mal.« Sie holte ihre Instrumente aus dem Kofferraum. »Du hast ihn *hier* kennengelernt? In Hongkong?«

»Ja. Ich glaube, es war Hypnose.«

Gewichte, Maßbänder, Flaschen wurden auf Elizabeths Arm gehäuft.

»Quatsch, das war Begierde. Ein natürliches Verlangen. Oder vielleicht auch nur Trotz«, sagte Amy.

»Wie kommst du denn darauf?«

»Weil du gestern gesagt hast, diese Eheschließung macht dir Angst, weil sie bedeutet, dass du niemals Leidenschaft erfahren wirst. Du hast es getan, um dich an etwas zu erinnern, um einmal Leidenschaft erlebt zu haben.«

»Nein, es war Liebe. Ich will mich nicht herausreden. Edward wird es nie erfahren. Es ist Liebe.«

»Elizabeth, was *tust* du da?«

»Ist es so falsch, eine wundervolle Erinnerung zu wollen?«

»Es ist sentimental und obszön. Am Ende wirst du dich dafür selbst nicht mehr leiden können. Kannst du ja jetzt schon nicht.«

»Ich wusste gar nicht, dass du so puritanisch bist, Amy.«

»Dann weißt du es jetzt. Bin ich.«

»In der Schule war das noch anders.«

»Das ist zehn Jahre her.«

»Dann hat Nick dich puritanisiert?«

Amy wälzte sich die Treppe hinauf und versuchte, das ungeborene Baby zu stützen, das ihr von innen gegen die Rippen trat und hinaus in die Welt wollte. Von oben kam das Heulen scheinbar untröstlicher Kinder und das Brüllen eines Mannes.

Ein safrangelber Mönch steckte den Kopf aus der Tür, als sie vorbeigingen, das haarlose, glänzende Gesicht entschlossen und beglückt. Er fragte, ob er mit ihnen essen könne. »Nein«, sagte Amy. »Ich habe zu viel um die Ohren.« Der Mönch zog sich immer noch beglückt zurück.

»Wo zum *Teufel* ...«, rief Nick ihnen durch die offene Tür zu. »Du hast ja ewig gebraucht. Wir werden hier verrückt.«

Mrs Baxter saß im Schaukelstuhl und hielt ein unglückliches Bündel fest. »Ich fürchte, sie ist schon wieder nass.« Eine unberührte Flasche Babynahrung stand neben ihr, allerdings nicht unberührt von Fliegen. »Emily muss aus der Schule geholt werden.«

»Hier ist der Autoschlüssel«, sagte Amy, nahm Mrs Baxter das Baby aus dem knochigen Schoß, ließ die Krankenschwesternausrüstung fallen und nahm Nick ein weiteres Kind aus dem Arm. »Ach, und kannst du Bets auch gleich mitnehmen zum Old Col?«

»Bets?« Nick hielt inne, sah sie an und schaltete auf höflich um. »Tut mir leid, ich glaube, wir kennen uns noch gar nicht. Sind Sie neu hier?«

»Auf der Durchreise.«

»Wir sind zusammen zur Schule gegangen«, sagte Amy.

»Ach. Wie toll! Tut mir leid, dass Sie diese Szenen einer glücklichen Ehe mitbekommen. Ich hab Sie gar nicht recht bemerkt, haha. Sie wollen sicher los.«

»Nein. Ich will gar nicht gehen.« Sie sah Nick mit seinem Plastikkollar an. »Amy, ich weiß nicht, was ich tun soll.«

»Bete, dass du nicht schwanger bist«, sagte Amy, als wären sie allein. »Versuch es überhaupt mal mit Beten. Und ansonsten bleib bei deinem ursprünglichen Plan.«

»Irgendjemand wird es ihm erzählen. Ist doch klar. Du weißt doch, wie Hongkong ist.«

»Ja, wahrscheinlich. Und dann war's das vermutlich. Wobei ... Dein Zukünftiger scheint ja nicht der übliche Spießer zu sein.«

»Worum geht es?«

»Um etwas, Nick«, sagte Mrs Baxter, »das uns vermutlich überhaupt nichts angeht. Ihr macht uns zu Mitwissern, Amy.«

»Ich habe etwas anderes zu tun, als hier herumzustehen und mir den neuesten Tratsch anzuhören. Ich gebe in zwanzig Minuten ein Seminar über Moraltheorie.«

Amy und Elizabeth standen stumm da, und es war (überraschenderweise) Amy, die zu weinen anfing.

»Du bist … ach, du weißt gar nicht, wie sehr ich dich beneide, Bets! Du bist so *unschuldig*. Und bald wird es dir ganz schrecklich gehen. Das alles wird zu einer unangenehmen Erinnerung für dich werden, wenn du Bazare an der Temple Church eröffnest und Lesezirkel für Anwaltsgattinnen organisierst. Du wirst dich in die perfekte hingebungsvolle Gattin des zwanzigsten Jahrhunderts verwandeln und nur dieses eine schmutzige Geheimnis haben. Und du wirst mir nie verzeihen, dass ich es weiß.«

»Ich habe keine Ahnung, was hier vorgeht«, sagte Nick.

»Du und ich, Betty, wir sind die letzte Generation, die das Konzept ehelicher Treue noch ernst nimmt. Wart's nur ab, bis diese Kinder hier … na, wann?, in den sechziger Jahren?, so richtig mit Sex und Sünde loslegen.«

»Woher willst du das wissen?«, fragte Elizabeth.

»Ich weiß es eben.«

»Macht dich das *glücklich*, Amy?«

»Es macht mich gottverdammt *unglücklich*. Krieg ein Kind, Bets, auf eigene Gefahr. Es wird mörderisch wehtun.«

Eins der Kinder verlangte lautstark nach Mittagessen, und Amy begann, mit Töpfen und Pfannen zu klappern.

»Nick – nimm Betty mit. Jetzt. Bets, wir sehen uns vor dem Altar. Richtig?«

Mrs Baxter hob an, »When I survey the wondrous Cross« zu singen, und zog das Baby aus, das sofort die nassen Beine ausstreckte und dankbar einschlief.

8. Kapitel

Als sie ins Old Colony Hotel zurückkehrte, war endlich doch eine Nachricht für Elizabeth Macintosh da. Sie wurde an die Rezeption gerufen, und man überreichte ihr einen offiziell wirkenden Brief. Es war ein Umschlag von Edwards Londoner Kanzlei, der Elizabeth einen Schauder über den Rücken jagte. Ihr Name war getippt. Dann war es wohl vorbei.

Sie nahm den Brief mit nach oben. Das Zimmer war immer noch unberührt, die Betten zerwühlt, aber am Telefon blinkte das rote Licht. Was zuerst? Erst das, wovor man am meisten Angst hat.

Sie öffnete den Brief, und darin stand in Edwards wunderschöner, klarer Schrift: *Ich habe prächtige Neuigkeiten. Ross bringt dich heute Abend zum Feiern ins Old Repulse Bay Hotel. Ich hatte keine Minute – wörtlich keine einzige –, um dich anzurufen oder dir zu schreiben. Du wirst bald verstehen, warum. Ich liebe und vermisse dich, Edward.*

Sie dachte einen Moment über das rote Lämpchen nach, dann rief sie die Rezeption an. Während die Nachricht abgerufen wurde, saß sie mit dem schweren, schwarzen Hörer in der Hand da. Nach einer ganzen Weile und jeder Menge Klicken erklang eine Aufnahme von irgendwoher: *Hier spricht Albert Ross, beratender Anwalt von Mr Edward Feathers QC. Ich habe den Auftrag, heute Abend eine Miss Elizabeth Macintosh abzuholen und sie zum Dinner mit Mr Feathers und seinem Team zu bringen. Um Abendkleidung wird gebeten. Sechs Uhr.*

Was war das denn für ein schwülstiger Esel? Der berühmte dämonische Zwerg Loss? Dann sollen wir uns wohl kennenlernen. Ich werde ihn nicht leiden können. Die spielen doch alle mit mir. Ich bin drauf und dran …

Und dann »um Abendkleidung wird gebeten«! Was soll das denn! Ich habe kein Geld und nichts Sauberes, und Edward muss – sollte – das auch wissen. Als würde er über sowas nachdenken!

Sie ging zum Papierkorb und holte das Kleid heraus.

Nein. Das geht nicht. Das kann ich nie wieder tragen. Es fühlt sich feucht und klamm an. Ich kann es kaum berühren. (Aber sie hielt es sich ans Gesicht.)

Wahrscheinlich könnten sie es mir bügeln. Wäschereiservice? Allein es zu berühren, es anzusehen, treibt mir die Tränen in die Augen. Vor Glück, persönlichem Glück, nicht vor lauter schlechtem Gewissen. Nur ein einziges Mal. Es ist ein heiliges Kleid. Sie drückte das Gesicht hinein und erinnerte sich an Veneerings Hände, seine Haut, sein Haar, seinen Schweiß, als das Kleid längst auf dem Holzboden des eigenartigen Baumhauses lag wie ein Klecks Spinat. Ich werde es nie wieder tragen.

Zeit? Es ist erst zwei Uhr. Ich habe noch mehr als drei Stunden Zeit. Essen? Kein Hunger. Vielleicht versuchen. Zimmerservice. Oder Saté von einem Stand.

Wieder ging sie in ihrem Baumwollkleid durch die ärmeren Straßen, durch Kot und Unrat. Ein Mann ohne Beine saß mit ausgebreiteten Krücken da, öffnete Muscheln und verteilte die Muschelschalen um sich herum. Sie kaufte ein Schweinefleisch-Saté von einem Jungen, der ihr dreist »Saté« ins Ohr schrie. Dann kaufte sie sich warme, weiche Garnelen im Backteig und aß alles auf einmal im Stehen auf. Es roch süß und gut. Über den Ständen hing an einer riesigen Plakatwand ein

Foto von einer jungen Europäerin. Sie war bis zur Taille nackt und roch an einer Rose. Es war unverkennbar Lizzie.

Nein, natürlich nicht. Wie könnte es? Lizzie war eine Intellektuelle. Sie war in Bletchley Park gewesen. Und sie war, oder behauptete das zumindest, lesbisch. Über so etwas dachte man nicht weiter nach. Sie kam und ging immer wieder nach Hongkong. Sie erzählte einem nichts. Es gab Gerüchte, sie hätte etwas mit dem Polizeichef. Sie hatte ein paar schreckliche Menschen gekannt, schon zu Schulzeiten. Aber sie war immer ernsthaft gewesen und hatte hart gearbeitet. Aber nackt bis zur Taille und diese Rose! Sie *roch* an der Rose! *Lizzie*! Nun ja, sie sagt, sie ist pleite. Nein, ich bin nur übermüdet.

Ich bin ganz wundervoll und vollkommen müde, und ich will ihn wieder. Und dann noch einmal. Und für immer. Und zwar nicht Edward.

Sie schlenderte zwischen den Straßenständen umher und leckte sich den Garnelensaft von den Fingern. Sie blickte in kaputte Spiegel, sah Dämonen und Cartoonfiguren. Zwischen den Ständen waren Kinder, die aßen, wo sie gerade waren, sie steckten ihre Stäbchen still in winzige Gerichte mit Schweinefleisch und Fisch. Wie könnte ich je wieder in den Westen gehen? Ich bleibe hier. Mit dem, der mich will. Der eine oder der andere. Irgendeiner.

Das schockierte sie selbst. Sie hatte es genau so gemeint. Sie würde sich dem Mann an den Hals werfen, der sie auch weiterhin über die Märkte ziehen ließ. »Es wird ein schlimmes Ende mit mir nehmen«, sagte sie zu dem Poster. Das Mädchen mit der Rose sah jetzt überhaupt nicht mehr aus wie Lizzie. Es war irgendein amerikanischer Filmstar. Hedy Lamarr. Sie fragte sich, wie viel sie wohl dafür bekommen hatte.

Elizabeth kehrte ins Old Col zurück. Es war halb fünf. Make-up? Von Lizzie borgen. (Gott, sehe ich müde aus.)

Kleid? Grünes Kleid. Ich habe vergessen, es bügeln zu lassen. Es riecht, und es ist mir egal. Ich werde nie, nie wieder so ein herrliches Kleid besitzen. Und niemand wird es je erfahren. Er wird nicht da sein. Nicht bei Edwards Feier mit seinen »prächtigen Neuigkeiten«. Was immer das sein soll.

Als sie sich angezogen hatte, schaute sie – nach kurzem Zögern – aus dem Fenster und sah einen weißen Mercedes draußen stehen, mit abgedunkelten Scheiben und einem so kurzen Nummernschild, dass es beinahe königlich wirkte.

»Da werde ich mich sicher nicht beeilen«, sagte die neue Elizabeth und schlenderte los, das Haar wieder lockig und federnd nach dem Duschen. Ich gehe ganz anders, dachte sie. Angeblich sieht man es ja, wenn jemand keine Jungfrau mehr ist.

Das Auto mit den dunklen Scheiben gab nicht zu erkennen, dass es ihr die Nichtjungfräulichkeit, den federnden Gang oder sonst irgendetwas anmerkte. Als sie daneben stehenblieb, geschah nichts, und sie fühlte sich brüskiert. Falls ein Fahrer darin saß, war er unsichtbar. Und dies war kein Wagen, bei dem man einfach an die Scheibe klopfte oder eigenmächtig eine Tür öffnete. Womöglich ging dann ein Alarm los.

Die Menschen kamen in Scharen von der Arbeit. Der Strom teilte sich um den Mercedes und floss dahinter wieder zusammen. Niemand bemerkte oder beachtete sie. Wie Nick heute morgen in der lauten Wohnung gesagt hatte: »Man wird hier einsam. Es ist nicht so, dass sie uns nicht mögen würden, sie interessieren sich nur nicht für uns. Sie blenden uns einfach aus. Nur gelegentlich machen sie es uns richtig deutlich. Dann sitzt man im Bus, der einzige freie Platz ist neben einem, und im Gang stehen die Chinesen dicht gedrängt, den ganzen Gang runter. Aber es wird sich niemals jemand neben einen setzen. Man ist unsichtbar.«

Elizabeth stand in ihrem grünen Kleid neben dem Wagen und fühlte sich ebenfalls unsichtbar. Sie beschloss, umzukehren. Ich bin ja nun nicht *irgendwer*, dachte sie. Sie würde in ihr Zimmer zurückkehren und warten, bis sie anständig zu Edwards Feier gebracht wurde. Ich bin eine erwachsene Frau.

Trotzdem mache ich mir etwas vor. Ich hatte noch nicht den Mut, mein Kinderverhalten komplett abzulegen. Man würde mich niemals für eine Linguistin, Soziologin, Dechiffrierspezialistin und all das halten, was ich nach der Zeit im Lager gemacht habe. In mir fehlt etwas. Ich bin leer.

Ihr kamen die Tränen. Sie wusste, dass es die Liebe war, die fehlte. Edward fehlte. Sie hatte ihn ganz vergessen. Ihn rücksichtslos zu ihren Erinnerungen gepackt.

»Guten Tag«, sagte jemand hinter ihr, und sie sah hinunter auf einen sehr kleinen, gedrungenen Troll von Mann mit einem braunen Filzhut. Er nahm ihn ab.

»Mein Name ist Albert Loss. Ich kann das R nicht aussprechen. Ich bin beratender Anwalt und nahezu lebenslanger Freund von Mr Edward Feathers QC. Ich habe Anweisung, Sie zum Abendessen mit ihm zur Repulse Bay hinauszufahren.«

Ein weiß uniformierter Fahrer stand nun neben der offenen Autotür. Sie wurde hinter den Fahrer gesetzt, und Ross saß neben ihr auf einem erhöhten Sitz, so dass sie auf Augenhöhe waren. Nach einigen Minuten war die Klimaanlage schön kühl und wurde leise, und der Wagen glitt umsichtig durch die Menge.

»Haben Sie gerade …«, sie wandte sich an Ross, »haben Sie gerade QC gesagt? Edward ist doch viel zu jung, um Queen's Counsel zu werden.«

»Er wurde gerade dazu ernannt. Ich erwähnte es bereits in meiner telefonischen Nachricht.«

»Nein! Ehrlich? Das habe ich gar nicht richtig mitbekommen. Oh, wie wundervoll! Er hat mir nicht mal erzählt, dass er sich beworben hat. Ach, verstehe! *Jetzt* verstehe ich! Das feiern wir.«

»Nicht nur. Er hat noch mehr zu erzählen. Aber das überlasse ich ihm.«

»Oh, das hat er sich wirklich verdient. Ich hoffe, er kann sich so richtig darüber freuen.«

»Er wird es nie zugeben«, sagte Ross, »aber er hat häufig gelächelt.« Er nahm seinen Hut ab, drehte ihn um, öffnete einen kleinen Reißverschluss an der Innenseite und holte ein Kartenspiel heraus. Er schloss den Reißverschluss, ließ den Hut auf den Boden fallen und baute ein kleines Tablett auf. Er begann, eine Patience zu legen.

»Ich spiele auch gern Karten«, sagte sie. »Aber haben wir so viel Zeit? Ich dachte, wir wären fast da.«

»Es ist immer Zeit für Karten und Reflexion. Sie sind ein Aide-Mémoire. Ich bin ein zwanghafter Spieler und verstehe mich enorm gut auf Fakten. Mein Gedächtnis ist eine unfehlbare Maschine. Diese kurze Reise wird noch eine halbe Stunde dauern. Wir nehmen einen kleinen Umweg.«

»Wird Edward sich da nicht wundern? Sorgen machen?«

»Er weiß ja, dass Sie bei mir sind.«

»Aber wo sind wir?« Sie sah hinaus. »Hier fährt man doch mit einem solchen Wagen nicht hin.«

»Er wird es schon überstehen. Ich sehe ein, dass mein Londoner Rolls-Royce angemessener wäre. Darin ist auch das Kartentablett stabiler.«

»Aber es ist grässlich hier. Wohin fahren wir denn?«

Draußen lagen Baugebiete und zerstörte Landschaften. Schmutz und Elend.

»Das ist Ihre Butter und Ihr Brot. Beziehungsweise *unsere*

Butter und unser Brot. Und unser Kaviar. Wir nähern uns den Stauseen, der Quelle der rechtlichen Dispute, die uns alle in den nächsten Jahren ernähren werden. Immer und immer wieder.«

»Aber das ist schrecklich! Das ist ein entweihter Wald. Komplett abgeholzt, alles, meilenweit.«

»Und dann noch viele weitere Meilen. Meilenweit Gestrüpp und Bäume. Das wird auf die Dauer natürlich alles wegmüssen, was traurig ist, weil die Briten so viel mitgebracht haben. Wie die englischen Rosen bei den Raj in Indien, sind die Bäume hier wie Unkraut gewachsen. Es war einmal eine sehr gute Adresse hier oben. Die Engländer hatten hier ihre Wochenendhäuser. Ich habe meines immer noch, zum Vermieten – ah, da sind wir ja wieder zwischen den Bäumen. Aber ich will verkaufen. Nach Einbruch der Dunkelheit ist die Gegend nicht mehr sicher. Die Stauseearbeiter machen den Leuten Angst. Sie treiben sich nach Sonnenuntergang zwischen den Bäumen herum wie Schatten. Da sind wir ja. Meine kleine Investition.« Der Wagen hielt auf einer Lichtung an einer matschigen Stelle, wo eine verfallene Holzhütte in einem Baum zu stecken schien.

»Oh nein«, sagte sie. »Oh nein. Nein!«

Das Schild mit dem Blitz und der Aufschrift *Lebensgefahr* war an seinem Platz am Fuße der Leiter. Der Fahrer hob Ross aus dem Wagen und schloss die Wagentür hinter ihm. Elizabeth sah von drinnen, wie der kleine Mann das Tor aufschloss, sich die Leiter hinaufmühte, die Haustür aufschloss und verschwand. Als er wieder herauskam, hob der Fahrer ihn wieder auf seinen Platz und schloss die Autotüren.

Ross saß auf seinem Thron und schwieg.

»Können wir jetzt fahren? Können wir *bitte* fahren?«, sagte sie. »Bitte, es gefällt mir hier nicht, es ist schrecklich.«

»Ich vermiete es stundenweise«, sagte er. »Tags oder nachts. War eine gute Investition.«

»Das ist widerlich. Unmoralisch. Können wir jetzt bitte zu Edward fahren? Sagen Sie ihm, er soll losfahren. Weiß Edward, dass Sie so etwas besitzen?«

»Natürlich nicht. Als ich es gekauft habe, war es nur für mich. Ein Rückzugsort in meinem schwierigen Leben, wo ich Karten spielen konnte. Aber die Dinge haben sich anders entwickelt. Ich wohne an so vielen Orten. Seitdem vermiete ich es. Sehr diskret. Und jetzt verkaufe ich es.«

»Ja. Bitte. Können wir fahren?«

»Unter einer Bedingung«, sagte der Zwerg. »Dass Sie nie wieder an diesen oder einen ähnlichen Ort denken.«

»Natürlich nicht. *Natürlich* nicht. Mir ist kalt, und ...«

»Und dass Sie Edward nie verlassen.«

»Das weiß er doch. Ich habe ihm gesagt, dass ich ihn nie verlassen werde. Ich schwöre es.«

»Wenn Sie ihn verlassen«, sagte Ross, »mache ich Sie fertig.«

Am Ziel stieg der Fahrer aus, um ihr die Tür zu öffnen, und Ross warf ihr eine grüne Seiden-Handtasche zu.

»Sie haben Ihren Pass vergessen«, sagte er.

9. Kapitel

Sie hörte Gelächter. Fröhliches Rufen. Englisches Gelächter, und auf der anderen Seite der Terrasse sah sie Eddies gesamtes Team Tiger Beer trinken. Es waren sechs oder sieben Männer in Hemden und Shorts, und Edward stand groß in der Mitte, ohne Krawatte, den Kopf zurückgelegt, und brüllte vor Lachen. Das Baumwollkleid wäre genau richtig gewesen.

Edward kam zu ihr herüber, blieb stehen, bevor er sie erreichte, streckte eine Hand nach ihr aus und zog sie um eine Ecke, außer Sichtweite der anderen. Er wirkte jung. Er hielt sie fest. Er nahm ihre beiden Hände und sagte: »Hast du gedacht, ich hätte dich vergessen?«

»Ja.«

»Weißt du, was passiert ist?«

»Ja. Du bist *Silk*. Du bist QC.«

»Nein. Das doch nicht. Hast du schon gehört, dass der Fall abgeschlossen ist?«

»Nein!«

»Es hat sechzehn Stunden gedauert. Sechzehn volle Stunden. Aber wir haben uns außergerichtlich geeinigt. Keine Seite ist zu Bett gegangen. Aber jetzt sind alle glücklich und können nach Hause gehen. Ross macht die Papiere fertig. Die Gegenseite ist schon weg. Veneering ist heute Morgen abgereist, die Luft ist also wieder rein.«

»Eddie – ihr habt alle ein Vermögen verloren. Wie viel war das pro Tag? Tausende?«

»Keine Ahnung«, sagte er. »Und es ist auch egal. Ich habe

die Anwaltsgebühren. Das reicht für die Flitterwochen. Ich habe Ross und die Clerks beauftragt, es einzutreiben, und ihnen gesagt, dass ich keine Arbeit mehr möchte, bis ich wieder in London bin. Zwei Monate, habe ich gesagt. Ross soll alles Fiscal-Smith geben.«

»Wer ist das denn?«

»Ach, der lungert immer überall herum. Nimmt alles und bezahlt nichts. Der mieseste von uns allen. Ein alter Freund.«

Sie setzte sich auf die Brüstung und sah übers Meer. Er hatte ihr nicht eine einzige Frage gestellt. Über ihre eigenen Pläne. Er wusste nicht mal, ob sie eine Arbeitsstelle hatte, zu der sie zurückmusste. Ob sie Geld hatte. Wann ihr Urlaub zu Ende war. Sie versuchte sich zu erinnern, ob er sie überhaupt je irgendetwas über sie gefragt hatte.

»Wir könnten nach Indien fahren«, sagte er. »Möchtest du einen Kaffee? Du hast hoffentlich irgendwo gegessen.« Er und die lärmende Gruppe feiernder Anwälte hatten schon sehr früh zu Abend gegessen. Jetzt wurden letzte Toasts ausgesprochen. Taxis kamen. Verabschiedungen. Mehr Gelächter. Edward und Elizabeth waren wieder allein unter denselben Sternen. Nach einer Weile sagte sie: »Ich würde heute Nacht gern hier im Hotel bleiben, Edward. Es ist schön hier. Und nein, ich habe noch nichts gegessen.«

»Aber wir haben doch Zimmer drüben in Kowloon. Und ist da nicht auch deine Freundin? Sie wird sich doch Sorgen machen. Ich habe auch gar kein frisches Hemd dabei.«

»Ich glaube, sie ist heute abgereist. Wir haben uns nur hier getroffen, wir sind alte Freundinnen. Wir sehen das locker.«

Sie beobachtete ihn.

»Wir müssen die Hochzeit planen.«

»Oh ja«, sagte sie. »Das vergesse ich immer. Das ist wohl meine Aufgabe. Übrigens habe ich überhaupt kein Geld.«

»Ach, ich kümmere mich drum.«

»Jedenfalls nicht, bis ich dreißig bin. Ab dann wird es mir ganz gut gehen.«

Er lächelte sie an, es interessierte ihn gar nicht.

Auf der Fähre sprachen sie kaum. In Kowloon strahlten die Lichter des Peninsula Hotels über den Vorplatz. Das Old Colony lag in einer Nebenstraße und war mit billigen Lichterketten dezenter beleuchtet, man hörte heulende Musik und Gesang.

»Es ist erst neun«, sagte sie. »Dann gute Nacht, wenn du das so willst«, und da schien er endlich zu sich zu kommen.

»Ja. Neun. Alles irgendwie verdreht. Es tut mir leid, komm rein. Komm mit ins Pen, und ich gebe dir ein Essen aus. Wir trinken Champagner. Betty?«

Sie starrte ihn an. »Nein«, sagte sie. »Ich fahre zu Freunden in Kai Tak.«

»Kai Tak! Ist das nicht ein bisschen abseitig?«

»Ja. Das sind meine Freunde auch. Missionare. Scharenweise Kinder. Ganz normale Leute. Sie lieben sich. Sie sind meine Freunde.«

»Elizabeth – was hast du denn? Es bleibt doch dabei, oder?«

Sie saß im Taxi und sagte nach einer Minute: »Ja. Es bleibt dabei. Aber ich brauche Geld fürs Taxi.«

»Soll ich mitkommen?«

»Nein. Ich bleibe über Nacht. Vielleicht auch länger«, und dann war sie weg.

Sie sah ihn da stehen und ihrem Taxi hinterherblicken, dann fuhr der weiße Mercedes des Hotels vorbei, mit dem ganzen Team, das ihm winkte und Richtung Flughafen und nach Hause davonfuhr. Bester Laune.

Er bemerkte seine Leute gar nicht. Er merkte nur, dass er etwas falsch gemacht hatte. Er hatte sich gründlich in die Nesseln gesetzt. Ich wünschte, Coleridge wäre hier. Ich bekomme es nicht hin, gut zu diesem Mädchen zu sein.

Betty ließ sich durch die Gassen von Kai Tak treiben und dachte: Er ist am Boden zerstört. Er sah total verdattert aus. Er ist so unglaublich gut. Gut, gut, gut.

Nun ja, ich werde das wohl durchziehen. Wenn ich dreißig bin, bin ich unabhängig. Ich werde vermutlich viel investieren müssen. Und ich werde verdammt noch mal auch arbeiten. Nur für mich. QC-Gattin hin oder her. Und jetzt habe ich wenigstens eine Vergangenheit. Die kann mir keiner nehmen.

10. Kapitel

Seit dem Abend der Feier im Repulse Bay Hotel und dem Ende der Landnahmeverhandlung und dem schrecklichen Abschied vor dem Peninsula wohnte Elizabeth bei Amy in Kai Tak. Das hatte Amy so befohlen.

»Hast du Platz für mich?«

»Ja. Es gibt ein Feldbett. Und sei mir bloß nicht dankbar, du wirst mit anpacken müssen. Nimm mal das Baby – nein, nicht so. Und jetzt steck ihr die Flasche in den Mund – ja, rein damit. Bis zum Anschlag. Sie erstickt nicht, sie schläft gleich ein, und dann können wir reden, bevor Nick nach Hause kommt.«

Die anderen Kinder schliefen bereits. Mrs Baxter musste irgendwann in ihre Stacheldrahtburg zurückgekehrt sein. Die Buddhisten untendrunter praktizierten Schweigen.

»Also«, sagte Amy. »Hochzeitsdatum?«

»Edward kümmert sich um alles. Die Papiere. Ich nehme an, ich muss irgendwann auch hin und mich ausweisen. Damit er dann nicht doch mit jemand anderem ankommt.«

»Du bist albern.«

»Wahrscheinlich würde es ihm nicht mal auffallen.«

»Jetzt bist du billig. Ehrlich, Elizabeth Macintosh – bleibst du dabei? In der christlichen Kirche ist die Ehe ein Sakrament.«

»Irgendwas sagt mir: ja. Wahrscheinlich mein vernünftiger Teil. Jetzt einen Rückzieher zu machen kommt überhaupt nicht in Frage, aber ich weiß selbst nicht, warum. In hundert Jahren wird die Ehe selbst in der christlichen Kirche verschwunden sein. Bis dahin gibt es Priesterinnen und schwule Priester. Tunten und Bisexuelle.«

»Du bist müde. Du lebst allein. Hat Isobel irgendwas dazugesagt?«

»Sie ist verschwunden. Wie immer. Sie war doch noch nie eine große Hilfe, wenn man Probleme hatte. Sie hat nur geglotzt und einem die Meinung gesagt, wenn es ihr wichtig genug war. Sie hat genug mit ihren eigenen Geheimnissen zu tun, aber die gibt sie nicht preis.«

»Mit irgendjemandem wird sie bestimmt drüber sprechen. Mit einer weisen alten Frau mit einer tiefen, verständnisvollen Stimme. Und Bart.«

Elizabeth lachte. »Kann ich den Sauger jetzt rausziehen? Sie schläft.«

Nick kam herein. Es war sehr spät. Und sehr heiß.

Elizabeth lag auf dem Feldbett neben der Spüle und lauschte dem Geschrei draußen in den brodelnden Straßen, dem gedämpft donnernden Schlaflied der Mah-Jongg-Spieler auf sämtlichen umliegenden Plätzen.

»Ich habe kein Ziel«, sagte sie. »Keine Sicherheit. Ich bin eine Nachkriegs-Wirbellose. Jahr um Jahr spiele ich Mah-Jongg im Kopf und suche nach meiner Berufung im Leben. Ich habe mich für genau das entschieden, was meine Mutter gewollt hätte: einen reichen, zuverlässigen, guten Ehemann und ein angenehmes Leben. All die Dinge, von denen sie im Lager geglaubt hat, sie wären für immer verloren. Unerreichbar für mich, das dürre Kind, das im Sand spielte. Schreie, Schüsse, Schweigen in der Nacht und die Suchscheinwerfer im Stacheldraht. Ich sollte wirklich die letzte Frau der Welt sein, die das alte Ideal der unerschütterlichen englischen Ehefrau wiederauferstehen lassen will. Ich versuche nur, es meiner toten Mutter recht zu machen. Wie immer.« Dann schlief sie ein.

Und wachte auf, weil Mrs Baxter mit Teetassen hantierte und sagte: »Ich habe mich bemüht, Sie nicht zu wecken. Bleiben Sie länger? Wollen wir gemeinsam ein Gebet sprechen?«

Sie und Elizabeth waren allein, bis auf das Baby, um das Mrs Baxter sich nicht weiter kümmerte. Nick, Amy und die anderen waren bereits in der Kolonie unterwegs und halfen in Kindergärten und Krankenhäusern. Von der Straße kam weniger Lärm als in der Nacht, und die Mönche unten schwiegen immer noch. Das Telefon klingelte, und Edward war dran.

»Hab ich dich endlich gefunden. Ist alles in Ordnung?«

»Natürlich. Ich gehe einkaufen.«

»Soll ich mitgehen?« Es klang, als hätte er Angst vor der Antwort.

»Nein. Soll ich kommen und irgendwas unterschreiben?«

»Noch nicht. Ich organisiere alles. Ich plane unsere Hochzeitsreise. Ach ja, Pastry Willy möchte heute mit uns zu Abend essen.«

»Ich kann nicht«, sagte sie. »Tut mir leid. Nächste Woche? Ich muss hier meinen Unterhalt verdienen.«

»Brauchst du Geld?«

»Ich schwimme darin«, sagte sie.

»Hast du unerwartete Ausgaben? Brautkleid? Geschenke für …?«

»Für Geschenke bist du zuständig, Eddie. Als Erstes für Amy. Sie hat es am nötigsten. Und wag es nicht, ihr Geld zu schenken, das legt sie doch nur für die Kinder an. Pass auf – ich bleibe hier. Sie sind meine Familie. Bis zur Hochzeit.«

»Das wird Willys Frau aber nicht gern hören.«

»Trotzdem. Ich möchte direkt aus Kai Tak geheiratet werden, mit den ganzen Flugzeugen über dem Kopf.«

»Kannst du … ich meine. Schatz.« (»Schatz«! Ein Fortschritt?) »Kannst du dich da wenigstens waschen? Haben sie ein Bad? Um dich an dem großen Tag fertigzumachen?«

»Keine Ahnung. Ich muss Schluss machen, ich muss die Küche putzen.«

»Soll ich vorbeikommen? Ich glaube, das sollte ich.«

»Es geht hier eher ungezwungen zu. Komm nicht in Gamaschen.«

»Was um alles in der Welt sind denn Gamaschen?«

»Ach, vergiss es, Edward.«

Mrs Baxter hatte, blass wie Spinnweben, am Küchentisch gesessen, irgendetwas mit Nadel und Faden gemacht und zugehört. »War das Ihr Verlobter?«

»Das will ich meinen, Mrs Baxter.«

Sie schwieg, während Elizabeth die Reste aus dem Reistopf scheuerte. Er war außen schwarz, innen glänzte er silbern. Groß und bauchig. Schwarz und Silber machten Elizabeth ganz sentimental, die Farben weckten Erinnerungen und ein Gefühl des Verlusts: die Freiluftküche in Tianjin, die Rufe der Dienerinnen, der Gestank der Abflüsse und Senkgruben, die Staubwolken, das schmutzige Sonnenlicht und ihre Mutter in der Verandatür. Die Amah kam, nahm die kleine Elizabeth hoch und wischte ihr mit einem grauen Tuch das Gesicht ab. Sie sah die kräftigen, weit ausgebreiteten Arme ihrer Mutter, als sie die Ärmchen nach ihr ausstreckte. Sie alle lachten. Ihre Mutter war blond gewesen. Sie hatte sie jauchzend herumgewirbelt. Die Dienerinnen hatten die Reistöpfe geschrubbt, bis das Silber nur so strahlte.

»Sie sehen nicht glücklich aus, Elizabeth.«

»Natürlich bin ich glücklich, Mrs Baxter.«

»Ich bin auch keine glückliche Person. Ich glaube, wir haben viel gemeinsam. Das habe ich sofort gedacht, als ich Sie zum ersten Mal gesehen habe. Ich dachte, diese Frau ist wie gemacht für Tränen und falsche Entscheidungen, und sie wird den Trost Jesu Christi brauchen.«

»Da liegen Sie falsch, Mrs Baxter. Ich habe gerade an meine Mutter gedacht, die immerzu gelacht hat. Ich war noch ein Baby. Sie war wunderschön und liebevoll und ist fast nie in die Kirche gegangen.«

»Im Lager gestorben, habe ich gehört? Ich werde für Sie beide beten.« Sie holte ein Taschentuch heraus.

»Mrs Baxter. Ich heirate bald. Ich habe die Absicht, sehr glücklich zu werden. Ob und auf welche Weise ich dazu Jesus brauche, finde ich dann schon selbst heraus. Wenn er in Form von Sex und ehelicher Liebe zu haben ist, dann ist Jesus mein Mann. Aber da habe ich nicht viel Hoffnung.«

Mrs Baxter war nachdenklich. Später, als die ganze Familie zurück war, war sie immer noch nachdenklich. Als Amy sie nach Hause bringen wollte, sagte sie: »Ich war auch mal eine Braut.«

»Sie haben bestimmt zauberhaft ausgesehen.«

»Ja, Amy. Ich hatte ein sehr schönes Kleid, und es hat sogar überlebt. Elizabeth könnte es tragen.«

»Danke, aber ich …«

»Trotzdem habe ich das Gefühl, ich würde ihr gern ein neues kaufen. Ich kenne einen Schneider und seine Frau, die das in drei Tagen hinkriegen würden, inklusive bezogener Knöpfe am Rücken. Ich kümmere mich um alles, wenn Sie mir einen Entwurf zeichnen. Ich habe auch noch den Orangenblütenkranz, den ich auf dem Kopf hatte, aber der ist schon ein bisschen platt und verblichen.«

»Oh, dann lasse ich ihr einen machen«, sagte Amy. »Das ist

mein Hochzeitsgeschenk. Und ich besorge die Schuhe. Die seidenen, die sie hat, sind Dirnenschuhe.«

»Was ich allerdings noch habe«, sagte Mrs Baxter, »und was in tadellosem Zustand sein wird, weil ich es wegen der Rüsselkäfer in einer Blechtruhe aufgehoben habe, ist ein Schleier aus indischer Spitze. Mit Vögeln und Anemonen darin, weil ich Anne heiße. Die Ordensschwestern in Dhaka im ehemaligen Bengalen haben ihn extra für mich angefertigt. Sie sollten ihn tragen – nein, Sie sollten ihn *haben*. Ich könnte ihn sowieso höchstens noch als Leichentuch verwenden.«

»Betty, du könntest ihn dann für das Baby aufbewahren«, sagte Amy, und das Baby machte sein Bäuerchen. Die anderen Kinder schmierten sich Reis in die Haare.

»Wir haben auf einer grünen Wiese vor der High Commission in Dhaka geheiratet«, sagte Mrs Baxter, »und wir hatten Englische Rosen.« Sie weinte.

»Jetzt nimm schon an«, sagte Amy. »Schnell. Du meine Güte.«

»Vielen herzlichen Dank«, sagte Elizabeth. »Ihr Schleier wird mir sicher Glück bringen.«

»Ach, da würde ich mich nicht drauf verlassen«, sagte Mrs Baxter.

Teil zwei:

Glück

11. Kapitel

Als er sehr alt und im Ruhestand war und sich in Dorset in England auf dem Land niedergelassen hatte und Betty nicht mehr lebte, ging Old Filth, wie er inzwischen ehrfürchtig und mit allem Respekt genannt wurde, nachmittags spazieren, den Spazierstock mit dem Kopf eines Airedale Terriers in der Hand, blieb hier und da stehen, um Blüten oder Bäume zu betrachten, Beeren oder Sträucher, je nach Jahreszeit. Teils blieb er stehen, um sich auszuruhen, aber für zufällige Beobachter wirkte er wie jemand, der seinen Gedanken nachhing oder meditierte. Ein anrührender, aufrechter Mann von elegischer Erscheinung. Als er wirklich alt wurde, zuckte bisweilen ein nahezu metallischer Blitz ungebetener Erkenntnis durch die englische Landschaft.

An einem grauen Novembertag, die Bäume waren schwarz, die Flüsse braun und voller Schlamm und Laub, der Himmel grau wie Asche, sah er sich plötzlich in seinem Zimmer im Peninsula Hotel stehen, und es war sein Hochzeitstag.

Es war noch früh, und er blickte auf das alte YMCA-Gebäude am Hafen hinunter, alles erstrahlte im frühmorgendlichen Sonnenlicht. Die Erinnerung blitzte auf wie in einem alten Film in Schwarz-Weiß. Der Hotelteppichboden war schwarz und samtig, die Vorhänge aus weißer Seide, die Sessel weiß, die Telefone weiß. Im Badezimmer waren Wände und Decke schwarz gestrichen, Handtücher und Fußboden waren weiß. Auf dem schwarzen Glastisch an der Tür der Suite lag eine weiße Gardenie, und er selbst, Edward Feathers, eben erst zum *Silk* (QC) ernannt, war morgens um acht bereits im Stresemann und einem Hemd, das so weiß war, dass es fast bläulich wirkte, als wollte es sich über seine Umgebung lustig machen.

All die Jahre später sah er sich selbst. Er hatte ernst am Fenster gestanden und überlegt, ob er sie anrufen sollte oder nicht.

Frühstück?

Er hatte sich kein warmes Frühstück bestellt. Das hätte zu hemdsärmelig gewirkt. Andere saßen zweifellos in ihren Suiten und aßen Eier und Speck an den runden, schwarzen Glastischen und benutzten unglaublich weiße Servietten. Aber Edward – nun ja. Vielleicht ein Kaffee?

Sollte er seine Braut anrufen? Unter Amys Nummer? Seine – seine Elizabeth? Da schrillte das Telefon.

»Hallo?«

»Ich bin's«, sagte Elizabeth.

»Ich wollte dich auch gerade anrufen.«

»Das soll Unglück bringen«, sagte sie.

»Nein, es bringt Unglück, wenn ich dich vor dem Gottesdienst *sehe*. Ich wollte … äh … sagen, also … also, wie du da hinkommst … also, sei pünktlich. Bringen diese Missionare dich hin? Willy kann dich auch abholen.«

»Ich werde da sein, Edward.«

»Dann ist alles klar?«

»Alles klar, Edward. Edward, ist alles in Ordnung? Bist du glücklich?«

»Vergiss deinen Pass nicht. Sie sollen deinen Koffer hinten reinwerfen. Oh, und denk dran …«

»Was?«

Langes Schweigen. Er beobachtete die Seevögel bei ihren Flugmanövern über dem Hafen.

»Denk dran … Elizabeth. Liebe Betty. Jetzt wäre – bist du sicher?«

Es entstand die möglicherweise längste Gesprächspause in Edward Feathers komplettem Leben.

Und dann hörte er ihre Stimme mitten im Satz wieder, als sie sagte: »Abends kann es kühl werden, hast du einen Pullover eingepackt?«

»Mein Frühstück ist noch nicht da. Und dann muss ich hier noch die Rechnung bezahlen. Bist du schon angezogen? Ich meine, in aller Pracht?«

»Nein. Ich habe ein Baby auf dem Schoß, und Amy und die anderen brüllen herum. Wenn es dir lieber ist, Eddie, können wir es auch noch absagen.«

»Ich werde da sein«, sagte er. Wieder eine Ewigkeit Schweigen. »Ich liebe dich, Betty. Verlass mich nicht.«

»Na, dann tauchst du wohl besser auf«, sagte sie schnell. Viel zu fröhlich. Und dann legte sie auf.

An nichts davon erinnerte er sich auf seinen Spaziergängen nach Bettys Tod. Nur daran, wie er in all seiner Untadeligkeit am Fenster gestanden hatte.

»Ich gehe nicht hin«, sagte Betty, die Hand immer noch am Telefon. »Ich lasse es platzen.«

Amy stellte der Braut ein Glas Brandy neben die Cornflakes. »Na komm. Zieh dich an. Was ist denn?«

»Was zum Teufel tue ich da?«

»Das Beste, was du je getan hast. Du guckst endlich nach vorn. Komm, ich mache dir die Haare.«

Edwards Gepäck war bereits vorgefahren zum Flughafen. Er bezahlte an der Rezeption seine Rechnung, das Management war alles andere als begeistert, denn sie hatten noch für zwei weitere Monate mit ihm gerechnet. Aber sie wussten auch, dass er wiederkommen würde, und er gab allen korrekte Trinkgelder und schüttelte Hände. Sie begleiteten ihn zur Glastür, verbeugten sich, lächelten, und niemand sagte ein Wort über seinen steifen Kragen und den Stresemann so früh am Morgen. »Brauchen Sie einen Wagen, Sir? Zum Flughafen?« – »Nein, nein. Ich gehe erst in die Kirche.« – »Ach, in die Kirche. Aha.« Die Gardenie in seinem Knopfloch hätte auch aus Plastik sein können.

Er ging allein zu seiner Hochzeit.

Kurz dachte er an Albert Ross. Ross war verschwunden. Eddie hatte keinen Trauzeugen.

Ach, man konnte auch ohne Trauzeugen heiraten. Jemand anderen hätte er nicht gewollt. Es war ein herrlicher Morgen. Er erinnerte sich an Sir, den Direktor seiner Prep School, wie er laut Dickens vorgelesen hatte. Wie der verweichlichte Lord Verisopht traurig in den Tod geht, zu einem Duell auf dem Wimbledon Common, während die Vögel zwitschern und das Sonnenlicht in den Bäumen spielt.

Ich bin auch allein, sagte er in Gedanken zu Sir. Ich habe nicht mal einen Sekundanten, mit dem ich unterwegs plaudern könnte.

Er dachte an die alten Freunde, die fehlten. Den Krieg. Die Entfernung. Amnesie. Familiäre Verpflichtungen. »Ich habe geheiratet und kann daher nicht kommen.« Freunde aus Oxford. Aus der Armee. Kandidaten aus seiner Kanzlei. Niemand. Kein einziger. Oh *Gott*!

Dem tadellosen Feathers entgegen kam – beziehungsweise schlurfte – Fiscal-Smith.

Aus Paper Buildings, London EC4!

Sie blieben beide stehen.

Dann kam Fiscal-Smith auf ihn zu und fing schon aus viel

zu weiter Entfernung an zu reden. »Ach du meine Güte! Filth! Um die Uhrzeit! Mit einer Gardenie im Knopfloch! Waren Sie noch gar nicht im Bett? Ich komme gerade aus dem Flugzeug. Alter Schwede – was für eine Überraschung! Wo gehen Sie denn hin?«

»Zur Kirche.«

»Die Verhandlung ist abgeschlossen, habe ich gehört. So ein Pech. Ich bin für die Reclamation North-East Mining Co. hier. Hat keine Chance. Ach, wunderbar! Ich dachte, Sie wären schon auf dem Heimweg.«

»Nein … noch nicht ganz.«

»In die *Kirche*? Ich wusste gar nicht, dass Sonntag ist. Der Jetlag. Ich begleite Sie.«

»Ach nein, das ist doch nicht nötig, Fiscal-Smith.«

»Mache ich doch gerne. Ich habe sonst nichts zu tun, und nach dem Flugzeug freue ich mich, ein paar Meter zu gehen. Ich hätte mich noch rasieren und umziehen sollen. Ich reise neuerdings immer in diesen sogenannten T-Shirts. Sie sehen heute besonders elegant aus, Feathers.«

»Ach, ich weiß nicht.«

»Aber ja. Natürlich, Sie sind ja auch gerade erst zum Silk befördert worden. Wahrscheinlich haben Sie seitdem durchgefeiert. Glückwunsch! Dafür sehen Sie aber wirklich frisch aus.«

»Danke.«

»Also, *sehr* frisch. Großer Gott, Feathers, Sie sehen aus wie aus *The Importance of Being Earnest*. Morgens um neun. Was ist denn hier los?«

Eddie blieb mit dem Rücken zur St. James's Church stehen. Aus dem Glockenturm erklang fröhliches Läuten. »Privatangelegenheit«, sagte er und streckte die Hand aus. »Auf Wiedersehen, Kollege. Man sieht sich.«

»Da winkt Ihnen ein Priester zu«, sagte Fiscal-Smith. »Und da stehen Leute in bunten Kleidern vor der Tür. Schicke Hüte. Der Pater kommt hierher. Er wirkt irgendwie besorgt.«

»*Auf Wiedersehen*, Fiscal-Smith.«

»Hallo!«, rief der Priester. »Wir haben uns schon Sorgen gemacht. Der Organist spielt schon zum dritten Mal ›Sheep may safely‹. Gut sehen Sie aus, mein Lieber, wenn ich das mal so sagen darf. Also dann – Trauzeuge? Wundervoll. Auf die Gefahr hin, dass diese Frage nicht besonders originell ist: Haben Sie den Ring?«

»Ring?«

»Den Ehering? Zeigen Sie mal her, Trauzeuge. Übrigens, mein Name ist Yo. Yo Kong. Ich halte den Gottesdienst. Und Sie sind?«

»Mein Name ist Fiscal-Smith. Ich bin gerade erst angekommen.«

»Gut, gut. Gerade noch rechtzeitig. Der Ring.«

Fiscal-Smith stand ungewohnt ehrfürchtig da. Feathers stieß einen seiner nervösen Schreie aus und zog ein kleines Kästchen aus seiner Jackentasche.

»Sehr gut. Wunderbar. Hervorragend! Wenn Sie mich dann bitte begleiten würden, alle beide, in die erste Bank auf der rechten Seite. Die Braut wird in fünf Minuten hier sein.«

»Braut?«, presste Fiscal-Smith zwischen den Zähnen hindurch.

»Ja«, sagte Eddie und starrte das Ostfenster an.

»Wer denn?«

»Betty Macintosh.«

»*Wer*?«

»Es war an der Zeit. Fall abgeschlossen. Keine Zeit, einen Freund zu kontaktieren.«

»Freund?«

»Als Trauzeugen. Es ist vollkommen in Ordnung, das allein zu machen.«

»Ach, es macht mir nichts aus. Hätten Sie mir Bescheid gesagt, hätte ich mich rasiert. Und Sie sind mir natürlich ein Geschenk schuldig. Wie das so üblich ist.«

»Natürlich. Und es macht Ihnen nichts aus, den Brautjungfern Geschenke zu machen?«

»*Was?*«

»Wenn ich das richtig verstanden haben, bekommen sie alle das Gleiche, eine Perlenkette.« Plötzlich wurde Eddie von einer jungenhaften Freude erfüllt, und er fing schallend an zu lachen, als die Orgel sich gerade von den sanft grasenden Schafen löste und stattdessen den Hochzeitsmarsch schmetterte.

Die beiden Männer wurden hastig vor der ersten Reihe positioniert. Fiscal-Smith bekam das Ringkästchen in die Hand gedrückt, ließ es fallen und kroch auf allen vieren herum und blickte in Gitterroste. Edwards ehemaliger Schulleiter, Sir, hatte immer gesagt: »Du findest nicht viele Dinge lustig, Edward. In manchen Jungen muss man den Sinn für Humor erst noch füttern.« Aber dies hier, seinen Hochzeitstag, dem er entgegengesehen hatte wie seinem Todestag, fand Eddie plötzlich zum Brüllen komisch. Er lachte sich kaputt.

Ein Rascheln, eine Bewegung, ein Luftholen, und dann stand die Braut neben dem Bräutigam, der mit fröhlichem Gesicht zu ihr hinuntersah, vielleicht um der guten, alten Betty zuzuzwinkern und zu sagen: »Hallo, da bist du ja.« Stattdessen erstarrte er vor Staunen. Neben ihm stand in einer Wolke aus Spitze ein Mädchen, das er noch nie gesehen hatte. Sie roch nach Orchideen. Sie hatte einen Lilienstrauß im Arm. Sie wandte sich nicht zu ihm und sah ihn nicht an. Ihr Gesicht lag unsichtbar unter einem Schleier.

Er spürte die Freude der kleinen Gemeinde – das musste Amy sein, ihr Mann, Mrs Baxter und ein paar Kinder, und, natürlich, Judge Pastry Willy und seine Frau Dulcie. Willy »übergab« ihm die Braut. Und wie sie alle sangen! Aus voller Kehle: *From Greenland's icy mountains to India's coral strand.* (Eine Hymne auf das Empire, hatte er immer gedacht. Wer hatte das denn ausgesucht?)

Irgendwer hatte dem Brautpaar Gesangbücher in die Hand gedrückt, ebenso dem Trauzeugen mit dem farbigen T-Shirt, der lauter sang als alle anderen und das Gesangbuch auf dem Kopf hielt. (Wer hätte das gedacht, dass Fiscal-Smith Kirchenlieder auswendig kannte.) Auch die Braut trillerte mit, sie las durch den Schleier hindurch den Text ab.

Ich kenne dieses Mädchen gar nicht, dachte Eddie. Vermutlich ist es Elizabeth. Es könnte aber auch irgendjemand anderes sein. Sie singt wirklich sehr schön. Ich wusste gar nicht, dass Betty so schön singen kann. Eigentlich weiß ich gar nichts über sie. Ob andere Männer – ein anderer Mann – das tut? Ich kenne ihren Geschmack gar nicht. Ich kenne nur dieses scheußliche grüne Kleid. Ich weiß nicht mal ihre Augenfarbe. Oh!

Die Braut hatte den Auftrag bekommen, für das Eheversprechen den Schleier zu lüften, und zu seiner Erleichterung war es tatsächlich Betty mit seiner Perlenkette. Ihre Augen waren hellbraun. Sie stand mit dem rechten Fuß auf seinem linken, was ziemlich wehtat. Sie gaben einander das große Versprechen wie Automaten, und dann sagte man ihm, er dürfe die Braut jetzt küssen.

Mit Tränen in den Augen beugte er sich zu Betty, die ihm nach dem zaghaften Pflichtkuss ins Ohr flüsterte: »Wer um alles in der Welt ist denn dein Trauzeuge?« Fiscal-Smith ließ die jetzt leere Ringschachtel zum zweiten Mal fallen und drehte sich dann um, um nachzusehen, wie viele Brautjungfern ohne Perlenketten anwesend waren. Zum ersten Mal an diesem Tag lächelte Fiscal-Smith, denn da waren gar keine.

12. Kapitel

Briefe aus den Flitterwochen

Brief eins: Ein Brief von der Braut an ihre Freundin Isobel Ingoldby, keine feste Adresse.

Liebe Lizzie,

ich schreibe Dir, ohne dass ich wüsste, wohin. Vielleicht ins Old Col, in der Hoffnung, dass Du dort eine Nachsendeadresse hinterlassen hast. Bist Du im Osten oder im Westen? Wieder in Australien, in Notting Hill, oder gehst Du in den Everglades oder am Pol irgendeiner Leidenschaft nach?

Ich habe es getan. Mit einem alten Schleier von einer alten Eule, einer Missionarseule, die mal in Dhaka war, mit Vögeln und Blumen drauf, über meinem Allerweltsgesicht. Und in einem neuen Kleid, das auch ein Geschenk von ihr war, und Schuhen von Amy und Blumen von Uncle Pastry, der mich zum Altar geführt hat. Altmodisches Ritual, aber irre. Eddie hat eine Art Schluckauf bekommen, als ich bei ihm war. Ich habe ihn durch die Spitzen angestrahlt und ihm genau angesehen, dass er Angst hat, ich wäre jemand anders. Er hat die Beweise gern auf dem Tisch. Als ich den Schleier hob – wie Gott in der Stunde des Todes –, wirkte er erst überrascht, dann hat er erleichtert aufgeatmet. Ich hatte mir mit meinem Gesicht Mühe gegeben und mir die Haare in einem Salon schneiden lassen, wo früher die großen Expats hingegangen sind. Eine hat von einem Foto gutmütig auf mich herabgesehen. Sie muss schon lange tot sein, aber irgendwie kam sie mir bekannt vor. Vielleicht aus meiner Kindheit. Eine Freundin von Ma vermutlich. Rote Nägel, schimmernde Lippen, wie eine Geisha mit freundlichen Augen. Sie soll meine Ikone sein. Ich will alt werden wie sie, Menschen befehligen, die perfekte Dame sein und Bazare eröffnen. Ich werde in der Vergangenheit leben und es noch besser machen. Man wird mich an Hut und Handschuhen erkennen, und natürlich am Gesangbuch. Wie den Missionar, weißt Du noch?

Wäre ich ein Kasuar
Irgendwo in Afrika
Fräß ich einen Missionar
Mit Gesangbuch, Haut und Haar.

Nun ja, ich nehme an, ich wurde in der Kirche in HK vom Kasuar gefressen, aber ich bin nicht unglücklich damit, verdaut zu werden. Nur ein bisschen durcheinander. Keine Ahnung, ob Eddie glücklich ist – wer weiß überhaupt etwas über ihn? –, aber durcheinander ist er jedenfalls nicht. Das Einzige, was ihm Sorgen gemacht hat, außer meiner Verkleidung unter dieser antiken Tischdecke, war sein Trauzeuge. Man hätte ja annehmen können, Eddie würde sich für Fiscal-Smith schämen, aber seinen Freunden gegenüber ist er wirklich loyal. Und er hat vielleicht ein paar komische Freunde! Diesen Zwerg zum Beispiel – der gar nicht aufgetaucht ist – und jetzt diese abgehalfterte Vogelscheuche. Er findet meine Freunde aber auch komisch, vor allem die wunderbare, permanent heulende Mrs Baxter.

Wenn er wüsste, dass ich *Dich* kenne! Keine Sorge, Hase. Ich bin nicht eifersüchtig auf seine Erinnerungen, oder dass

Ihr einander irgendwann mal *erkannt* (noch mehr einschlägiger Jargon) habt. »Lass es unser Geheimnis sein, dass ich dich kenne«, wie Deine lesbischen Freundinnen bestimmt plärren.

Ich kann mir nicht vorstellen, dass Ihr Euch heute noch etwas zu sagen hättet, Eddie und Du, was auch immer Ihr früher in den Schulferien zusammen getrieben habt.

Aber ich habe das Gefühl, ich habe ihm alles zu sagen, morgens, mittags und abends. Old Filth, wie sie ihn neuerdings nennen – mir doch egal –, steckt voller Überraschungen. Und ich freue mich darüber, wie die Leute sich ihm *fügen*. Ich bin eher eine Art Loch in der Luft, aber ihm rennen sie hinterher und verbeugen sich. Und was ich daran so mag, Lizzie, ist, dass er es gar nicht merkt. Er findet es gar nicht sonderbar, Freunde wie Fiscal-Smith und die sieben Zwerge zu haben. Also, im Moment nur einen Zwerg, aber man weiß ja nie, wer sonst noch so auftaucht.

Und er vertraut mir vollkommen, Lizzie. Hat nie einen Verdacht gehabt wegen Du-weißt-schon. Und ich habe es mir auch aus dem Kopf geschlagen. Es muss eine Art Hypnose gewesen sein. Beängstigend! Nein, ich denke nie daran. Eddie ist natürlich auch ein Enigma, und ich freue mich über unsere Enigma-Jahre in Bletchley Park. Du und ich, wir können schweigen. Wir beide haben keine einzige Katze aus dem Sack gelassen. Und dass ich Eddie nie wirklich knacken werde, gibt mir auch eine gewisse Freiheit. Nicht für weitere Ausrutscher, du liebe Güte, nein, aber um eine ebenso unantastbare Privatsphäre zu haben wie er. Nur so kann eine Ehe funktionieren. Ich bin schon seit drei Tagen verheiratet, ich weiß Bescheid.

Wir sind im Paradies, Lizzie. Es heißt Bhutan und liegt hinter dem Everest. Er hat das alles zwischen der Verhandlung und der Hochzeit organisiert. Das hat er also in den zwei Tagen gemacht, als er in Hongkong verschwunden war! Er hatte einen Flug nach Delhi gebucht – nein, als Allererstes gab es das Hochzeitsfrühstück im Restaurant Le Trou Normand, wo Amy am Tisch das Baby stillen wollte und Eddie und Fiscal-Smith zur Decke gestarrt haben, an der Fischernetze mit Plastik-Seesternen drin hängen, wie in der Bretagne, und der Restaurantleiter Amy und das Baby schließlich in ein Nebenzimmer gebracht hat.

»Und dann ab nach Delhi«, sagt der Bräutigam zur Braut. »Delhi?«, sagt die Braut zum Bräutigam, »wir fahren doch wohl nicht nach Delhi. Doch nicht nach Agra? Nicht zum Taj Mahal mit den ganzen Führungen?« – »Wie der Zufall es will, habe ich den Taj Mahal noch nicht gesehen«, sagt er, »aber nein, es ist nur ein Zwischenstopp. Ich habe allerdings kein tolles Hotel bekommen.«

Das war es dann auch nicht. Auf dem Gang marschierten die Nutten auf und ab, und sie haben unser Zimmer *benutzt*, als wir beim Essen (Britischer Kriegsstandard) waren. Edward hat danach die Betten inspiziert und *getobt*, wir haben in Sesseln geschlafen, und am nächsten Morgen hat er sich geweigert zu bezahlen, und mir ist Konfetti aus der Tasche gefallen und der Manager hat gefeixt. Schlechter Start.

Aber *dann* habe ich die übermenschliche Wucht der Wut dieses großen Mannes erlebt. Heathcliff ist nichts dagegen. Ergebnis: Irgendwoher kam plötzlich ein Wagen der Botschaft mit Chauffeur, der uns nicht zum Taj Mahal brachte. Es war eine schweigsame Reise mit Eddie wie mit Jupiter auf seiner Wolke. Und die Wolke wich den Bergen, und die Berge waren der Himalaya, und dann veränderten sich die Berge und wurden sanft, und ein zartgrünes

Land mit nebligen Tälern lag vor uns. Eine Architektur aus Holz und Stein und leuchtenden Farben, als läge Wien in einer anderen Welt. Große, hohe Wohnblocks wie Paläste. Gebetsfahnen aus Baumwolle auf jedem Hügel und an jeder Straßenecke, und jeder – Kinder, Großväter, Krüppel, Mönche – dreht die Gebetsmühlen ein kleines Stück weiter, wenn er vorbeikommt.

Wir sind jetzt in einem Gasthaus hoch oben über einem Tal, in dem ein grüner Fluss schäumend durch himmelhohe Wälder und leuchtend helle Reisterrassen tost. An einer Stelle, wo sich zwei Wasserläufe treffen, steht ein Stupa. Selbst von hier oben schmerzen sein Weiß und seine Reinheit in den Augen. Hier oben lauschen wir dem donnernden Wasser, und noch weiter über uns liegen Klöster zwischen den Gipfeln. Und Adler kreisen.

Wir sind gestern mit einem Überlandbus hier angekommen, sind weiter unten an dem Stupa vorbeigefahren, wo die beiden Flüsse zusammenfließen. Er sieht aus wie die schneeweiße Brust einer Riesin, die flach auf dem Boden liegt, mit einem Turm drauf wie eine weiße Brustwarze. Auf einer Holzbrücke saß eine menschenähnliche Gestalt und betrachtete ungerührt ihre Fingernägel, wie eine Kurtisane. Der Bus blieb stehen, und der Fahrer rief: »Sehen Sie mal, sehen Sie! Ein Langur, die sieht man nur selten! Sie sind auf unseren Briefmarken abgebildet.« Der Langur gähnte nur träge, hielt sich die Hand vor den Mund – ich schwöre! – und verschwand.

Ich wär so gern ein Langur
Neben einem Stupa
Äße Pommes-Bratwurst,
Wäre das nicht supa?

Hier und jetzt, in diesem bhutanesischen Gasthaus, bin ich vollkommen glücklich, und ich hoffe, Eddie auch. Er verbringt Stunden damit, mit dem Fernglas vor den Augen die Aussicht zu genießen, und sieht dabei ganz friedlich aus. Die Wände des Gasthauses bestehen aus leuchtend rotem Filz hinter schweren Fellen. Der rote Filz flattert und ächzt im Wind. Er fühlt sich feucht an. Mönche und Mönchsartige schlurfen umher. Die äußere Erscheinung des Managements verweist das Savoy auf die hinteren Plätze. Sie tragen dunkelblaue Wolljacken, einen schottischen Kilt, wollene Kniestrümpfe mit Rautenmuster wie bei den Highland Games und strahlend weiße Manschetten, die über die blauen Ärmel zurückgeschlagen werden. Die Manschetten sind einen Fuß breit. Ein Hauch von Bluecoat Boys und Oliver Cromwell. Puritanisch? Nein. Sie müssen hier jede Menge Sex haben, die Dörfer sind voller Kinder und (das ist wirklich ein Ding) alle offiziellen Institutionen sind mit mehrstöckigen Wandgemälden von riesigen Phallussen (oder Phalli?) verziert, auf denen Eddie sein Fernglas manchmal ruhen lässt und sogar ein wenig lächelt.

Also, wie Du siehst ist alles in bester Ordnung, Lizzie-Izz.

Ich hab Dich lieb. Ich hab Dich auch dafür lieb, dass Du nicht zur Hochzeit gekommen bist. Wenn Eddie wüsste, dass ich Dich kenne und Dir schreibe, würde er sicher Grüße schicken, aber ich möchte es ihm nicht erzählen. Ich muss seine Liebe erstmal ganz für mich behalten, bis ich sie verstehe.

Es gibt Abendessen. Sieht aus wie frittierter Langur.

Deine alte Schulfreundin Bets

(Im Old Colonial Hotel in Hongkong erhielt dieser Brief den Stempel »Auf Rückkehr warten« und wurde irgendwann weggeworfen.)

Zwei: Ein Brief von der Braut an ihre Freundin Amy in Kai Tak.

Amy, mein Hase, ich schreibe Dir aus Dhaka in Ostpakistan, aber wenn ich an die Baxter schreibe (das tue ich als Nächstes), werde ich es Bengalen nennen. Ich finde, Bengalen passt tatsächlich besser, auch ohne die *Bengal Lancers*. Das Klima ist das gleiche. Alle historischen und politischen Umbrüche sind gut zu sehen. Ich weiß schon gar nicht mehr, ob Ihr mal hier gearbeitet habt, Nick und Du? Man sieht gar nicht so viel vom Land, weil das meiste davon Wasser ist. Man kann es kaum »Land« nennen, sondern eher den Teil der Erde, wo das Meer flach ist und die geschmeidigen, seidigen Menschen fast Fische sind, aber mit breitem Lächeln und weißen Zähnen. Das einsame, ebene Land wird von Menschen geschwärzt wie von Staub. Nirgends auf der Welt hätte der Kontrast zu unserer letzten Station größer sein können, also der ersten unserer Hochzeitsreise, die eine *Weltreise* wird, alles heimlich arrangiert und organisiert von Eddie.

Zuerst Bhutan. Da waren wir ganz benommen, nicht aus Gründen der Leidenschaft, sondern von der Höhenkrankheit. Wir waren auf Augenhöhe mit den Adlern. Und dann hatten wir noch eine leichte Lebensmittelvergiftung. Immerhin habe ich es geschafft, nicht diesen Ziegenkäse zu kaufen, den sie dort feilbieten wie einen Klecks Schlagsahne auf einem Blatt. »Eine Stunde später wärst du hinüber«, hatte mein Mann gesagt. In den Gasthäusern wurde uns das Essen auf Silbertellern serviert und sah prächtig aus: Bergeweise Reis, kunterbunt gesprenkelt mit Fleisch und Fisch und Gemüse, warm und saftig, und erst grauenvolle vierundzwanzig Stunden später haben wir gemerkt, dass die Reste am nächsten Tag einfach wieder untergemischt wurden. Es gibt nicht viele Touristen hier. Wahrscheinlich sind die meisten tot. Der König kann Touristen nicht leiden, meistens muss man ein Jahr warten. Edward war nach dem Krieg mit ihm in Oxford, und ich war wirklich dafür, ihm einen Besuch abzustatten, in der Hoffnung auf ein bisschen Orangenmarmelade aus Oxford und Christ Church Bordeaux. Aber Eddie sagte nein. Eddie ist … aber dazu später.

Erstmal, liebste Amy, vielen Dank aus sämtlichen Winkeln meines Herzens für alles, was Du für mich getan hast, und für das Tempo, mit dem Du es geschafft hast. Ich hoffe, Du mochtest Edward? Unter Menschen ist er ein bisschen einsilbig. Er mochte Dich und Nick sehr und war voller Bewunderung, dass Du es inmitten all dieser armen, bedürftigen und einfältigen Menschen noch schaffst, eine Familie hervorzubringen und zu organisieren. Deine Kinder hat er nicht erwähnt, und das macht mir ein bisschen Angst. Er weiß noch nicht, dass ich gern zehn hätte, plus ein Kindermädchen mit ein paar Helferinnen und eine Kinderetage im obersten Stock eines großen Anwesens in Chelsea am Fluss. Ich komme nicht dagegen an. Wahrscheinlich habe ich in China zu viele viktorianische Kinderbücher von Ma gelesen. Ich vermisse meine Ma. Aber keine Sorge. Ich werde wahrscheinlich hochschwanger und ungewaschen gegen die Bombe demonstrieren wie alle anderen auch.

Eddie konnte es nicht glauben, dass Du schon immer

meine beste Freundin warst. Er hatte so eine Vorstellung von Ponyclub und Debütantenball und heiß begehrt auf dem Heiratsmarkt. »Das war sie auch«, habe ich gesagt. Findest Du nicht auch, dass weitgereiste Männer etwas von einem einsamen Inselbewohner haben? Wie Robinson Crusoe? Wenn er nicht auf dieser Insel gestrandet wäre, wäre er auf einer anderen gelandet. Zur Not einer selbstgemachten.

Ich schreibe mich in die Stimmung, Dir echte Sachen zu erzählen, und vielleicht sollte ich mich da ganz schnell wieder rausschreiben. Erinnerst Du Dich an dieses Buch über die Ehe (Bowen?), in dem es um die Glasglocke geht, die sich zwischen frischverheiratete Paare und ihre Freunde senkt? Das werde ich nicht zulassen, aber nach diesem inquisitorischen Hochzeitsgottesdienst kann ich mir schon vorstellen, wie sich sowas einschleichen kann. Jedenfalls, Du hast mich überredet, es durchzuziehen. Du hast gesagt, ich würde endlich vernünftig. Als Du Eddie getroffen hast, war ich mir nicht mehr so sicher, ob Du das immer noch denkst, und ich wünschte, er hätte nicht so ausdauernd und hoch über Deinen Kopf hinweggestarrt.

Loyalität. Und deswegen sage ich nur, dass wir eine schreckliche erste Nacht in Delhi hatten, in Rattansesseln zusammengekauert, weil unser Bett von Huren benutzt worden war. Dann sind wir in einem stabilen Auto (ein »Ambassador«) den Himalaya hinaufgefahren bis Darjeeling, wo wir von alten Engländern begrüßt wurden und kalten Hammel mit Reis bekamen und Porridge, und wo man von unserem Zimmer aus in der Morgendämmerung über den ganzen Kanchenjunga hinweggucken konnte. Hier und da eine englische Flagge. Es gab frühmorgens Tee und alles war perfekt zwischen weißen, weißen Laken.

Mitten in der Nacht sagte Eddie: »Ich kann mich gar nicht oft genug entschuldigen«, was ich angesichts seiner spektakulären Leistung sonderbar fand. »Wegen des Hotels in Delhi«, sagte er.

Er muss in seiner Kindheit ein schreckliches Trauma erlitten haben. Ich will es gar nicht wissen. Ich nehme an, die Hälfte der Männer mit einem solchen Hintergrund ist so. Er war so glücklich in den Bergen.

Dann, nach Bhutan, sind wir hierher nach Dhaka gekommen.

Ich habe in einem dunklen Laden einen Sessel gesehen, rot und golden, ein gemusterter Thron aus einem alten Radscha-Palast, ziemlich zerschlissen. Ich habe mich sofort verliebt und wollte ihn unbedingt haben. Eddie sagte: »Wir haben doch noch nicht mal ein Zuhause.« Darüber hatte ich noch gar nicht nachgedacht. »Wir können ihn ja erst zu Amy schicken.« Er sah mich an und sagte: »Sie würde sich bedanken.« Du und ich, wir sind wohl nicht besonders gut in Wohnungssucheangelegenheiten. Du überlässt sie Gott, und ich bin immer noch in der Vergangenheit verhaftet und warte darauf, dass sie wiederkehrt. Das wird sie nicht, ebenso wenig wie Brausepulver mit Lakritzlöffel. Heutzutage müssen Möbel ja »praktisch« sein. Ich sagte »Entschuldigung«, und er sagte »Warte mal« und ging noch einmal in den dunklen Laden. Als er wieder herauskam, sagte er: »Ich habe ihn gekauft. Er kann erstmal an die Kanzlei geschickt werden.«

Und das – nicht die tolle Perlenkette, die er mir geschenkt hat, und nicht der Ring und so, nicht der Moment, als er mich in dem Schmetterlingsnetz von der Baxter gesehen hat – war der Moment. Das war der Moment, in dem mir klar wurde, dass ich ihn liebe.

Ich schreibe der Baxter gleich und erkläre ihr, warum ich den Schleier nicht mitgenommen habe. In zwanzig Jahren komme ich zu den Hochzeiten Deiner Töchter. Während dieser zwanzig Jahre werde ich unendliche Stunden auf dem Thron gesessen und Babys gestillt haben, und auch sonst überall, wo immer ich will. Die Zeiten werden sich geändert haben. Womöglich werden wir Kinder nur noch mit der Flasche füttern. Oder sie aus Flaschen bekommen. Vielleicht sterben die Männer auch aus.

Aber Frauen werden immer füreinander da sein. Du hast mir so eine tolle Hochzeit bereitet.

Grüß Nick und die Kinder – ist das Baby schon da? Lass die Tränen der Baxter nicht auf seinen süßen Kopf fallen, aber gib ihm einen Kuss von mir.

Betty

Drei: Eine Ansichtskarte von der Braut an Mrs Hildegarde Maisie Anne Baxter, Mimosa Cottage, Kai Tak, Hongkong.

Liebe Mrs Baxter,

dies ist nur ein kleiner Gruß – wenn ich wieder zu Hause bin, bedanke ich mich noch einmal richtig für den Schleier. Ich habe ihn erstmal bei Amy gelassen, aber ich denke, am besten wird er wieder in seiner Truhe aufgehoben sein; bei den Horden im Sunset Building würde ich mir Sorgen um ihn machen. Er hat mir wirklich die Hochzeit verschönert.

Wir sehen uns sicher bald wieder, und ich freue mich immer noch, dass Sie mit ins Restaurant gekommen sind. Das mit der Bouillabaisse tut mir leid.

Ganz herzliche Grüße

Betty *Feathers*

(Die Karte wurde unabgeschickt fünfzig Jahre später in den Donheads zwischen den Kissen eines großen roten Sessels gefunden.)

Vier: Ein Brief von der Braut an Richter Sir William Pastry in Hongkong, abgestempelt in Valletta, Malta.

Valletta, Malta

Lieber Uncle Willy,

wir sind in »Mabel's Place«, wahrscheinlich brauche ich Dir nicht zu erklären, dass das der mittelalterliche Palast der großen Mabel Strickland ist. Er liegt auf einem Hügel, und rundherum ist das Meer. Die Wände sind bestimmt sechs Fuß dick, und drinnen sind meilenlange düstere Steingänge mit Schießscharten, keine Möbel, nur ein paar vereinzelte staubige Teppiche, die wohl gewebt wurden, als Penelope noch ein Kind war, und mächtige Kandelaber auf massiven Holztruhen. Unser Bett könnte man in London als Wohnung vermieten: Vier Bettpfosten, mit Wappenmalerei verziert, alte Federbetten, aus denen bei jeder Bewegung Staubwolken aufsteigen, und Bettwäsche, so dick wie Altartücher. Donnerwetter!

Aber Du warst sicher schon oft hier. Eines Tages wirst Du ein hervorragender Gouverneur von Malta sein, und sie werden Dich genauso lieben, wie sie Mabel lieben in ihren verflixten Strumpfhosen und Tweedröcken. Wenn Du nicht willst, dann dränge ich Edward, hier Gouverneur zu werden. Wir bringen unsere zehn Kinder mit und entwickeln eine Leidenschaft für die Malteser, wir veranstalten Picknicks am Strand (die Malteserinnen sitzen auf Hockern und klöppeln Spitze), und wir sehen die britische Flagge mit der

Sonne auf- und untergehen. Bis sie endgültig zusammengefaltet und verstaut wird.

Aber Du denkst nicht mal dran. Sehnst Du Dich immer noch nach Dorset und Thomas Hardy? Das kann ich gar nicht nachvollziehen. Dorset klingt spießig, voll mit Leuten wie uns, aber Malta ist fröhlich, und das Meer lässt alles glitzern. Und sie mögen uns hier immer noch, und wir mögen sie. Das wird sich bestimmt ändern. Edward meint, schon bald.

Aber im Moment brummt der Grand Harbour, die britischen Schiffe hupen und tuten, auf den Straßen sind britische Teerjacken unterwegs, und die Mädchen machen ihnen auf dem Weg zur Messe, die anscheinend alle halbe Stunde stattfindet, schöne schwarze Augen. Und ob Du es glaubst oder nicht, ihre Mütter stolzieren immer noch in wehendem Schwarz durch die gewundenen Straßen, die Köpfe unter ausladenden Schleiern, die aussehen wie über Teetabletts drapiert. Oh, und Blumen überall, Uncle Willy! Diese Blumen!

Es ist natürlich fürchterlich zerbombt, und es ist ziemlich schmutzig. Die Bucht von Sliema ist von einem Schmierfilm bedeckt. Die Jungs von der Royal Navy schwimmen trotzdem darin, obwohl die Einwohner ihnen davon abraten. Es gibt Gerüchte über die Beulenpest, und gestern ist eine große schwarze Ratte zwischen Mabels Rosen herumgelaufen, die gar nicht gut aussah.

Das Essen ist natürlich so schrecklich wie eh und je. Den Kartoffelbrei haben sie von uns gelernt! Auch an Wein haben sie nicht viel zu bieten. Aber die herrliche kaputte Architektur aus der Zeit vor der Flut findet sich überall: jede Menge zerstörte Dörfer mit afrikanischer Anmutung, und dazwischen hier und da rosa Paläste wie Geburtstagstorten.

Es gibt hunderttausend Kirchen, die Glocken läuten den ganzen Tag und die halbe Nacht durch. Darin hängt der Staub wie unter Wasser, Räucherstäbchen brennen, und die Dächer sind durch den Krieg nach oben meistens offen.

Sie haben hier durchaus eine Leidenschaft für Gebäude, und sie sind überall mit Flaschenzügen zugange und bauen alles wieder auf und fangen neu an. Das wäre wundervoll für Eddies Arbeit: jede Menge Material. Malta ist ein riesiger Felsen mit jahrhundertealten Formationen. Über Nacht füllen die Felsspalten sich mit Tau und Blumen. Der Duft der Abendlevkojen reicht bis weit übers Meer.

(Hongkong.
Dulcie: Liest du *immer* noch Bettys Brief?
Willy: Sie wird geschwätzig. Der Ton gefällt mir nicht.)

Es wird ein Rätsel bleiben, warum die Insel nie vom Feind eingenommen wurde. Sie wurde Tag und Nacht bombardiert, die Leute haben sich in Höhlen versteckt und (nehme ich an) sich fortwährend gestritten und einander die Autorität abgesprochen. Fast hätte es eine Revolution gegeben. Und dann kamen die ramponierten britischen Konvois angehumpelt, mit Mehl und Fleisch und Öl und Zucker, und die Dudelsäcke haben gespielt und der Felsen war schwarz vor lauter jubelnden Menschen.

(*Willy:* Jetzt ist sie bei Militärgeschichte angekommen. Irgendetwas verschweigt sie.
Dulcie: Sie wird eine richtige britische Spießerin, wenn sie nicht aufpasst. Was ist mit den Flitterwochen?
Willy: Ich glaube, darauf kommt sie noch.)

Wir sind auf dem Seeweg von Rom hergekommen. Nach Rom sind wir von Ostpakistan aus geflogen, und dorthin kamen wir aus Bhutan! Der König von Bhutan ist ziemlich eigenbrötlerisch, aber er hat uns reingelassen, weil er mit Eddie am Christ Church College war. Nicht, dass sie sich begegnet wären, damals oder heute. Der König ist ein einsamer Inselbewohner – wie Du oder Thomas Hardy. Und vielleicht George VI.

Morgen geht's nach London. Wir werden erstmal in Eddies alter Londoner Bude sein, bis wir etwas gefunden haben. Der Temple ist immer noch zerbombt. Ich glaube – aber erzähl es nicht weiter –, dass Eddie gern in Hongkong leben würde, und ich möchte das auch, vor allem, wenn Dulcie und Du auch bleibt. Lass Dich nicht in die trostlosen Donheads zurücklocken!

Es tut mir leid. Ich habe mich wohl etwas verquatscht. Oje, Geschichte!

(*Willy:* Ich glaube, sie kommt zum Ende.
Dulcie: Du kommst zu spät zum Gericht.)

Ich muss Dir so viel erzählen, lieber Patenonkel, den ich noch aus dem alten Shanghai kenne! Das hier hatte eigentlich ein einfacher Dankesbrief werden sollen. Danke, dass Du mir so eine Stütze warst und zu meiner Hochzeit gekommen bist, dass Du mich zum Altar geführt hast, dass Du im Le Trou Normand so diplomatisch warst, als Amy gestillt hat (sag Dulcie, dass es mir leidtut, ich wusste nicht, dass es sie so aufregen würde), und vor allem, als Mrs Baxter sich übergeben musste. Du warst wundervoll. Ich fürchte, Edward hat sich eher zurückgehalten. Er war lange sehr still, aber als wir durch Sikkim kamen und da diese schlanken Frauen mit den Fingerspitzen Teeblätter abzupfen sahen – ihre Saris wie Mohnblumen in alldem Grün, bunte Tücher um die Köpfe, ich habe mich so gefreut! –, da hat er gesagt: »Ich bin gar nicht gut genug für dich.«

Oje – jetzt ist es mit mir durchgegangen. Bitte, lieber Uncle W, zeig Dulcie diesen Brief nicht. Ach, tust du wahrscheinlich sowieso.

In Dhaka hat Eddie mir einen roten Sessel gekauft. Der uralte Mann, der ihn verkauft hat, wohnte ganz hinten in seinem Laden, im Dunkeln, seine Augen haben geleuchtet wie die einer maltesischen Pestratte. Der Sessel wird an die Inns of Court geliefert, The Temple, London EC4!

Anscheinend kann ich mich gar nicht darauf konzentrieren, mich bei Dir zu bedanken. Wenn Pa und Ma nur hier wären! »Du bist meine Mutter und mein Vater«, haben die Alten Raj dem Land Indien versprochen, beziehungsweise: »Ich bin.«

Ist es nicht eigenartig, wie Hongkong einen festhält? Ist es nicht eigenartig, wie unser »Ferner Osten« durch die Bombe irgendwie verschwunden ist? Verstehst Du, was ich meine? Jetzt wohnen die Briten nur noch anstandshalber dort.

Ich verspreche Dir, lieber Uncle Willy, weiser zu werden, damit ich Deine Zuneigung überhaupt verdiene. Ich werde Tweed tragen und stämmig und behaart werden und Muttermale am Kinn haben, und ich werde Friedensrichterin werden und Bazare zugunsten der Barristers' Benevolent Association eröffnen. Ich werde Dir keine Schande machen.

Danke, dass Du Eddie magst.

Viele liebe Grüße

Deine Betty

(Der Brief ging Jahre später durch Judge Pastrys Testament an Her Majesty's Judge Sir Edward Feathers QC, wohnhaft in den Donheads. Er wurde sorgfältig datiert, beschriftet und in einer Klarsichthülle an Edward Feathers' Kanzlei überstellt, wo er möglicherweise immer noch vor sich hin gammelt.)

13. Kapitel

»Du grinst ja übers ganze Gesicht, Mrs Feathers.«

»Ich bin glücklich, Mr Feathers. Ich schreibe an Pastry Willy.«

»Ungefähr hundert Seiten, wie es aussieht. Mach mal Schluss, es gibt ein Picknick.«

»Ein Picknick?«

»Auf den Klippen. Mit der Lokalprominenz. Also, mit der englischen Lokalprominenz. Beeil dich! Kein PS mehr. Umschlag, Briefmarke und weg damit. Auf das Silbertablett am Falltor. Vergiss deine Sonnencreme nicht, deinen Hut habe ich schon.«

»Ich liebe dich, Edward Feathers. Warum müssen wir denn mit diesen fürchterlichen Leuten picknicken? Wir können doch einfach hierbleiben und mit Mabel Dosensardinen essen.«

»Es gibt Dosensardinen-Sandwiches auf den Klippen. Die ganze Bagage wird da sein, das ist schon seit Jahren geplant. Seit Kriegsende. Lauter Expats ohne Geld, ohne Bildung, aber mit Flausen im Kopf und ganz besoffen von der Sonne. Es hat sie nach Malta verschlagen, sie können nicht mehr nach Hause und haben nichts zu tun.«

»Das British Council?«

»Bestimmt nicht. Eher der Abschaum Europas. Sixpenny Settlers. Wir müssen da hin, alles andere wäre unhöflich. Es gibt Wein!«

Als sie ankamen, lümmelten schon alle in der Sonne auf einer Klippe herum, die im Inland zu liegen schien, aber unten hörte man das Meer rauschen. Aus einer langen Felsspalte wuchsen Blumen, und man hörte Wasser plätschern.

»Ich dachte, auf Malta gibt es keine Bäche«, sagte Betty.

»Doch, einen. Einen einzigen«, sagte ein träge in der Nähe liegender Mann mit einer Weinflasche.

»Wir haben ihn vor einem Jahr gefunden. Vorher wusste niemand davon. Obwohl er ziemlich nah an Valletta liegt«, sagte jemand anders.

»Ah«, sagte der Träge. »Wir haben das Gefühl, die Insel wird immer größer.«

Ein paar Töchter, englische Schulmädchen in Badeanzügen, die an den Oberschenkeln raffiniert geschnitten waren, lachten und sprangen über die Felsspalte. Und dann ein Schrei.

»Was machen die? Was machen sie, Eddie?«

»Ich glaube, sie springen über die Felsspalte.«

Elizabeth rannte hin, legte sich auf den Bauch und schaute in die Felsspalte mit den Blumen hinunter. Sie war weniger als einen Meter breit. Das smaragdgrüne Meer ganz unten schien so weit entfernt wie der blaue Himmel oben. »Wenn sie abrutschen! Wenn sie abrutschen!«, rief Betty.

Aber die Mütter der Mädchen saßen da, rauchten und betrachteten ihre Fingernägel. Eine von ihnen rief: »Tun sie nicht. Keine Sorge.«

Aber dann tat es doch eine. Ein Bein rutschte ab, und sie musste schnell herausgezogen werden. Alle lachten außer Elizabeth, die sich wieder mit dem Gesicht nach unten legte. Sie hatte das Gefühl, es gebe keine Zeit, hätte nie eine gegeben und würde nie eine geben. Sie sagte: »Eddie, da unten ist ein kleiner Strand. Ich sehe die Brandung. Ich gehe da mal runter.«

»Wenn du einen Weg findest.«

»Den finde ich schon. Ich gehe alleine, du brauchst nicht mitzukommen.«

Seit der Hochzeit waren sie nicht mehr getrennt gewesen.

Der träge Mann, der mit seiner Weinflasche in der Nähe lag, rief: »Sie sind doch dieser Anwalt, oder? Ich hab da mal eine Frage.«

»Ich bin weg. Wir sehen uns unten, Eddie. Du kannst mich ja mit dem Auto abholen. Aber lass dir Zeit.«

»Du verpasst ja das Picknick.«

»Macht nichts. Trink nicht zu viel. Die Straße da runter ist bestimmt kurvig. Vielleicht ist es doch sicherer, durch die Spalte runterzuspringen.«

Edward wurde grau im Gesicht. Er kam zu ihr und packte sie am Arm.

»Lass mich los! Hör auf! Du drückst mir ja das Blut ab. *Edward*!«

Sein Blick war der eines Mannes, den sie noch nie gesehen hatte.

Dann ließ er sie los, setzte sich auf einen Felsen und barg das Gesicht in den Händen. »Es tut mir leid.«

»Das will ich hoffen.«

»Da kam eine Erinnerung hoch. Ich war ungefähr acht.«

»Acht?«

»Ich habe jemanden umgebracht.«

»Ach, Eddie, hör doch auf. Ich gehe … Nein, in Ordnung. Schon gut. Ich gehe nicht. Geh mit dem grässlichen Typen reden. Ich bleibe hier sitzen.«

»Ist was?«, rief der Mann. »Flitterwochen vorbei? Hab ich was Falsches gesagt?«

»Nein«, sagte Edward.

»Im Krieg«, sagte der Mann, »waren Sie da Kriegsgefangener?«

»Nein, Sie?«

»Gott, nein. Navy. Aber an Land gearbeitet. Ein Geschwür. Hat mich fertiggemacht. Meine Frau hat mich auch verlassen, Gott sei Dank. Also.« Er kam zu Edward und legte sich neben ihn. »Haben Sie einen Job für mich? Im juristischen Bereich? Als Clerk oder so. Ich hab kein Examen. Irgendwas Einfaches.«

»Unsere Clerks haben kein sonderlich einfaches Leben.«

»Ich würde wirklich gern hier bleiben. Auf Malta. Nichts tun. Einfach unter meinesgleichen bleiben.«

»Das halte ich nicht aus«, sagte Elizabeth. »Eddie, komm mit mir die Klippe runter.« Sie stieg über den Mann und sagte: »Wer auch immer Sie sind: Sterben Sie doch einfach.«

14. Kapitel

Die Straßen um Victoria Station waren dunkel, und das Taxi kroch durch einen so dichten Nebel, dass man nicht mal die Bordsteine sehen konnte und sogar Doppeldeckerbusse vollkommen überraschend vor einem auftauchten. Der Taxifahrer blieb stehen und fuhr an, und sie schwiegen, bis er endlich sagte: »Ebury Street. Ja? Zehn Pfund.« Er hatte sie vom Flughafen aus hergefahren, ihr Gepäck war um sie herum gestapelt und mit einem Riemen auf der Motorhaube und einem Dachgepäckträger befestigt. »Danke, Sir. Alles Gute, Sir.«

Sie hatte Edwards Teil von London nie gesehen. Sie hatte ihn überhaupt nie in einem Wohnhaus erlebt, immer nur in Hotels und Restaurants. Sie hatte keine Ahnung, wie seine Maisonette in Pimlico wohl sein würde, und jetzt, da sie im dichten Nebel davorstanden, noch weniger. Sie kannte ihn nur bei Sonnenschein.

»Ich könnte dich über die Schwelle tragen«, sagte er. »Aber es ist ein bisschen unaufgeräumt«, und schloss die Tür auf. Sie kamen in ein Treppenhaus ohne Tapeten oder Teppichboden. Durch ein Fenster auf der Rückseite fiel ein wenig gelbliches Nebellicht herein. Auf dem Boden lag ein unsortierter Haufen Post, es roch nach Katze, und ein altmodisches Fahrrad stand herum. Eine Treppe, ebenfalls ohne Teppichboden, führte nach oben und um eine Kurve in den Schatten.

»Zu Hause«, sagte Edward.

»Wem gehört denn das Fahrrad?«

»Mir.«

»Dir? Du kannst Fahrrad fahren? Ich meine, ich kann mir dich gar nicht gut auf einem Fahrrad vorstellen.«

»Mache ich immer sonntagmorgens. Piccadilly, Oxford Circus. Da ist sonst niemand unterwegs. Ich besorge dir auch eins!«

Oben war eine Küche, die einen kaputten Emaille-Tisch und einen Stuhl beherbergte. Unter dem Tisch lagen stapelweise alte Ausgaben der *Financial Times* und des *Daily Telegraph*. Über der Steinspüle hing ein rostiger Durchlauferhitzer. Schranktüren standen offen. Auf dem Tisch standen ein offenes Glas mit grüner Fischpaste und eine prähistorische Teetasse mit einer mahagonifarbenen Flutmarkierung.

Edward sah sich lächelnd um. »Eigentlich habe ich eine Putzfrau, aber es sieht nicht aus, als wäre sie da gewesen. Ich habe sie tatsächlich noch nie getroffen. Ich lege das Geld immer neben die Spüle, und dann verschwindet es – ja, es ist weg, also war sie wohl da. Hoffentlich ist wenigstens das Bett gemacht. Ich bin nicht gut in sowas. Ich bin ja auch kaum hier. Um die Ecke ist eine Wäscherei und ein ABC, wo man Brot bekommt.«

»Hier *wohnst* du? Die ganze Zeit? Ganz allein? Aber Eddie, das passt gar nicht zu dir.«

»Ach, ich weiß nicht. Es war mir nie so wichtig.«

Unter der Decke hing ein viktorianisches Holzgestell an einem Flaschenzug, an dem man die Kleider zum Lüften hochziehen konnte. Auf einer der Querstangen saß eine Ratte.

Im Laufe der Jahre wurde diese erste Ankunft zu einer von Elizabeths berühmten Geschichten, wenn sie in Hongkong an ihrem Rosenholz-Esstisch saß, mit Orchideen und Tafelsilber und Suppenschälchen aus durchscheinendem Porzellan. Zeitgenossen diskutierten über das London der Nachkriegszeit. Elizabeth gab ihre Geschichte zum Besten und weckte ähnliche Erinnerungen unter den Gästen, die alle ein gewisses Alter hatten. Sie scherzten stolz über die Heruntergekommenheit Londons in den Fünfzigern – sogar noch in den Sechzigern –, über den Irrsinn des National Health Service (»Kostenlose *Pflaster*!«) und die puritanische Regierung. Elizabeth war immer charmant und sprach nie über Politik. Sie verehrte den National Health Service und lenkte das Gespräch auf das London, in das sie als junge Braut gekommen war, auf Edwards Weltfremdheit im schäbigen Pimlico, seine Arbeitswut, die langen Tage in der Kanzlei. Sie wusste selbst nicht, warum sie, wenn sie die Geschichte dieser Ankunft erzählte, die im Laufe der Jahre immer bunter wurde, nie von der Ratte erzählte.

Sie hatte geschrien, war aus der Küche gerannt, die Treppe hinunter, hinaus in den Nebel und zitternd auf dem Gehweg stehengeblieben. Edward war hinter ihr hergekommen und hatte gerufen: »Betty – um Himmels willen, auf Malta waren doch auch Ratten. *Pestratten*. Und in Hongkong. Und was ist mit Bhutan, wo die Schlangen durch den Abfluss hochkommen?«

»Wir haben nie eine gesehen.«

»Was ist mit dem Lager in Shanghai?«

»Das war etwas anderes. Wir haben es sauber gehalten. Wir müssen hier weg, Eddie. Sofort.«

»Du weißt ja gar nicht, wie schwer es ist, eine Wohnung zu finden. Oder auch nur ein Zimmer. Es ist ja alles noch zerstört. Und Ebury Street liegt in SW, das ist eine gute Adresse auf Briefpapier.«

»Die Ratte war nicht zum Briefeschreiben da!«

Vierzig Jahre später, in ihrem auf Hochglanz polierten

Haus mit dem makellosen Garten in Dorset, wo sie ihren Wagen jede Woche durch die Waschanlage fuhr und sich weigerte, einen Hund zu halten, weil er mit matschigen Pfoten alles schmutzig gemacht hätte, überkam sie manchmal diese Erinnerung. Da saß die Ratte auf dem Wäschegestell. Das war der Wendepunkt gewesen. Die ewige Ratte. Sie war das Zeichen gewesen, dass sie die Dinge jetzt in die Hand nehmen musste.

»Gibt es kein Hotel in der Nähe? Das Grosvenor? An der Victoria Station? Wir stellen das Gepäck wieder auf den Gehweg und nehmen ein Taxi.«

»Bei dem Nebel kriegen wir kein Taxi mehr«, sagte er, und sofort fuhr ein Taxi vor. Seine Scheinwerfer wirkten so tröstlich wie Florence Nightingale.

»Ich bin nicht mal sicher, ob ich noch genug Bargeld habe«, sagte er.

»Aber ich«, sagte sie. »Mach die Tür hinter dir zu.«

Sie stieg ins Taxi, und nach kurzem Zögern folgte er ihr.

Am Grosvenor Place stiegen sie aus. Betty war schon im Foyer und der Taxifahrer bezahlt, da stand Edward immer noch im Leinenanzug auf dem Gehweg. »Hier riecht es nach Bier und Tabak und Gebratenem. Es ist bestimmt ausgebucht.« Aber sie hatte schon ein Zimmer bekommen.

Im Bett sagte er: »Ich mag Ratten eigentlich.«

In dieser Nacht im Grosvenor, als unter ihnen rangierende Dampfloks lärmten und gelbe Nebelfinger ihr Fenster bemalten und sie sich einen Teppich über die dünne Bettdecke gelegt hatten, fing Edward an zu lachen. »Ich bin die *Ratte*«, sagte er und griff nach ihr. »Ich bin im Taxi mitgekommen.«

Hongkong. Rosenholz-Esstisch. Mittleres Alter.

Fin de Siècle.

Edward (zu Gästen): Das Ende meiner Freiheit. Von der Minute, als wir in London ankamen, hat sie das Ruder übernommen. Sie und der Clerk und natürlich Albert Ross. Außerhalb der Arbeit hätte ich gar nicht zu existieren brauchen.

Alle: Sie haben aber auch viel gearbeitet, Filth!

Edward: Das stimmt. Ich hatte endlich reichlich zu tun. Weißt du noch, Betty?

Elizabeth: Allerdings.

Edward: Ich weiß gar nicht, was du abends immer gemacht hast, armes Kind. Du sahst aus wie sechzehn. Und warst ganz allein.

Elizabeth: Nicht ganz.

15. Kapitel

Am Morgen hatte sich der Nebel gelichtet, und Edward fuhr um neun Uhr mitsamt seiner Wäsche und seinen Papieren in die Kanzlei. Er reichte Elizabeth den Schlüssel zur Maisonette über den Frühstückstisch im düsteren Speiseraum des Grosvenor Hotels.

Als er weg war, nahm sie den Schlüssel und bat darum, dass ihr Gepäck heruntergeholt und zur Gepäckaufbewahrung am Bahnhof gebracht werde. Sie bezahlte die Rechnung und machte sich tapfer zu Fuß auf den Weg in Eddies grässliches Zuhause.

Als sie in die Ebury Street einbog, hatte sich der Nebel verzogen, und sie bemerkte, dass Edwards Straßenseite im Morgenlicht wunderschön aussah. Die Fassade war ein bisschen verblichen und wirkte zart wie Papier, eine unfertige Filmkulisse, die sich beinahe im Wind bog. Die Fenster aus dem 18. Jahrhundert hatten die Bomben überlebt und hatten ungeputzte, aber klare, schmale Scheiben. Aus den Erdgeschossen ergossen sich kleine Läden auf den Bürgersteig, und über den Wohnungstüren waren runde Oberlichter. Sämtliche Häuser waren dreigeschossig. Im ersten Stock lagen zwei hohe Fenster mit hübschen eisernen Balkongeländern. Neben Edwards Eingangstür war ein Gemüseladen, dessen Kisten und Säcke auf dem Gehweg standen, und auf der Türschwelle stand ein sehr dicker, kleiner Mann in einem bräunlichen Overall mit den Händen in den Hosentaschen. »Morgen«, sagte er, stieß Luft aus und betrachtete den Himmel.

»Haben Sie schon geöffnet? Haben Sie – verkaufen Sie irgendwas?«

»*Irgendwas*? Würde ich so nicht sagen. Wir haben Kartoffeln. Möhren. Sellerie, wenn Sie wollen.«

»Haben Sie – Äpfel?«

Er starrte sie an und sagte: »Vielleicht haben wir ein oder zwei Orangen.«

»Ah! Dann hätte ich gern zwei Pfund.«

»Wo kommen Sie denn her, Miss? Ich verkaufe Ihnen eine Orange.«

Sie folgte ihm in den Laden, wo eine offensichtlich schicksalsgebeutelte Frau auf einem Barhocker hinter einem Verkaufstresen saß.

»Gucken Sie sich mal meine Fesseln an«, sagte sie und streckte ein Bein aus. Sie trug keine Strumpfhose. Der Knöchel war dick geschwollen, er quoll aus einem Männerpantoffel. »Wollen Sie mal raten, wie dick?«

»Das sieht wirklich sehr geschwollen aus«, sagte Elizabeth.

»Sechzehn Zoll, rundum gemessen! Nur Wasser. So viel zum National Health Service.«

»Sie müssen dringend zum Arzt.«

»Und wer macht hier die Kasse? Sie sind also zu Hause?«

»Zu Hause?«

»Nebenan. ›Mr Feathers ist wieder da‹, habe ich beim Elektriker gegenüber gehört. Mozart Electrics.«

»Nun ja – auf der Durchreise. Ich bin Mrs Feathers.«

»Aha!« Sie verdrehte die Augen in Richtung ihres ausdruckslosen Mannes, der wieder auf der Schwelle stand und den Markt beobachtete. »Verheiratet!«

»Sie können auch zwei haben!«, rief er über die Schulter zurück. »Aber fragen Sie gar nicht erst nach Zitronen.«

»Werfen Sie die Putzfrau raus«, sagte seine Frau. »Sie bleibt immer nur zehn Minuten. Sie werden ordentlich putzen müssen.«

»Ach, na ja. Ich glaube nicht, dass wir lange bleiben. Wir wollen näher an die City.«

»Na, dann viel Glück«, sagte die Frau. »Aber Sie haben ja wohl Glück, das sieht man Ihnen an. Nebenan würden tausend Leute einziehen wollen, sobald Sie den Schlüssel hergeben.«

»Ich habe eine Ratte gesehen. Gestern Abend. Wir sind dann erstmal wieder gegangen.«

»Ach, Ratten. Die sind überall. Mr Feathers hat sich gelegentlich beschwert, wobei er wirklich ein vollendeter Gentleman ist. ›Haben Sie rein zufällig einen Hund, Mrs –er?‹ (Er nennt alle Mrs –er.) ›Mag Ihr Hund Ratten?‹ Wir haben gesagt, wir wüssten es nicht, aber wir haben ihn hingebracht, und dann steht der Hund da und starrt die Ratte an« – sie begann zu keuchen und zu zittern, was sich schnell auf den Gemüsehändler auf der Schwelle übertrug, seine Speckrollen im Overall vibrierten – »und dreht sich um und marschiert raus. Der Hund marschiert einfach raus. Es war wirklich eine große Ratte.«

»Also, ich kann hier nicht wohnen«, sagte Elizabeth.

»Ich rufe bei der Bezirksverwaltung an«, sagte die Frau. »Dann haben Sie es da bald hübsch und sauber, Sie werden schon sehen. Möchten Sie ein paar Bücklinge?«

Elizabeth drehte den Schlüssel in Edwards Schloss um und blieb dann noch eine Weile auf dem Gehweg stehen und beobachtete, wie der Elektroladen auf der anderen Straßenseite aufmachte. Der arthritische alte Mann sah sie.

»Gehen Sie schon rein«, rief er. »Wird schon alles in Ordnung sein. Na los, ich gehe mit.« Und als wäre er unter

Schmerzen von den Toten auferstanden, überquerte er langsam die Straße, und die Autos blieben seinetwegen stehen. »Inzwischen brauche ich über eine Stunde, um morgens aufzustehen«, sagte er. »Passen Sie auf das Fahrrad auf. Die Stufen sind steil, aber wenn ich es langsam angehen lasse ... Geht schon. Also dann ...«

In der Küche war der Wäschezug nicht besetzt, und durch ein wunderschönes Fenster mit zarten Sprossen sah man einen schmalen, grünen, verwilderten Garten voller Blumen. Darüber und dann noch ein Stockwerk weiter oben lagen zwei Schlafzimmer mit schiefen Fußböden und einfachen Marmorkaminen. Edwards schmales Bett stand in der Mitte eines der Zimmer auf einer Fußbodenmatte wie die Pritsche eines Mönchs. Ein herrlicher alter Schrank. Ein Stuhl. Ein recht ordentliches Badezimmer. Und aus dem höhergelegenen Stockwerk ging der Blick auf weitere Reihen von Gärten auf beiden Seiten hinaus. Jenseits des Rasens standen hohe Bäume und verdeckten den Blick auf die Maschinenhallen von Victoria Station.

»Lassen Sie sich nicht zu eng mit der von nebenan ein«, sagte der Elektriker. »Ich meine nicht Florrie mit dem Wasser in den Beinen. Die andere Seite. Kommen Sie jetzt zurecht?«

»Ja. Nun ja. Ich bleibe nicht lange. Wir haben ... also ... eine Ratte gesehen.«

»Vom Fluss«, sagte er. »Irgendwo müssen sie ja hin. Es gibt Schlimmeres. Das hier ist ein gutes Haus, und das muss es auch sein. Wir haben gehört, es kostet zwei Pfund pro Woche Miete. Aber hier wird sowieso bald alles saniert. Ein Wunder, dass keine Bombe draufgefallen ist. Die großen Sachen sind alle zerbombt, Eaton Square und so, und hier ist nicht mal ein Fenster kaputt. Handwerkerhäuser, das sind wir. Originaltäfelung in Kiefer. Ich lasse Sie erstmal allein.«

»Danke!«, rief sie ihm hinterher. »Sehr! Warum nennen Sie sich eigentlich Mozart Electrics?«

»Er war doch als Junge mal hier«, sagte der arthritische Mann, erstaunt, dass das nicht die ganze Welt wusste. »Eines Tages wird bestimmt ein Denkmal errichtet.«

Sie fand den Weg in den Garten, wo Obststräucher wuchsen und es ein Gurkengitter gab und sie über den Zaun hinweg aus dem Nachbargarten von einer alten Frau mit gerötetem Gesicht beobachtet wurde.

»Guten Morgen«, sagte sie. »Ich bin De-lilah Dexter. Vielleicht haben Sie schon von mir gehört. Ich bin Schauspielerin, aber genauso begeisterte Gärtnerin. Ich habe gehört, dass Sie Edward geheiratet haben.«

»Woher …«

»Ach, durch diese Wände aus dem achtzehnten Jahrhundert verbreiten sich Nachrichten schnell. Wir haben Sie gestern Abend ankommen hören, aber dann waren Sie gleich wieder weg. Er ist sicher in der Kanzlei?«

»Ja. Wir sind gerade erst …«

»Von der langen Hochzeitsreise zurück. Wird sicher schwer, sich einzugewöhnen. Kommen Sie doch auf eine heiße Schokolade vorbei, dann lernen Sie auch Dexter kennen.«

»Ich glaube nicht …«

»Ich setze den Kakao schon mal auf und lasse die Haustür offen.«

»Das«, sagte Delilah unter Zuhilfenahme ihres Zeigefingers, »ist Dexter.«

Das Haus sah aus wie ein kleines Theater. An den Fenstern hingen mit dicken Seilen geraffte Samtvorhänge, wie vor einer

Bühne. Das Wohnzimmer wirkte riesig, weil die Wand gegenüber den Fenstern von einem goldgerahmten Spiegel bedeckt war, der das Licht sanft reflektierte. Zu beiden Seiten des Spiegels hingen goldene Flambeaus, in denen dicke Wachskerzen bis auf den letzten Zoll heruntergebrannt waren. Im Spiegel sah man einen Mann im schwarzen Anzug liegen, die Beine auf einer roten Samt-Chaiselongue ausgestreckt, der ein Fuß fehlte. Sein Gesicht war elfenbeinfarben. Er hob erschöpft die Hand zum Gruß.

»Dexter«, sagte seine Frau, »ist ebenfalls Schauspieler. Aber jetzt im Alter spielt er nur noch Butler.«

»Wie interessant!«

»Butler waren in den letzten Jahren unsere große Stütze. Leider interessiert sich das zeitgenössische Theater nicht für Butler. Es geht nur noch um Landstreicher und Arbeiterfrauen am Bügelbrett. Aber hier und da bekommt Dexter noch eine Rolle, oder die Regisseure finden eine für ihn. Er ist der ultimative Butler. Er bevorzugt eindeutig das *Playhouse*, wo sie immer noch gern Adelskomödien spielen, und dann auch gern mit langer Laufzeit. Im Moment spielt er in einem Stück, in dem seine Rolle mit dem zweiten Akt endet, da ist er zum Abendessen schon wieder zu Hause. Sie haben ihm den Vorhang erlassen.«

»Ich hoffe immer, dass man mir den Vorhang erlässt«, sagte Dexter. »Und weil ich ohnehin immer Schwarz trage, brauche ich auch keine Zeit in der Garderobe. Wenn ich hier losgehe, bin ich in zehn Minuten auf der Bühne.«

»Und wenn Sie unterwegs stürzen?«

Die beiden Schauspieler sahen Elizabeth verächtlich an.

»Wir sind Profis«, sagte Delilah. »Wir können auch mit gebrochenen Beinen tanzen. Wenn Dexter wirklich mal spät dran sein sollte, kann er sich immer noch Edwards Fahrrad ausleihen. Ich gebe Ihnen mal etwas grünen Chartreuse in den Kakao.«

Nachdem Elizabeth sämtliche Fenster geöffnet und Edwards Fahrrad so vor die Tür gestellt hatte, dass sie ebenfalls offen stand, folgte sie dem Telefonkabel, fand das Telefon unter einem Kissen und rief die Bezirksverwaltung von Westminster wegen der Ratte an. Dann beschäftigte sie sich mit dem Arbeitsamt und fragte bei Mozart Electrics nach einer Reinigungsfirma. Sie eröffnete ein Konto bei der National Provincial Bank an der Ecke und machte den Gaswerken unmissverständlich klar, sie sollten es ja nicht wagen, den Durchlauferhitzer nicht auszutauschen. »Die tauchen allerfrühestens in einem Monat auf«, sagte Delilah Dexter, aber eine Stunde später kam jemand vorbei und blieb, bis tatsächlich heißes Wasser kam. Elizabeth fand eine Pfanne, befreite sie von Spinnen und aß Bücklinge.

»Die waren sehr gut«, sagte sie zur Frau des Gemüsehändlers.

»Ja, sie sind aus Lowestoft. Das sind *Lowestoft kippers* – da fahren wir schon seit siebenundzwanzig Jahren immer für zwei Wochen in Urlaub hin, sogar im Krieg. Keine Sorge, die halten sich. In ein paar Monaten fahren wir wieder hin, dann bringe ich Ihnen welche mit. Wir mögen nicht so gerne Veränderungen. Wir sind hier.«

An diesem Abend kehrte Edward unruhig und spät ins Grosvenor zurück und fand weder seine Frau noch sein Gepäck dort vor. Entmutigt ging er in die Ebury Street, wo sämtliche Lichter im Haus brannten, alle Fenster offen standen und es bis zur Victoria Station nach Bücklingen roch. Auf der Schwelle stand seine Frau, die Arme in die Seiten eines geliehenen Overalls gestemmt, und unterhielt sich mit dem Gemüsehändlerehepaar, und Mr Dexter kam langsam die Straße herunter und sah aus wie ein Butler.

»Ende des zweiten Akts«, sagte Dexter und lüpfte den Hut.

Teil drei:

Leben

16. Kapitel

»Nun gut, ja. Wir haben Geld«, gab Edward zu. »Ja.« (Zögernd.) »So langsam kommen meine Honorare rein. Aber wir sollten nichts überstürzen.«

»Alles in Weiß«, sagte Betty. »Der Elektriker kennt ein paar Leute in den Seitenstraßen. Und dann hat dieser neue Laden eröffnet, Peter Jones am Sloane Square, da bekommt man Teppiche und Vorhänge. Und Möbel. Meinst du, wir sollten uns ein Auto kaufen?«

»Um Himmels willen, nein!«

»Wir könnten auf der Straße parken.«

»Das müsste ja nachts beleuchtet werden.«

»Wir könnten ein Kabel durchs Wohnzimmerfenster legen. Mit Batterie. Das machen alle so!«

»Es ist aber nicht erlaubt. Privates Kabel auf einer öffentlichen Straße. Irgendwann brennt die ganze Straße.«

»Der Lieferwagen vom Obstladen steht die ganze Zeit draußen. Der Händler sagt übrigens, er liefert kostenlos.«

»Aber er ist ja gleich nebenan.«

»Und Delilah Dexter hilft mir mit der Einrichtung.«

»Wer ist denn Delilah Dexter?«

»Die Frau von dem singenden Butler. Sie kennen dich. Du kannst ruhig alles mir überlassen, aber ich brauche eigenes Geld. Ich habe mir schon ein Konto eingerichtet, und da muss etwas drauf.«

»Das«, sagte Filth, »ist heutzutage wohl so üblich.«

Delilah wusste genau, was zu tun war, als Betty selbständig über Geld verfügen konnte. Das ganze Haus sollte in reinstem Weiß eingerichtet werden, wie das von Lady Diana Cooper in den dreißiger Jahren, wobei sie selbst, fand Delilah, keineswegs ganz blütenweiß war. Ebenso wenig wie England.

»Und dann eine Wohnzimmerwand aus falschem schwarzem Marmor, hinter dem weißen Marmorkamin. Gestreifte Brokatvorhänge in Purpur und Silber. Das Sofa und die Stühle sind gut, Edward sagt, sie kommen aus Lancashire, weiß aber nicht mehr, woher er sie hat. Man könnte helle, zitronenfarbene Leinenbezüge darüber drapieren. Und der Teppich muss weiß sein. Auslegeware. Dick und flauschig.«

»Ich bin nicht sicher, ob Edward …«

»Oh, und silberne Leuchter mit schwarzen Kerzen auf dem Kaminsims und ein großer Spiegel obendrüber. Rein zufällig habe ich irgendwo noch herrliche silberne Leuchter. Die haben wir mal für Macbeth gebraucht. Also, lass mich mal machen.«

»Die Kanzlei möchte uns ein Hochzeitsgeschenk machen«, sagte Filth drei Wochen später, als er vor der Wohnzimmertür stand und darüber nachdachte, ob er seine Schuhe ausziehen sollte. »Dieser weiße Teppichboden. Da, wo wir essen?«

»Ach, wir essen einfach in der Küche. Das macht man heute so.«

»Entschuldige. Aber ich könnte nicht in einer Küche essen.«

»Das ist nicht mehr wie früher. Es wird sauber sein.«

»Die Kanzlei«, sagte er in Socken, »möchte uns einen Sessel schenken. Ich habe ihnen gesagt, dass wir bereits einen aus dem Fernen Osten bekommen.«

»Mein Lieber«, sagte sie. »Den brauchen wir nicht mehr.«

Filth wirkte traurig.

»Was hast du denn?«

»Ich erinnere mich an dein Gesicht, als ich ihn gekauft habe. Du hast dich so gefreut.«

»Ach, das war kindisch. Sag ihnen, wir hätten gern einen schwarzen Sessel von Woollands of Knightsbridge. Ich habe ihn im Schaufenster gesehen. Es sind Löcher darin, als wäre er von Picasso. Und er streckt sich in alle möglichen Richtungen. Das wird revolutionär aussehen.«

Als der Sessel ankam, hing das Preisschild noch dran. Zweiundzwanzig Pfund!

»Jesses«, sagte Betty. »Deine Kanzlei muss dich ja mögen. Da sollten wir wohl eine Party geben.«

»Ich gebe nie Partys«, sagte Filth. »Sie kennen mich.«

»Aber mich nicht«, sagte sie. »Komm schon. Ich mache eine Liste. Ich habe Coq au Vin zum Abendessen gemacht, mit dunkler Soße. Steht in der Küche.«

»Gut«, sagte Filth, und später, höflich: »Sehr gut.«

»Ich war nicht sicher, ob man die Füße drinlässt.«

Filths Gesicht verzog sich langsam zu einem Lächeln. Er betrachtete sie und fing an zu lachen, was nicht oft passierte und entsprechend eingerostet klang.

»Na ja, ich bin in Tianjin geboren«, sagte sie.

»Weißt du eigentlich, was du bist, Elizabeth Feathers?«

»Nein?«

»Du bist glücklich. Ich mache dich glücklich.«

»Ja. Das bin ich. Das machst du. Na los, iss deine Füße auf.«

Sie dachte noch darüber nach, als sie die unglaublichen Geschirrberge abspülte, die das Coq au Vin verursacht hatte. Edward saß im Picassostuhl und hatte seine Akten für den nächsten Tag um sich herum auf dem weißen Teppichboden ausgebreitet. Er ging für einen Augenblick auf die Knie, um sie zu studieren, und als er wieder aufstand, war seine Hose von weißem Flaum bedeckt. Er verlor kein Wort darüber.

»Du bist glücklich«, sagte Delilah am nächsten Morgen über die Gartenmauer hinweg, als Betty Wäsche aufhängte. »Was sind denn das für komische Lätzchen? So eine Art Damenbinden?«

»Nein, das sind Edwards Beffchen. Die er im Gericht um den Hals trägt. Sie müssen jeden Tag gestärkt werden. Früher hat er das machen lassen, in Hongkong ist das auch in Ordnung, aber hier kostet es vier Pence pro Stück.«

»Willst du dir eigentlich Arbeit suchen? Hast du mal gearbeitet?«

»Ja. Beim Auswärtigen Amt. Früher.«

»Oh. Dann bist du wohl ganz schön schlau.«

»Ja. Bin ich. Ziemlich. Aber jetzt mache ich erstmal Pause. Ich kann ja nichts dafür, dass ich schlau bin. Oh Gott!« Die Wäscheleinenkonstruktion brach zusammen, und die Wäsche landete im Blumenbeet.

»Und wenn das Baby da ist?«

Betty entwirrte Edwards Unterwäsche und erstarrte.

»Und? Ich hab doch recht, oder? Ich sehe das immer sofort. Für eine Schauspielerin ist das lebenswichtig.«

Betty hockte sich hin und starrte zu den blühenden Bäumen hinter Delilahs Kopf hinauf. Sie sagte nichts.

»Hätte ich das nicht sagen sollen? Dann tut es mir wirklich leid.«

»Nein, nein, Delilah. Schon in Ordnung.«

Irgendwann sagte Betty: »Ja.«

»Am Ende der Straße ist ein Arzt. Er hat ein Schild an der Tür, nur dass es kein richtiges Schild ist, sondern ein Stück Pappe im Fenster. Einer dieser neuen indischen Ärzte. Ich glaube, die sind sehr gut, wenn es einem nichts ausmacht, sich von ihnen anfassen zu lassen.«

Betty stand auf und ging nachdenklich ins Haus. Sie starrte den weißen Teppichboden an.

»Der muss dann wohl weg«, sagte sie.

Sie betrachtete die bodentiefen Fenster und die darunterliegende Straße und fragte sich, wie stabil der Balkon war. Sie lächelte, wandte sich an die schwarzen Kerzen aus dem schottischen Stück und sagte: »Ich dachte, glücklicher kann man nicht mehr sein. Und jetzt bin ich es.« Dann ging sie allein zum Arzt.

An diesem Tag lief sie verträumt herum, lächelte jeden Passanten liebevoll an, ging bei Rot über die Ampeln, legte Kindern die Hand auf den Kopf. Am Buckingham Palace starrte sie durch den Zaun wie eine Touristin. Sie ging zum Queen-Victoria-Denkmal und schaute zu dem hässlichen, ungehaltenen Gesicht hinauf. Unmengen Kinder!, dachte sie. Und bis über beide Ohren verliebt.

Im St. James's Park beugte sie sich über ein Brückengeländer und beobachtete die Enten, die geschäftig im Kreis schwammen, und jede Ente war eine himmlische Ente, und die Brücke war silbern, und Diamanten lagen auf dem Weg. Die Weiden senkten sich seufzend über das Wasser. Sie ging den Birdcage Walk hinauf und über die Horse Guards Parade, die schäbig und farblos wirkte, weil immer noch Sandsäcke aus dem Krieg in zusammengesackten Haufen dalagen. Sie kam an Number 10 Downing Street vorbei, dessen Tür mal hätte gestrichen werden müssen, und dann am Fluss, der tief und schnell dahinfloss, was er auch noch tun würde, wenn sie längst nicht mehr lebte. Ebenso wenig wie das Baby. Sie ging an der Northumberland Avenue vorbei, an Cleopatra's Needle, am bröckelnden, untergehenden Savoy Hotel mit dem mittelalterlichen Palastkeller. Sie ging zur Strand, überquerte die Aldwich, und dann ging sie direkt zum Inner Temple und zu Edward.

»Ja, bitte?«, fragte der Clerk beflissen. »Welcher Name, bitte? Mr Feathers ist in einer Besprechung.«

»Ich bin Elizabeth Feathers. Betty. Ich wollte mich für den Sessel bedanken.«

Eine Schar Mädchen hinter riesigen Schreibmaschinen sah kollektiv auf, und ein jüngerer Clerk im steifen Kragen staubte einen Stuhl ab und brachte ihn ihr.

»Wir können ihn jetzt nicht stören«, sagte er. »Tut mir sehr leid. Aber es dauert nicht lange. Herzlichen Glückwunsch zur Aufnahme in die Kanzlei!«

»Oh, ich bin keine Anwältin«, sagte sie. »Aber vielleicht werde ich es! Ich habe das Gefühl, ich könnte alles werden. Ach ja, wir geben übrigens eine Party.« Während sie so plauderte und alle sie beobachteten, wurde ihr bewusst, dass sie schön war. Glück macht schön. Ich bin glücklich und schön wie ein Engel …

Die Tür zum Zimmer der Clerks ging auf, und Edward kam heraus. Er blieb verdattert stehen.

Neben ihm – er ging ihm nur bis zur Hüfte – stand Albert Ross.

»Alles in Ordnung«, sagte eine der Sekretärinnen. »Mrs Feathers? Alles in Ordnung. Sie waren nur kurz ohnmächtig. Hier, Wasser. Alles klar? Setzen Sie sich mal vorsichtig auf.«

»Jetlag«, sagte Edward Feathers. »Wir sind zwar schon seit ein paar Wochen zu Hause, aber wir haben auf der Hochzeitsreise fast den ganzen Erdball umrundet. Elizabeth, du hast zu viel im Haus geschuftet.«

»Wo ist er?«

»Wer?«

»Ross, Albert Ross. Ich dachte, ich hätte ihn neben dir stehen sehen.«

»Hast du auch. Er ist schon weg. Keine Sorge, wir sehen ihn demnächst öfter. Es gibt einen großen neuen Fall in Hongkong. Betty, bleib einfach sitzen, bis unser Taxi kommt. Ich fahre mit dir zurück.«

»Das brauchst du nicht. Es geht schon wieder. Ich konnte gar nicht aufhören zu laufen, ich bin den ganzen Weg zu Fuß hergekommen.«

»Aber das ist ja ein Gewaltmarsch! Bestimmt vier oder fünf Meilen!«

»Es war herrlich. Ich dachte, ich komme mal vorbei.«

Als Mr und Mrs Feathers weg waren, ging Charles, der oberste Clerk, in den Pub, und der Junior Clerk holte sich Sandwiches. Die Sekretärinnen packten ihr mitgebrachtes Essen und Thermoskannen und Zigaretten aus. Ein Mädchen lehnte sich im Sessel zurück. »Schwanger«, sagte sie. »Soso! Der gute, alte Filth.«

17. Kapitel

Nach der Fehlgeburt im vierten Monat sollte Elizabeth wieder zu Edward nach Hongkong. Man war sich einig, dass es ihrer Gesundheit guttun würde. »Guck dich doch mal an«, sagte Delilah. »Kreidebleich, spitz und abgespannt. Flieg zu deinen alten Freunden und setz dich in die Sonne.«

»Ich mag meine neuen Freunde«, sagte sie. »So gute Freunde hatte ich noch nie. Ich kann mich im Morgenmantel auf die Türschwelle stellen und die Welt an mir vorbeiziehen lassen. In Hongkong halten sie mir die Hoteltür auf, und ich trage Handschuhe und einen Hut, damit meine englische Haut schön weiß bleibt. Wie meine eigene Großmutter.«

»Aber du erholst dich ja gar nicht. Nicht wie wir in deinem Alter. Wir waren froh, als es passiert ist. Besser als Polei-Minze in irgendwelchen Hinterhöfen.«

»Nicht. Bitte.«

»Entschuldige, Elizabeth. Dexter und ich haben keine Kinder, und wir haben nie welche vermisst. Wir hatten uns. Und die Arbeit.«

Elizabeth lief ziellos in dem kleinen Garten umher. Sie ging nicht hinaus in die herrlichen Regency-Straßen und die Plätze hinter Mozart Electrics Richtung Knightsbridge und Hyde Park, wo die vom Krieg beschädigten Häuser wieder in ihre natürliche Verfassung versetzt wurden. Alte Cottages, die im neunzehnten Jahrhundert für Handwerker gebaut worden waren, und zu Wohnhäusern umgebaute Stallungen um den

Chester Square herum wurden für ein Butterbrot verkauft. »Ich finde, wir sollten eins kaufen«, sagte Edward. »Könnte ganz nützlich sein.« Aber sie weigerte sich, auch nur eines anzuschauen.

Die Straßen um Victoria Station waren voller Kinderwagen. Einmal fuhr sie mit dem Bus zum Hyde Park (»frische Luft schnappen«, sagte Delilah), und überall im Gebüsch saßen Kaninchen. In den Kensington Gardens wurde die Peter-Pan-Statue repariert. Und die Kindermädchen schoben wie eh und je in ihren dunkelblauen Uniformen und Kapotthüten Kinderwagen vor sich her, in denen makellose Babys lagen. Daran hatte der Krieg überhaupt nichts geändert. Manche Kinderwagen trugen Wappen. Elizabeth setzte sich auf eine Bank, und sofort eilten zwei Kindermädchen auf sie zu und sagten: »Entschuldigung, aber diese Bank ist nur für Adlige.« Sie lief dann noch ein wenig durch die Nebenstraßen, aber das brachte keinen Trost.

Schließlich sagte sie: »Ich gehe wohl besser zu Edward.«

»Ja, das ist sicher besser. Aber ich werde dich vermissen«, sagte Delilah. »Wenn du wieder hier bist, lachst du auch wieder. Versprochen. Und dann gehen wir zusammen in die Music Hall und sehen uns *Late Joys* an.«

Ohne sich von jemandem zu verabschieden, holte sie eine Nachricht von Delilah aus dem Briefkasten, sah zu den zugezogenen Vorhängen des Elektrikers hinüber, der immer später aufstand, und setzte sich ins Taxi zum Flughafen. Sie hinterließ auch ihrer neuen jamaikanischen Putzfrau, die ihr das Leben gerettet hatte, keine Nachricht, denn sie brachte es nicht fertig, ihr unter die Augen zu treten. Sie musste schon weinen, wenn sie nur an sie dachte.

Es war an dem Morgen passiert, an dem die Putzfrau da war.

Elizabeth hatte ihr von Anfang an einen eigenen Schlüssel gegeben. Die junge Frau war singend die Treppe heraufgetrampelt, hatte Elizabeths Schlafzimmertür aufgerissen und den Staubsauger hineinbefördert. Dann erst hatte sie Elizabeth im Bett bemerkt. Die Augen wie schwarze Teiche. Die Bettdecke bis ans Kinn gezogen.

»Ich verliere das Baby.«

»Herr im Himmel! Wo ist Arzt?«

»Er war da, ist aber wieder gegangen. Wir haben schon damit gerechnet. Schon vor zwei Wochen war nicht alles in Ordnung. Er kommt später noch mal. Er ist nicht davon ausgegangen, dass es jetzt schon passiert. Also – ich *glaube*, er kommt noch mal wieder.«

»Und Sir? Weiß Sir Bescheid?«

»Ich habe ihn angerufen.«

»Wann, Ma'am?«

»Vor einer Stunde. Er hat zu tun. Er muss einen Schriftsatz fertigmachen.«

Die Frau stürzte sich auf das Telefon. Dann schrie sie aus dem Fenster auf die Straße hinunter. Dann rief sie aus dem hinteren Fenster Delilah etwas zu, die ihre Blumen bewunderte. Dann machte sie Wasser heiß. Dann hielt sie mit dem Fahrrad die Haustür auf, damit die Sanitäter gleich durchkommen konnten. Sie hatte einen mit Rosen bemalten Nachttopf gefunden und neben das Bett gestellt, Betty getröstet und ihr gesagt, dass es jetzt bald vorbei sein würde.

»Es kommt in Wellen«, sagte Betty. »Wie Wehen. Wie im Lehrbuch. Vielleicht bin ich schon so weit? Vielleicht bekomme ich das Baby?«

»Nein, Ma'am«, sagte die Putzfrau.

»Halten Sie meine Hand«, sagte Betty.

»Geben Sie mir Telefonnummer von Kanzlei. Gut. Also. Mr Feathers, hier spricht Putzfrau. Bewegen Sie Ihren dünnen Arsch nach hier. Jetzt. Sofort.«

Leute an der Haustür. Die Putzfrau ruft etwas die Treppe hinunter. Ein Schrei aus dem Bett.

»Sehen Sie nicht hin, sehen Sie nicht hin!«, rief Betty der Putzfrau zu. »Es ist vorbei. Es ist im …«, und dann schrie sie wieder: »Schafft den Hund raus! Drecksköter!« Es war Delilahs Hund. Er kam sie manchmal besuchen. Er schnüffelte. Dann floh er.

»Das ist der Rattenhund!« Dann verlor sie das Bewusstsein. Das Letzte, was sie sah, war ein winziges Leben, das feucht im Nachttopf lag. Es hatte wunderschöne, winzig kleine Hände.

Edward kam zu spät, um es noch zu sehen. Und zu spät, um sie zu sehen, denn sie war auf einer Trage hinausgebracht worden. Die Nachbarn standen vor der Tür, als der Arzt ankam und die Putzfrau ihn anbrüllte. Edward war zu Fuß von der U-Bahn gekommen und hatte seine schwere Aktentasche mitgeschleppt, um die Arbeit zu Hause fertigzumachen.

Im Krankenhaus ließen sie ihn nicht zu ihr.

18. Kapitel

Etwa zehn Jahre später, in ihrem goldenen Haus in der Reihe von Richterhäusern auf dem Peak, abgeschirmt von der Welt, über die Edward richtete und in der Elizabeth unablässig wohltätige Arbeit leistete, spielten ihre Freunde manchmal auf die Kinderlosigkeit der Feathers an. Betty, die Kinder so sehr liebte – wie schade und so weiter. Betty konnte das inzwischen ganz gut parieren.

»Ach, ich weiß nicht. Irgendwie waren wir beide nicht besonders auf Kinder fixiert. Wir wussten nichts über Kinder. Wir haben beide keine Geschwister. Der arme Filth war Raj-Waise, und meine Eltern sind sehr früh gestorben. Wir hatten keine Ahnung.«

»Aber eure Ehe ist so großartig.«

»Das kann sie ja auch bleiben.«

»Du musst ja selbst noch ein Kind gewesen sein, als ihr geheiratet habt. So jung.«

»Ja«, sagte Elizabeth immer. »Das war ich.«

Hongkong hatte sie wieder aufgenommen, sie mit seinem flirrenden Glanz und seiner Wärme und seinem Lärm umarmt: mit den Gerüchen ihrer Kindheit, dem Essen ihrer Kindheit, der Abwesenheit von Sentimentalitäten, wie in ihrer Kindheit. Sie nahmen sich eine möblierte Wohnung in den Mid-Levels, und zur Mittagszeit kamen Freundinnen auf einen Drink und ein Schwätzchen vorbei und gingen mit ihr in den glitzernden Einkaufszentren bummeln. Sie kaufte bestickte Kissenbezüge und Gästehandtücher. Sie wurde träge und faul und entfernte sich immer mehr von Amy. Jemand empfahl ihr, regelmäßig Bridge zu spielen.

»Sie muss aufhören, um sich selbst zu kreisen«, sagte die Frau eines schottischen Bankers zur Frau eines englischen Richters. »Eine Fehlgeburt hatte doch jeder schon mal.«

Die andere Frau sagte, sie führe sowieso demnächst in die New Territories und könne Betty mitnehmen.

»Ich suche ein Schaukelpferd«, sagte sie.

»Ein Schaukelpferd?«

»Meine Enkel wünschen sich eins. Wir lassen es nach Hause schicken. Bei Harrods sind sie unglaublich teuer, und diese hier sind genauso gut. Da oben gibt es irgendwo einen alten Herrn, der sie herstellt. Sie sehen ein bisschen orientalisch aus, aber das ist ja gerade das Besondere. Er verkauft sie unbehandelt, aber da lässt sich was machen.«

»Du meinst, es selbst streichen?«

»Nein, wir könnten mit ihm aushandeln, wie wir es haben wollen. Einen Fuchs oder einen Schimmel. Sowas. Ich frage meine Enkel in Richmond Gate mal, was sie sich vorstellen.«

»Ist das taktvoll? Kinderspielzeug? Wenn wir Betty mitnehmen?«

»Ach, jetzt hör aber auf. Sie muss da mal drüber wegkommen und wieder schwanger werden.«

Also fuhren sie in einem hübschen kleinen Auto los in die New Territories. Betty rauchte Piccadillys. Die Stadt verschwand nicht hinter ihnen, sondern sie veränderte sich und wurde zu einer Schlucht zwischen den Betonwänden der neuen Arbeiter-Wohnanlagen. »Noch weiter raus?«, fragte die Frau des Richters und sah auf die Karte. »So weit war ich noch nie. Oh ja, da ist der kleine Tempel. Zwischen den Bäumen. Wollen wir rein? Kurz Pause machen?«

Es war Mittag und sehr heiß. Der Tempel lag still da, keine Bewegung in den Bäumen. Nicht einmal die Vögel sangen. Auf den Stufen zum Tempel lag ein ledriger Hund wie tot, eine Lefze missbilligend hochgezogen. Auf dem Hof vor den Stufen saßen zwei alte Männer in den traditionellen schwarzen Tuniken und Hosen an einem Tisch. Einer hatte einen Zopf und ein Bärtchen. Sie spielten Schach unter den Bäumen, und alles war schwarz-weiß mit Ausnahme des hoch aufragenden, rot lackierten Tempels. Dann und wann fiel ein graues Blatt vom Baum auf die Schachspieler wie farbloser Regen.

»Also sowas! Man sollte doch annehmen, dass sie mal aufstehen«, sagte die Frau des Bankers. »Und dieser Hund ist mir auch nicht geheuer. Der ist sicher krank.«

»Es ist heiß«, sagte Elizabeth. »Er macht Mittagsschlaf, wie der Rest von Hongkong, außer uns. Und den Schachspielern.«

»Ich würde lieber nicht näher rangehen. Ein Biss kann tödlich sein. Oh, seht mal! Das ist ja abscheulich.«

Die Stufen zum Tempel waren brüchig und lagen voller Papierchen und Coladosen, der Portikus war ebenfalls beschädigt. Die etwas über lebensgroßen Buddhastatuen im Inneren hatten die Arme erhoben und waren dick verstaubt. An einem Tisch an der Seite saß ein dickes Mädchen, das vermutlich irgendetwas verkaufen sollte, hatte den Kopf auf die Arme gelegt und schlief. Auch ihr Tisch war total verstaubt, der Staub schien aus den Wänden und von den Mauervorsprüngen zu kommen, er lag auf sämtlichen Schnitzereien wie Schnee. Das Mädchen schlug die Augen auf und machte einen halbherzigen Versuch aufzustehen.

»Jetzt seht euch das mal an«, sagte die Frau des Richters. »So geht das doch nicht. Was sollen denn die Touristen denken?«

»Nun ja, das ist eben chinesisch, Audrey.«

»Aber nicht new-territories-chinesisch. Schön und gut, dass sie die Leute wegen Graffiti in den neuen Wohntürmen, wo außer ein paar Arbeitern niemand hinkommt, ins Gefängnis werfen, aber was ist denn mit unserem Image hier? Dieser Tempel steht in den Reiseführern. Alle kommen hierher.«

»In letzter Zeit offenbar nicht besonders viele«, sagte Elizabeth.

»Überrascht mich nicht«, sagte Audrey, und dann ließ sie eine Tirade in abscheulichem Kantonesisch auf das Mädchen los. Es ließ den Kopf hängen und schwieg.

»Wir sollten das melden. Ehrlich. Betty, sprich doch mal mit Edward. Ich spreche mit Ronnie. Wir sorgen dafür, dass die Regierung davon erfährt. Das ist doch unangemessen.«

»Aber es ist ihre Religion«, sagte Elizabeth. »Das hat doch mit uns gar nichts zu tun. Vielleicht ist den Buddhisten Staub egal.«

»Es ist ja nicht nur Staub. Es ist Schlamperei.«

»Vernachlässigung«, sagte die Frau des Bankers.

»Es ist doch ihre Sache, was sie vernachlässigen«, sagte Elizabeth. »Wenn sie das so wollen.«

»Die Verwaltung Hongkongs liegt immer noch bei uns«, sagte Audrey, und Elizabeth drückte der jungen Frau ein paar Dollar in die Hand. Sie war schwanger.

Elizabeth ging die Tempelstufen hinunter und blieb stehen, um den Hund zu streicheln. Ihre Augen waren voller Bedauern und Tränen. Sie sah zu den Schachspielern hinüber.

Ein dritter Mann war hinzugekommen und betrachtete das Spielbrett. Er blickte in ihre Richtung, ein blonder Europäer in Khakihemd und Shorts, und als er aufschaute und zu ihr herübersah, erkannte sie Veneering.

Das Gezeter der Frauen drang hinter ihr aus dem Tempel, und sie ging über den Hof auf den winkenden Veneering zu. Er legte ihr den Arm um die Schultern und sagte: »Komm mit. Weiter unten zwischen den Bäumen kann man sich hinsetzen.« Sie gingen einen Weg hinunter und kamen an den alten Männern vorbei. Die alten Männer rührten sich nicht.

Sie fanden eine rot gestrichene Bank und setzten sich. »Was um alles in der Welt machst du denn hier?«, fragte Veneering.

»Ich bin unterwegs, ein Schaukelpferd kaufen.«

Sie sahen einander eine ganze Minute oder länger an. Veneering sagte: »Ich habe gehört, du warst krank.«

»Ja. Das Schaukelpferd ist nicht für uns. Für eine der anderen. Sie ist schon Großmutter.«

»Dann hätte sie so taktvoll sein können, dich nicht mitzunehmen.«

»Sie ist der Typ ›es muss ja weitergehen‹. Man muss über Dinge hinwegkommen. Die Fahne hochhalten.«

»Klingt wie Harry. Er ist so ein Spießer.«

»Wie geht es ihm?«

Veneering lächelte und sagte: »Er schwänzt Kricket. Behauptet, er würde humpeln. Ich habe ihm gesagt, er soll mal eine Runde laufen. Er wird es nach Eton schaffen, wahrscheinlich wird er mal ein Gelehrter.«

»Ist er glücklich?«

»Ach, Harry ist immer glücklich.«

Sie schwiegen, und Elizabeth sagte: »Ich wusste gar nicht, dass du Schach spielst.«

»Nur, damit ich in den Schulferien mit Harry mithalten kann.«

»Spielt Elsie …«

Er warf ihr einen Blick zu.

»Grüß Harry von mir«, sagte sie. »Ist Elsie ...?«

»Es ist Samstag. Sie ist beim Pferderennen. Elizabeth, wirst du dauerhaft mit Edward hier leben?«

»Warum?«

»Weil ich dann wegmuss. Ich bewerbe mich auf einen Richterposten in Singapur. Hongkong, die englische Richterschaft hier – das ist alles zu klein.«

Sie sagte lange nichts. Dann hörten sie die Frauen wieder die Tempeltreppe herunterkommen und auf dem Hof über ihnen vorbeigehen.

»Ich möchte eigentlich wieder zurück nach London«, sagte sie. »Nach der Hochzeitsreise war ich dort so glücklich.«

»Und Edward?«

»Wer weiß schon, wo Edward glücklich ist? Er gehört nach Asien. Er ist hier geboren.«

»Das habe ich gehört. Betty, so geht es nicht. Dass wir beide hier leben. Du siehst so krank aus. So traurig.«

»Vielleicht ändern wir uns.«

»Das ist ja Quatsch.«

»Ich werde Edward nie verlassen. Ich muss los. Sie kreischen schon herum und suchen mich.«

»Gib mir deine Nummer in London.«

»Die ist ... wir sind ... im Telefonbuch. Ruf mich nicht an.«

Sie lief auf den Weg und gesellte sich zu den anderen Frauen am Auto.

»Elizabeth! Wo warst du denn? Du siehst ja ganz erschöpft aus.«

»Ich bin nur ein bisschen spazieren gegangen.«

Sie fuhren davon, über alles Mögliche plaudernd, zum Schaukelpferdmacher.

19. Kapitel

Elizabeth zog sich zurück. Sie ließ sich nirgends blicken. Sie starrte auf den Hafen hinaus und sprach kaum. »Du kommst ja gar nicht mehr auf die Beine«, sagte Edward eines Abends im Repulse Bay Hotel, in das er sie zum Essen bei herrlichen Sternen und Mondschein ausgeführt hatte. »Betty, es wird schon darüber geredet, dass du krank bist.«

»Von wem?«

»Willy und Dulcie, unter anderem.«

»Machst du dir Sorgen?«

»Ich möchte, dass du zum Arzt gehst. Dich mal untersuchen lässt. Du solltest doch nach drei Monaten noch mal ins Krankenhaus.«

»Sollte ich?«

»Allerdings. Als sie dich mit mir haben herreisen lassen, hast du versprochen, dir hier einen Arzt zu suchen. Sie haben gesagt, die Medizin sei hier sehr gut. Aber das wissen wir ja alle.«

»Ach, ich bin nur ein bisschen schlapp.«

»Ich weiß. Das ist ja auch kein Wunder. Es braucht Zeit. Sie haben mir gesagt, dass du ... ein bisschen umsorgt werden musst.«

»Sorgst du dich um mich, Edward?«

»Sehr. Du machst mir Angst, Elizabeth. Ich – also, ich kann immer noch« (er war kurz davor zu stottern) »mein Glück nicht fassen, dass ich dich habe. Die ganze Zeit.«

»Edward, wie süß!«

Er betrachtete sie. Wartete auf ein spöttisches Lächeln. Betty – spöttisch!

»Also, ehrlich gesagt habe ich Angst, dich zu verlieren«, sagte er.

Eines Tages, als er bei der Arbeit war, rief sie Amy an, die sofort sagte: »Komm vorbei.«

»Kannst du nicht zu mir kommen, Amy? Es ist nicht einfach für mich.« Amy kam schnell – vielleicht nicht ganz so schnell, wie sie früher mal zu Hilfe geeilt wäre – und ohne Kind im Schlepptau. Sie setzten sich mit Drinks in Elizabeths schickes Wohnzimmer.

Amy sagte: »Du trinkst Whisky.«

»Ja.«

»So früh am Morgen.«

»Ja. Gegen die Schmerzen.«

»Was für Schmerzen?«

»Also, wenn du es genau wissen willst: Ich blute. Fast die ganze Zeit.«

»Wie bitte? Großer Gott, ich bringe dich sofort ins Krankenhaus! Jetzt.«

»Ach, das geht schon, ich hatte schon immer Probleme. Jahrelang, nach dem Lager. Erstmal war ein paar Jahre gar nichts. Niemand hat menstruiert. Und dann kam bei mir das andere Extrem. Peinlich. Es hat fast gar nicht mehr aufgehört. Das war eine der Freuden der Schwangerschaft: dass ich nicht mehr geblutet habe.«

»Weiß Edward das?«

»Natürlich nicht. Ich glaube kaum, dass er schon mal etwas vom Menstruieren gehört hat. Wir schlafen jetzt meistens getrennt.«

»Aber jemand …«

»Nein. Wahrscheinlich hätte ich es früher oder später Delilah erzählt. Aber du weißt ja, wie es ist, über sowas spricht man halt nicht. Guck doch bloß mal in die Literatur!«

»Zum Teufel mit der Literatur, du gehst jetzt zum Arzt.«

»Aber lass uns Edward da raushalten.«

»Das kommt gar nicht in Frage«, sagte Amy und rief Edward an, um ihm mitzuteilen, dass sie einen Termin bei einem Gynäkologen gemacht hatte, der in Edinburgh studiert hatte. Ein Festland-Chinese.

»Ah, in Edinburgh. Das klingt sehr gut, Edinburgh.« (Sagte der Schotte, der noch nie in Schottland gewesen war.) »Vielleicht sollte ich mitgehen?«, fragte er schwach.

»Das möchte ich nicht«, sagte Elizabeth.

Aber der Arzt sah das anders und rief nach einigen Röntgenbildern und Untersuchungen Edward an, um ihm zu sagen, er solle mit seiner Frau ins Krankenhaus kommen und eine gute Flasche Wein mitbringen.

Er erklärte Edward, dass Elizabeth operiert werden müsse. Es sehe alles nicht gut aus. Er glaube, eine vollständige Entfernung der Gebärmutter sei vonnöten.

»Aber ich bin noch nicht mal dreißig. Ich habe keine Kinder. Nein!«

»Sie haben Ihren Körper – oder sagen wir: die Weltgeschichte hat Ihren Körper harten Zeiten ausgesetzt. Sie waren im Lager halb verhungert. Und Sie haben Ihre Eltern verloren, oder?«

»Ja. Das war alles ziemlich mies.« (Wer spricht da aus meinem Mund?) »Aber ich bin stark wie ein Grubenpony. Na ja, ich sehe auch aus wie ein Grubenpony, oder?«

Niemand lachte.

»Denken Sie mal drüber nach. Ich kann die OP hier machen oder Sie zu den besten Ärzten in London schicken.

Nein, nein – nicht in Edinburgh. Das ist zu weit weg von zu Hause. Ihre Freunde werden ja in London sein.«

»Aber Edward ist mitten in einem Schlichtungsverfahren.«

»Überlegen Sie es sich. Aber nicht zu lange. Es muss *zügig* gemacht werden.«

Edward räusperte sich auf seine betretene und berühmte donnernde Weise: »Wollen Sie sagen, dass es vielleicht Krebs ist?«

»Das ist möglich. Ich lasse Sie mal kurz allein. Ach du meine Güte – halt, nein!«

Edward hielt sich am Tisch des Arztes fest und glitt zu Boden.

»Himmel!« Betty hielt ihn im Arm und funkelte den Arzt an. »Machen Sie den Wein auf. Haben Sie einen Korkenzieher? Dann hätten Sie uns nicht sagen sollen, wir sollen Wein mitbringen. Wasser, bitte.«

Amy stillte gerade ihr aktuelles Baby, als Elizabeth ankam. Das vorherige Baby krabbelte bereits herum und zog sich an Dingen wie Mrs Baxters schlimmem Bein hoch. Mrs Baxter war in ein Gebetbuch versunken.

»Mach dir um sie keine Gedanken«, sagte Amy. »Sie hört nicht zu. Lass mich mal überlegen.«

Elizabeth nahm das Kind auf den Schoß. »Ich muss mich eigentlich nur noch entscheiden«, sagte Elizabeth, »ob ich es hier oder in London machen lasse.«

»In London«, sagte Amy. »Keine Frage. Hier ist es auch okay, aber sie kennen sich besser mit chinesischem Krebs aus als mit europäischem. Die Behandlung ist anders. Pass auf: Flieg sofort nach Hause und bring es hinter dich. Edward kann ja nachkommen, wenn das Gröbste überstanden ist. Wann ist das? In einem Monat?«

»Ja. Er ist ziemlich durch den Wind. Er spricht gar nicht.«

»Wenn du hier ins Krankenhaus gehst, wird er erst recht durch den Wind sein. Dann kommt er dich jeden Tag besuchen, von der anderen Seite von Kowloon aus. Zwei oder drei Wochen lang. Er kann sich mit Sicherheit besser konzentrieren, wenn du weit weg bist.«

»Meinst du? Edward kann sich immer konzentrieren.«

»Ja, meine ich. Wir kümmern uns um ihn.«

»Du meinst, ich soll mir einfach ein Flugticket kaufen und ganz allein im Westminster Hospital auftauchen?«

»Natürlich. Warum denn auch nicht? Der Arzt hier schickt denen deine Akte. Was würdest du denn tun, wenn du nicht verheiratet wärst? Dann würdest du auch allein damit zurechtkommen.«

»In der Tat«, sagte Mrs Baxter überraschend. »Sie sind jetzt die Braut Jesu.«

»Ich finde immer, das klingt blasphemisch. Und dumm«, sagte Elizabeth.

»Also, Jesus würde sagen, mach hin. Vertrau mir«, sagte Amy. »Denk an die Frau, die zwölf Jahre geblutet hat. Hab Vertrauen. Du wirst deinen Lohn erhalten.«

»Lohn?«, fragte Mrs Baxter. »Gibt es einen Lohn? Ich bezweifle das langsam.«

»Ach, Mrs Baxter, seien Sie still.«

»*Ich bin allein und gelangweilt*«, intonierte Mrs Baxter. »*Herr, besänftige mich*!«

»Mrs Baxter!«

»*Und lass es mich wissen. Gibt es einen Lohn? In mir nagen Zweifel.* Armes Kind, armes Kind«, sagte sie. »Gerade erst vorm Altar gestanden.«

Elizabeth und Amy mussten lachen. »Woher haben Sie denn den Vers? Das ist doch alles keine Tragödie.«

»Noch nicht«, sagte Mrs Baxter.

In diesem kurzen Moment der Ausgelassenheit spürte Elizabeth, dass sie es schaffen würde. Die Gewissheit, dass sie niemals Kinder haben würde, lag tiefer, und sie rührte erst einmal nicht daran. Eins nach dem anderen.

20. Kapitel

Die Blutungen waren heftig gewesen, aber monatlich. Dann kamen sie unregelmäßig und inzwischen durchgehend, daher reiste sie erster Klasse nach London. Zum Leidwesen anderer Passagiere verbrachte sie einen beträchtlichen Teil der vierzehn Flugstunden auf der Toilette.

Nach der Landung wurde es kurz etwas besser. Der Wagen, den Edward für sie bestellt hatte, wartete bereits, und weniger als zwei Stunden nach der Landung war sie wieder in dem kleinen Haus in der Ebury Street. Edward hatte Blumen geschickt, und Delilah hatte sie mit einer dramatischen Spur aus blutroten Rosenblütenblättern auf dem schwarzen Tisch arrangiert wie in einem Bühnenbild. Im Kühlschrank war Essen und eine Flasche Wein, und das Bett war frisch bezogen. Sie rief im Krankenhaus an, wo sie für den übernächsten Tag erwartet wurde. »Sie müssen ja nach der Reise erstmal ankommen«, sagte die Schwester. »Gut gemacht.«

Das Telefon klingelte, Edward war dran. Die vertraute, liebe Stimme, das vertraute Understatement. Der Fall lief gut. Er vermisste sie. Desmond und Tony waren mit ihm essen gegangen. Sehr freundlich. Amy hatte angerufen. Er hatte vergessen, Betty zu fragen, ob sie genügend Geld habe.

»Ja. Und ich habe vergessen, dich daran zu erinnern, dass ich bald dreißig werde und mein Erbe erhalte.«

Das interessierte ihn gar nicht, er sagte nur immer wieder, er habe das Gefühl, er sollte doch eigentlich bei ihr sein. Aber er klang nicht überzeugend.

Die Blutung kam und ging. Sie hatte sich daran gewöhnt. Sie würde sich freuen, diese Abscheulichkeit endlich loszuwerden. Blut, Blut. Frauen und Blut. Die »Blutlinie«. Lady Macbeth. Wieder klingelte das Telefon, diesmal war es Delilah von nebenan. Ob sie vorbeikommen sollte? »Nein. Ich will nur schlafen«, sagte Elizabeth und legte sich hin.

Aber schlafen zu können gehört nicht zum Jetlag, und Blut und Schlaf sind keine guten Bettgenossen. »Lieber Gott«, betete sie in dem wunderschönen, schlichten Schlafzimmer mit den verputzten Wänden. »Vielleicht sollte ich doch fragen, ob ich jetzt schon ins Krankenhaus kommen kann.« Sie weinte. »Lieber Gott – das klingt wie ein Brief – lieber Gott, ich kann nicht mehr. Ich werde keine Kinder bekommen. Das schmerzt so viel mehr, als die Wehen es könnten, und am Ende kommt nichts dabei raus.«

Das Telefon neben dem Bett klingelte schon wieder, diesmal war es Veneering aus Hongkong. »Dann bist du tatsächlich nach Hause geflogen. Hat mir jemand erzählt. Gott sei Dank! Elizabeth, es ist etwas Schreckliches passiert.«

»Was? Was mit Edward? Nicht Edward, nein, Gott. Nein, wir haben gerade erst miteinander gesprochen.«

»Harry. Mein Sohn, Harry«, und dann war die Verbindung unterbrochen. Als sie wieder stand, war er mitten im Satz: »… heute Abend noch operieren.«

»Ich habe das nicht mitbekommen, die Leitung war tot. Was ist los?«

»Harry ist sehr krank. Sie haben gerade sein Bein geröntgt. Den Oberschenkelknochen. Er humpelt schon seit …« Wieder verschwand die Stimme.

»Ja? Terry?«

»Die Schule hat ihn ins Krankenhaus geschickt, und auf dem Röntgenbild sieht man …« Stille. Dann »… hühnereigroßes Loch im Oberschenkelknochen. Das Bein hängt am seidenen Faden. Kann jeden Moment durchbrechen. Sie wollen heute noch operieren.«

»Heute! Heute? Wo denn?«

»Im Südwesten Londons. Nicht weit von dir. Es ist ein kleines Krankenhaus, und sie haben dort auch ein Bett für dich. In Harrys Zimmer. Es ist das Krankenhaus, das der Arzt empfiehlt – er ist angeblich der beste Chirurg der Welt, aber das sagen sie alle – dort operiert er am liebsten. Ich gebe dir die Nummer. Der Hausleiter bringt Harry jetzt hin, und er bleibt, bis du da bist. Er hat auch angeboten, die ganze Zeit bei ihm zu bleiben, hat aber gefragt, ob es noch jemanden gebe, der ihm näherstehe. Ich kann erst morgen da sein. Ich nehme das erste Flugzeug am Morgen. Fährst du hin? Bleibst du da, während der Operation?«

»Ja.«

»Es ist das reinste Wunder, dass du wieder in London bist. Ich hatte nicht viel Hoffnung. Aber ich musste anrufen und es versuchen. Ich war sicher, dass du in Hongkong bist.«

»Sag mir mal genau, wo und wann. Ich rufe in der Schule an.«

»Er liebt dich, Betty.«

»Und Elsie …?«

»Sie kommt auch rüber. Einen Tag später.«

»Ich fahre sofort hin. Vielleicht bin ich ja schon vor ihm dort.«

»Ich liebe dich, Betty.«

Sie rief sich ein Taxi, kramte in ihrem immer noch gepackten Koffer nach den Sachen für eine Übernachtung – Medikamente, Binden, Kulturbeutel – und stellte fest, dass die Blutung aufgehört hatte und sie sich nicht mehr krank fühlte. Sie dachte an die Frau im Evangelium, deren Blutung nach zwölf Jahren aufhörte, als sie das Gewand Jesu berührte, und er spürte, dass etwas von ihm ausgegangen war. Christus hatte die Frauen verstanden. Er romantisierte nichts.

Sie kam vor Harry in dem kleinen Krankenhaus in der Nähe des Barnes Common an, und man sagte ihr, sie solle in dem Zimmer warten, in dem sie untergebracht seien, bis er in den OP gebracht würde. Jemand steckte den Kopf zur Tür herein und bat sie zum Chirurgen, der in seinem Untersuchungszimmer stand und Röntgenbilder vor einem beleuchteten Kasten betrachtete.

»Ah, sehen Sie sich die mal an, Mrs Veneering. Guten Tag.«

»Nein, ich bin nicht mit ihm verwandt, nur eine Freundin. Tut mir leid. Ich bin ein bisschen empfindlich, ich kann mir das nicht ansehen. Der Vater wird bald hier sein. Es tut mir leid.«

»Kein Grund, zimperlich zu sein. Morgen ist dieses Röntgenbild sowieso längst veraltet.«

Er ließ sich in einen Drehstuhl fallen und wirbelte einmal herum. Das Karussell dreht sich immer weiter, dachte sie. Aber nein, tut es nicht. Am Ende steht alles still.

Der Chirurg streckte die Beine aus und legte die Fersen aufs Fensterbrett; er wandte ihr den Rücken zu. Beide starrten die untergehende Sonne über dem Barnes Common an.

»Mrs Veneering«, sie dachte: Ach, lass gut sein, »Mrs Veneering, man kann nicht wissen, ob es Krebs ist, bevor ich es nicht mit eigenen Augen gesehen habe. Aber dann weiß ich es sofort. Die Zyste scheint scharf begrenzt zu sein, Krebs ist normalerweise undeutlicher. Ausgefranster. Es gibt also Hoffnung, dass es kein Krebs ist, und wenn das so ist, dann werde ich das Loch gleich mit Knochenchips auffüllen, die wir aus einem anderen Teil von Harrys Körper nehmen müssen, sodass sie hoffentlich einwachsen. Das Loch ist sehr groß. Die Operation würde den Großteil der Nacht dauern. Je länger Sie warten, desto mehr Hoffnungen können Sie sich machen. Wenn ich schnell wieder bei Ihnen bin, bringe ich schlechte Neuigkeiten, und wir nähen ihn gleich wieder zu. Und dann müssen Sie und ich und Mr Veneering über die nächsten Schritte sprechen.«

»Sie meinen, dann müssen Sie womöglich amputieren?«

»Darüber sprechen wir jetzt noch nicht.«

»Wenn es Krebs ist, wie lange hat Harry dann noch zu leben?«

»Vielleicht anderthalb Jahre.«

»Weiß Mr Veneering das schon?«

»Ja. Ich habe mit ihm gesprochen. Aber Sie werden die Diagnose vor ihm wissen, denn wir können ihn auf dem Flug von Hongkong nicht erreichen. Ich möchte bitte, dass Sie bleiben, bis er hier ist.«

»Ja, klar. Natürlich.«

»Sie werden in Harrys Zimmer untergebracht, und wir bringen Ihnen etwas zu essen. Trinken Sie keinen Alkohol. Das hilft nicht.«

»Danke.«

Sie reichten einander die Hände, und sie sagte: »Wie halten Sie das aus?« Sein Blick glitt weg, und er rückte ein paar Zettel auf seinem Schreibtisch gerade.

»Wie halten *Sie* das aus?«, fragte er. »Als Eltern?«

Als sie in das Zimmer mit den zwei Betten zurückkehrte, saß Harry dort mit dem Hausleiter aus seiner Schule. Seine Augen strahlten, und er machte Witze, und als sie hereinkam, sprang er auf und schlang ihr die Arme um den Hals.

»Das ist ja Mrs Regenmantel! Was machen Sie denn hier?«

»Dein Vater hat mich herbestellt.«

»Der traut sich ja was. Aber ich bin froh, dass Sie da sind. Die machen ein ziemliches Theater um mein Bein.«

»Er macht sich Sorgen.«

»Er spinnt. Mir geht es gut. Ich meine, sie werden mir ja nicht gleich das Bein abschneiden. Auf Wiedersehen, Sir. Danke fürs Bringen. Tut mir leid. Ich bleibe jetzt bei Mrs Regenmantel.«

»Dein ehemaliges Kindermädchen?«

»Nein«, sagte Elizabeth. »Aber keine Sorge. Das wurde schon mal vermutet.«

»Die Schule ist natürlich jederzeit erreichbar. Haben Sie die Nummer?«

»Ich bleibe, bis Harrys Vater hier ist.«

»Auf Wiedersehen, Veneering. Alles Gute. Wir beten für dich in der Morgenversammlung.«

»Dann muss es schlimm sein«, sagte Harry. »Da werden sie vor Schreck ganz still sitzen. Nächste Saison spiele ich wieder Kricket, Sir. Dann sind sie enttäuscht.«

»Der ist aber schnell verschwunden, was? Er war vielleicht froh, Sie zu sehen! Hey, Regenmantel, was ist hier eigentlich los?«

»Das wissen wir morgen früh. Dann ist dein Vater auch hier. Er fliegt jetzt her, und ich bleibe bei dir, bis er hier ist.«

»Hier? Im Krankenhaus? Sie sind doch alle verrückt geworden.«

»Ja. Ich jedenfalls. Jetzt sei still und sprich ein Gebet. Hier sind eine Menge Leute und ein Bett auf Rollen, und sie kommen dich jetzt jeden Moment holen. Es geht gleich los.«

»Sie kommen mich holen, tra-la-la«, sagte Harry. »Tschüss! Wir sehen uns morgen, Regenmantel.«

Sie verließ ihn, als man ihm gerade sagte, er solle die Schuhe ausziehen, und ging den langen, grünen Gang hinunter zu den Glastüren und der Kantine und der trivialen Welt. Sie holte sich etwas zu essen und Kaffee, setzte sich damit hin und starrte es an. Dann stand sie auf und trat vor die Tür auf die Upper Richmond Road, wo Menschen umhertrotteten oder -fuhren oder -gingen oder mit dem Fahrrad unterwegs waren und wo ihnen der Schmutz in die Gesichter wehte. Als sie wieder ins Zimmer kam, war es leer, und auf Harrys Bett war nur noch das Laken. Ihres war ordentlich für die Nacht fertiggemacht. Es war still im Krankenhaus, sie fühlte sich leicht, ohne Gefühl oder Bewusstsein, und setzte sich mit Blick zur Tür in den Rattansessel.

Eine Schwester schaute herein und versuchte, ihr Mitleid hinter einem Lächeln zu verstecken, das riesige Zähne entblößte. In ihrer gestärkten Brusttasche steckte eine ganze Reihe dieser hässlichen neuen Kugelschreiber.

»Da sind Sie ja, Mrs Veneering. Alles in Ordnung? Harry ist jetzt im OP, Sie möchten bestimmt eine Tasse Tee?«

»Nein, danke.«

Sie starrte die wieder geschlossene Tür an und betete zu Gott, es möge die lange Operation werden. Lang, anstrengend, schwierig, heikel. Die Operation, dank der er noch mehr als anderthalb Jahre zu leben haben würde.

»Wenn ich innerhalb einer Stunde zu Ihnen komme«, hatte er gesagt, »bringe ich schlechte Neuigkeiten.«

Lieber Gott. Bitte mach, dass ich ihn nicht innerhalb einer Stunde kommen höre. Bitte lass mich die ganze Nacht warten, bis ich seine Schritte höre. Und sag mir, wie ich das Warten ertragen soll. Sie lauschte, und wenige Minuten später hörte sie seine Schritte.

Im selben Moment, in Kai Tak war es früher Morgen, wachte Amy auf und dachte an Elizabeth. Sie müsste jetzt in London angekommen sein und sich von der Reise erholen, bevor sie am Mittwoch ins Krankenhaus ging.

Ob sie sie anrufen sollte? Für furchtbar viel Geld? Es könnte Bets auch aufregen zu merken, dass Amy sich Sorgen machte. Die starke Amy. Oder sie würde aufwachen, wenn sie nach dem langen Flug vielleicht gerade eingeschlafen war.

Aber doch. Amy würde sie anrufen.

In der Ebury Street, gegenüber von Mozart Electrics, klingelte das Telefon. Niemand nahm ab. Nun gut, dann würde Amy Edward im Peninsula Hotel anrufen, bevor er zu seinem Schlichtungsverfahren aufbrach, und ihm Grüße und die besten Wünsche ausrichten. Edward sagte: Ja, alles in bester Ordnung. Er habe mit Betty gesprochen, als sie gerade zu Hause angekommen war, sie wolle sich den ganzen Tag ausruhen, und morgen ebenfalls. Vielleicht wäre es am besten, sie nicht weiter zu beunruhigen, denn sie habe ganz normal geklungen. Ja, sie habe eine sehr gute Reise gehabt. Danke, Amy!

Hmmh!

Dann rief Isobel Ingoldby Amy in Kai Tak an. Isobel war in Singapur, aber sie wusste alles über Elizabeth. Sie hatte versucht, sie in London zu erreichen, aber sie war nicht ans Telefon gegangen. Ob Amy etwas wisse?

»Nein. Und komisch, dass sie nicht abnimmt«, sagte Amy, die es auch noch einmal versucht hatte. »Was ist mit der Nachbarin? Soll ich es da mal versuchen? Sie heißt De-lilah Dexter, auch wenn das wie ausgedacht klingt. Ich könnte es bei der internationalen Auskunft versuchen.«

»Ich habe ihre Nummer«, sagte Isobel. »Wenn ich dich nicht mehr zurückrufe, heißt das, alles in Ordnung.«

Eine halbe Stunde später rief sie wieder an. »Die Dexter hat sie das Haus verlassen sehen, als sie gerade erst angekommen war. Sie hatte ein Nachtköfferchen dabei und ist in ein Taxi gestiegen. Sie hat sich von niemandem verabschiedet und hat die Haustür sperrangelweit offen gelassen. Und sie ist nicht im Westminster Hospital. Da habe ich auch angerufen. Sie wird morgen erwartet. Aber ich würde mir keine Sorgen machen. Sie ist bestimmt bei einer Freundin oder so.«

»Vielleicht rufe ich Edward noch mal an. Ich könnte auch zur Schlichtung gehen«, sagte Amy. »Oder ich rede mal mit seinem Kollegen. Dem dämonischen Zwerg. Der weiß ja alles. Albert Ross. Er sitzt wahrscheinlich auch in der Schlichtung.«

Isobel sagte: »Aber sei vorsichtig. Er mag Betty nicht. Er ist mit Stahlketten an Teddy gebunden. Er ist wirklich furchterregend.«

»Drauf gepfiffen«, sagte Amy und hinterließ eine Nachricht für Albert Ross bei der Schlichtung, er möchte sie in der Mittagspause anrufen. Ross rief nicht an.

Sie versuchte es noch einmal und ließ ausrichten, sie mache sich Sorgen um ihre Freundin – ihre *Schulfreundin* – Mrs Feathers, die aus ihrer Londoner Wohnung verschwunden sei. Ross rief nicht zurück.

Schließlich verlor sie die Geduld und rief Nick an, er solle von der Arbeit kommen, ließ sämtliche Kinder bis auf das Baby bei Mrs Baxter, fuhr in das Hotel, in dem die Schlichtung stattfand, und marschierte in den Konferenzraum.

Er war leer.

Sie setzte sich für einen Moment in den verrauchten Raum. Aschenbecher standen herum, ein paar verstreute Stifte lagen noch da, und eine Unruhe lag in der Luft. Amy ging wieder zur Rezeption.

»Die Sitzung wurde vertagt«, sagte die Rezeptionistin. »Der Anwalt der Unternehmerseite musste überraschend nach London reisen. Ein Krankheitsfall. Ein Kind.«

»Großer Gott! Mr Feathers? Aber ich habe doch vorhin mit ihm gesprochen.«

»Nein, Mr Feathers vertritt die Architekten. Es geht um Mr Veneering. Möchten Sie mit Mr Feathers' Solicitor sprechen? Er kann Ihnen sicher mehr sagen. Er muss irgendwo sein.«

»Nein. Danke. Das ist alles ein bisschen verwirrend. Es geht eigentlich um Mrs Feathers, nicht um Ross.«

»Aha«, sagte Ross. Amy drehte sich um, und da saß er im Foyer, die Beine ausgestreckt, sodass man die Sohlen seiner winzigen Schuhe sah. Sein großer Kopf wirkte wie ein Fremdkörper zwischen den ganzen Orchideen und Palmen, die in Töpfen auf dem Marmorboden standen. Sein Hut lag neben ihm.

Ross sah nicht von seinen Spielkarten auf, als sie zu ihm hinüberging, das Baby auf der Hüfte. Er schaute immer noch nicht hoch, als er sagte: »Mrs Feathers ist mit Mr Veneering durchgebrannt. Mr Feathers weiß nichts davon. Ich weiß es, aber sonst niemand. Und ich werde dafür sorgen, dass die Sache geklärt wird. Mr Feathers wird es *nie* erfahren, und wenn Sie oder Miss Isobel Ingoldby es ihn wissen lassen, dann mache ich Sie fertig. Ist das klar? Ich mache Sie beide fertig.«

21. Kapitel

»Wenn ich innerhalb einer Stunde zu Ihnen komme«, hatte der Chirurg gesagt, »dann bringe ich schlechte Neuigkeiten. Das muss Ihnen klar sein. Haben Sie verstanden?«

»Ja.«

Es war erst eine halbe Stunde vergangen, seit man ihr Tee gebracht und ihr mitgeteilt hatte, dass die OP begonnen hatte, als sie die Schwingtüren am Ende des Ganges zuschlagen hörte und dann rennende Schritte.

Das mussten natürlich nicht seine Schritte sein. Harry konnte ja nicht der einzige Patient in diesem stillen, kleinen Krankenhaus sein. Die Schritte rannten. Das konnte jeder sein. Aber dann hielten sie vor ihrer Zimmertür. In diesem Moment ging ihr auf, dass die Schritte *gerannt* waren. Niemand rennt, um schlechte Nachrichten zu überbringen. Er war *gerannt*!

Sie stand auf, und ein Mann öffnete unbeholfen die Tür und schob sie mit der Schulter auf. Er hatte einen grünen Stoffturban um den Kopf und eine festgezurrte grüne Schürze um. Er hielt die Hände und Arme im rechten Winkel von sich wie ein Priester bei der Wandlung. Er roch nach Desinfektionsmittel.

Aber die Augen waren die des Chirurgen, und sie strahlten. Er sagte: »Mrs Veneering, alles ist gut. Alles wird vollkommen gut«, und dann war er schon wieder verschwunden.

Sie konnte nur denken: Jetzt muss er das alles wieder ausziehen und sich noch mal desinfizieren, bevor er zu den Knochenchips zurückkehren kann. Und sie setzte sich wieder hin und starrte die verschlossene Tür an.

Sie saß da, bis jemand vorschlug, sie solle sich ihr Nachthemd anziehen und sich schlafen legen. »Ich kann sowieso nicht schlafen«, sagte sie und schlief sofort ein.

Als sie aufwachte, waren die altbekannten Unannehmlichkeiten wieder da. Sie nahm Handtuch und Kulturbeutel und Kleidung mit ins Badezimmer. Als sie wiederkam, starrten zwei stämmige junge Schwestern erstaunt ihr Bettlaken an. Zutiefst beschämt – sie brachte kein Wort heraus – ging sie an der diensthabenden Schwester auf dem Gang vorbei, und die lächelte sie an.

Es war die mit den Zähnen. »Aus meinem Kabuff kann ich in den OP schauen«, sagte sie. »Das Licht war die ganze Nacht an. Es muss *neun Stunden* gedauert haben! Ich dachte die ganze Zeit. ›Der arme Junge, immer noch da drin. Aber er lebt. Sie kriegen ihn wieder hin.‹«

»Es ist doch kein Krebs, Schwester. Wussten Sie das schon?«

»Das wissen wir alle schon. Hat sich schnell herumgesprochen. Im ganzen Krankenhaus. In Gedanken waren wir alle bei Ihnen.«

»Danke.«

»Mr Veneering ist gerade angekommen. Sie überbringen ihm die gute Nachricht unten.«

»Dann«, sagte Elizabeth, »kann ich ja gehen. Ich bin nicht Harrys Mutter, Schwester, aber ich kenne seinen Vater gut. Die beiden kommen jetzt gut ohne mich zurecht.«

An der Rezeption am Ausgang bat sie darum, ihr ein Taxi zu bestellen und freundlicherweise im Westminster Hospital Bescheid zu sagen – sie sagte ihnen gleich die richtige Durchwahl –, dass sie jetzt sofort kommen würde.

22. Kapitel

Die Hysterektomie, sagten ihr die Schwestern später, sei »dringend angezeigt« gewesen.

»Wir haben präkanzeröse Zellen gefunden«, sagte der Chirurg. »Sie waren in einem Eierstock, und die Gebärmutter haben wir ebenfalls entfernt. Den anderen Eierstock haben wir Ihnen gelassen, so kommen Sie wenigstens nicht vorzeitig in die Wechseljahre.«

»Danke.«

»Wir sind wirklich froh, dass Sie so schnell gekommen sind. Sie sind jung und stark, Mrs Feathers. Kommt Ihr Mann heute ins Krankenhaus?«

»Er arbeitet auf der anderen Seite der Welt.«

»Tapferes Mädchen. Tapferes Mädchen.«

(Ach, halten die Klappe, dachte sie. Sie sollten mal Amy kennenlernen.)

»Kommt er bald zurück? Sie brauchen jede Menge Fürsorge. Haben Sie Kinder, die Ihnen helfen könnten?«

»Nein. Und ich bin nicht mal dreißig.«

»Oh, klar. Natürlich. Tut mir leid.«

»Nicht so leid wie mir.«

Als sie nach der Operation in ihr Zimmer zurückgekehrt war, war sie halb wach gewesen und hatte das Gefühl gehabt, sie hätte das Geschlecht und das Jahrhundert gewechselt. Sie war ein Mann, ein Soldat, der in ein Massengrab gekippt wurde. Sie roch die feuchte Erde Frankreichs. Als sie viel später wieder aufwachte, fiel das Sonnenlicht auf ihren Körper, der mit dicken, weißen Laken bedeckt war. Um sie herum standen Unmengen von Blumen. Ich bin im Sarg aufgebahrt. Ich bin wieder aufgewacht. Wie peinlich für die. Ich werde mich mitten im Gottesdienst ganz langsam aufsetzen. Jemand drückte sie wieder in die Kissen, und als sie das nächste Mal aufwachte, saß Filth neben ihrem Bett und las die *Times*. Er sah zu ihr herüber, merkte, dass sie die Augen aufgeschlagen hatte, und lächelte. Er griff nach ihrer Hand und küsste ihr die Finger und die Handflächen.

»Du bist gekommen«, sagte sie.

Und er sagte: »Natürlich. Am Montag muss ich zurück. Kleine Vertagung der Verhandlung.«

»Du bringst dich doch um mit dem Jetlag.« Dann schlief sie wieder ein.

Als sie das nächste Mal aufwachte, schlief er im Sessel, und sie betrachtete sein friedliches Gesicht.

»Wie ein offenes Buch.«

»Was?«, sagte er. »Was ist?«

»Du bist wie ein offenes Buch.«

»Es gibt auch gut versiegelte Bücher. Gott sei Dank. Und das Buch mit deiner Operation drin klappen wir jetzt auch besser zu.«

»Ich habe an dich gedacht. Manchmal.«

»Es war übrigens klar, die Gegenseite wurde von Veneering vertreten, aber der musste plötzlich zurück nach London. Hat seinen Juniorpartner dagelassen, nutzloser Typ, und den habe ich in der doppelten Geschwindigkeit unangespitzt in den Boden gerammt. Und so war ich zum Frühstück hier. Ich habe den Mond zweimal aufgehen sehen.«

»Und jetzt kannst du ihn noch zweimal sehen, bis du wieder abreist.«

»Ich bin allerdings nicht hergekommen, um den Mond anzustarren.« Er legte den Kopf auf ihre gefalteten Hände auf der Bettdecke.

»Es tut mir leid, Edward. Keine Kinder.« Dann schlief sie wieder ein.

Als sie erwachte, sagte er: »Weißt du was, ich wollte eigentlich nie Kinder. Nur dich.«

Beim nächsten Aufwachen war er verschwunden, und als sie zwei Wochen später aus dem Krankenhaus kam, war Isobel Ingoldby bei ihr.

Sie hatte Isobel am Fußende des Bettes stehen sehen, groß wie ein Kamel. Sie aß eine Birne.

»Ab nach Hause«, sagte sie. »Ich bringe dich hin.«

»Ach, Lizzie. Lizzie-Izz.«

»Pack dich warm ein, es wird langsam Herbst. Leg dir das um den Pullover.« Sie reichte ihr ein goldbraunes Pashminatuch, warm und weich und nach Gewürzen duftend.

Die Schwestern waren freundlich und gratulierten ihr, dass sie es so gut überstanden hatte. Sie setzten sie ins Taxi und schickten sie zurück in die Welt.

»Aber wir fahren gar nicht Richtung Pimlico! Lizzie, wir haben den Kreisverkehr verpasst.«

»Ja.«

»Izz, warum fahren wir nicht in die Ebury Street?«

»Weil wir zum Temple fahren.«

»Das ist aber falsch. Da ist Eddies Kanzlei. Da wollen wir nicht hin, wir haben doch dieses wacklige, zauberhafte Haus in der Ebury Street.«

»Darüber reden wir später. Ich tue nur, was man mir gesagt hat. Hier ist das Embankment, wir fahren jetzt unter dem Torbogen durch und … Himmel! Da hat Teddy ja was an

Land gezogen. Der Inner Temple! Hier ist eure neue Wohnung. Donnerwetter, erster Stock, mit Blick auf den Fluss.«

»Aber wo ist unser ganzes … Wo ist mein *Haus*? Unser weißer Teppichboden? Die Hochzeitsgeschenke? Was hat Eddie denn vor? Der schwarze Sessel?«

»Keine Ahnung. Anscheinend ist noch jede Menge auszupacken. Da ist ein riesiger *roter* Sessel, nicht fürchterlich sauber. Wahnsinnsräume! Wie ist er denn da rangekommen? Zimmer im Temple sind ja der reinste Goldschatz. Na, ich nehme an, Filth besteht inzwischen aus Gold. Mr Midas.«

Elizabeth ging zum Fenster und sah über den Fluss auf die Betonklötze, die dort hochgezogen wurden.

Sie fragte: »Was ist mit meinen Nachbarn? Sie haben mir bestimmt Brot und Milch hingestellt und die Zeitung bestellt. Sie machen sich sicher Sorgen.«

»Pssst. Das hat alles Zeit.«

»Jetzt sag schon.«

»Nun gut. Die Ebury Street wird abgerissen. Im Krankenhaus wussten sie es, aber sie wollten dich schonen. Du sagst ja selbst, dass das Haus schon wacklig war. Nach den Bomben …«

»Abgerissen? Nein! Doch nicht in den drei Wochen!«

»Nein. Noch nicht. Aber sie haben am Ende der Straße schon angefangen. Deine Freunde haben gesagt, ich soll dich gar nicht erst wieder dorthin lassen. Sie wurden fast alle schon umgesiedelt.«

»Was ist mit Mozart Electrics? Auf der anderen Straßenseite?«

»Jemand hat mir erzählt – ich bin rübergegangen –, dass er im Heim ist. Er kann nicht mehr.«

»Und Delilah? Und der Butler? Und der Gemüsehändler?«

»Der Gemüsehändler ist nach Lowestoft gezogen. Ich habe

den Bauunternehmer gefunden. Teddy hat dafür gesorgt, dass die Möbel hierhergebracht werden, und sie haben mir den Schlüssel gegeben, damit ich ein Auge drauf habe. Ich habe deine Post in Sicherheit gebracht.«

Elizabeth sah einige Minuten lang schweigend auf den Fluss hinaus. Dann sagte sie: »Jetzt hat er mir alles genommen.«

»Oh«, sagte Isobel. »Nein! Der arme Teddy! Er arbeitet wie verrückt.«

»Er hätte es mir wenigstens sagen können.«

»Man hat ihm gesagt, er soll dich nicht aufregen. In der Kanzlei wissen sie es. Sie kommen nachher vorbei. Teddy hat alles arrangiert, nur mich nicht. Er weiß ja nicht mal, dass wir uns kennen.«

»Ich weiß. Aber ich habe vergessen, warum.«

»Denk nicht weiter drüber nach. Also, du wirst hier Hilfe haben – einkaufen, bügeln und so weiter.«

»Du bist hämisch!«

»Bitte? *Hämisch*? Ich?«

»Weil ich ihn gar nicht erst hätte heiraten sollen. Hast du gesagt!«

»Ist ja auch wahr!«, schrie Isobel. »Ich latsche bei den Bauunternehmern vorbei, schlage deine Nachbarn nach, hole deine Post, bringe dich nach Hause …«

Elizabeth wandte den Blick wieder dem Fluss zu. »Haben sie schon mit dem Abriss angefangen?«

»Ja. Die Bank auf der Ecke ist geschlossen, der kleine Schreibwarenladen auch. Teilweise stehen schon Gerüste. Und hinten in den Gärten …«

»Ja?«

»Sie haben die Bäume gefällt. Mensch, sorg dafür, dass Teddy nach Hause kommt, und hör auf zu weinen. Du bist in den Wechseljahren.«

»Ich kann nicht. Und bin ich nicht. Ich bin rational und traurig«, sagte sie.

»Dann brenn doch mit dem Scheiß-Veneering durch! Ich kann nicht mehr.« Isobel knallte die Tür hinter sich zu.

Elizabeth ging an ein anderes Fenster ihrer neuen Wohnung und sah Lizzie den Hof des Temple überqueren bis zum Durchgang zur Strand und zu den Gerichtshöfen. Es war sehr still in der neuen Wohnung, die offenbar ihr neues Zuhause sein sollte. Sie entdeckte Blumen in Zellophan mit Karten daran und einen Stapel Post auf einem Tisch. Sie sah in das eine kleine Schlafzimmer, in dem zwei Einzelbetten mit den kurzen Seiten zueinander standen. Eine winzige Küche und ein Bad für Riesen, mit einer Badewanne auf Füßen. Und Stille. Stille aus dem Korridor vor der Tür und von der Szenerie unten, Stille vom Fluss, dem das alles egal war.

Sie dachte: Ich bin auf einer Insel im leblosen Meer. Ich bin gestrandet. Ihr zitterten die Beine. Sie setzte sich hin und rief sich in Erinnerung, dass Alleinsein das war, was ein Großteil der Welt für normal hielt. Sie dachte an ihre Kindheit im überfüllten Tianjin mit einer ganzen Armee chinesischer Dienstboten, die Tag und Nacht da waren. An das Lager in Shanghai, Menschen über Menschen, eine kleine Ecke in einem brodelnden Zelt; immer meine Hand in der meiner Mutter, oder ich auf dem Rücken meines Vaters. Das überfüllte Schiff nach England, die überfüllte Schule in London, die vielen Studentinnen an ihrem Frauencollege in Oxford, die Rückkehr nach Hongkong und die Infrastruktur von Edwards Welt. Und jetzt diese Einsamkeit. Doppelverglaste Stille. Ich muss sicher nur abwarten. Das sind noch die Nachwirkungen der Narkose. Ich habe Erinnerungen, also muss ich noch da sein. Ich habe niemanden, aber ich habe Erinnerungen. Es klopfte an der Tür.

Aber die Wohnungstür schien eine Meile weit weg, und sie konnte sich nicht rühren. Sie starrte die Tür an und versuchte, sie durch Willenskraft zu öffnen, und dann ging sie tatsächlich auf, und Albert Ross kam herein.

»Nein! Gehen Sie weg! Raus!«

Er nahm den großen, braunen Hut ab, setzte sich auf den roten Sessel und sah sie von der anderen Seite des Raumes aus an.

»Verschwinden Sie. Ich hasse Sie.«

Er ließ die Füße kreisen, betrachtete sie und sagte, ohne Betty anzuschauen: »Ich wollte mich entschuldigen. Ich habe Ihnen die Kreuz Fünf gelegt. Das war falsch. Ich mache selten Fehler, und ich habe mich noch nie entschuldigt, dazu bin ich viel zu stolz.«

Sie sah ihn an.

»Die Kreuz Fünf bedeutet eine Vernunftehe, keine Liebe.«

Sie sah ihn immer noch an.

»Ich hänge sehr an Ihrem Mann. Deswegen habe ich nur Ihre Untreue gesehen, und das hat die Karten beeinflusst. Es war ein Fehler.«

»Sie waren schon immer ein Fehler. Sie haben ihm die Uhr gestohlen.«

Er lief dunkelrot an und sagte: »*Nein*! Er hat sie mir gegeben, als ich nichts hatte. Die Uhr war alles, was er hatte. Er hat mir vertraut. Er hat mir damit das Leben gerettet.«

»Sie sind grausam.«

»Hier ist eine Telefonnummer, die Sie anrufen müssen. Es ist zu Ihrem Besten.«

»Ich brauche Ihre Hilfe nicht.«

Er seufzte und streckte eine Hand nach seinem Hut aus, und sie dachte, vielleicht hat er ein Messer. Er bringt mich um. Er ist ein Troll aus einer Jauchegrube.

Aber er holte nur sein Kartenspiel aus dem Hut, sah es kurz an und steckte es dann wieder weg.

»Sie sind in einer Findungsphase. Sie sehen ihren Weg noch nicht. Das ist die Telefonnummer von jemandem, dem Sie wichtig sind. Sie heißt Dexter.« Er legte eine Visitenkarte auf den Tisch und verschwand.

Ich habe geträumt, dachte sie.

Sie rührte sich nicht, sondern schlief für eine Minute ein, oder für eine Stunde, dann ging sie zum Tisch, auf dem keine Visitenkarte lag. Sie suchte überall, unter dem Tisch, sogar im Gang vor der Tür. Nichts.

Dann klingelte das Telefon, und eine Stimme sagte: »Ob mir wohl die Ehre zuteilwürde, mit Mrs Edward Feathers zu sprechen?«

»Delilah!«

»Aha!«, sagte die vertraute Phantomstimme. »Suchet und ihr werdet finden! Ich rufe aus dem West Country an. Aus Dorsetshire, England.«

»Dorset?«

»Du weißt doch, dass wir hier ein Landhaus haben? Oder, wie manche sagen, ein Cottage. Jetzt, wo sie uns aus dem Londoner Haus geworfen haben, sind wir hierher geflüchtet.«

»Wohin denn genau, Delilah?«

»Also, wir sind nicht direkt im Landhaus, sondern gut fünfzig Meilen weiter im hübschen Bath, wo Dexter Gott sei Dank *The Admirable Crichton* in den Schoß gefallen ist.«

»Wer?«

»Die *Komödie.* Zu Ehren der unsterblichen Figur des englischen Butlers. Kommt gleich nach dem unvergleichlichen *Jeeves.* Fünf Vorstellungen die Woche plus Matineen, dazu eine gute, billige Theaterunterkunft. Dummerweise muss er jeden Abend bis zum letzten Vorhang bleiben und ist von Tag zu Tag erschöpfter.«

»Ach, Delilah!«

»Aber wir fühlen uns reich, sind gut untergebracht und warten auf die Entschädigung für das Haus in London. Das Landhaus ist verwaist. Wir haben gehört, dass du dich von der OP erholst, und unser kleines, leeres Cottage stünde bereit, wenn du dich dorthin zurückziehen möchtest. Wenn du willst, auch für immer.«

»Natürlich!«

»Es gehört dir, solange du willst. Ich bin mit Eddies Clerk in Kontakt, er arrangiert das alles. Warum weinst du denn?«

»Vor Freude und Rührung. Ach, Delilah, das ist ja wie im Musical!«

»Ich fürchte, in dem Cottage gibt es keine Musik«, sagte sie. »Bis auf den Gesang der Krähen und den Morgenchor unzähliger anderer gefiederter Arten; das Pizzicato des Regens, die scheppernden Tympanons und den singenden Streicherklang des Westwinds. Es gibt allerdings keinen Strom, Liebes, kein fließendes Wasser und kein grässliches Telefon.«

»Ach, Telefon ist doch nicht *grässlich*! Wir könnten ja sonst gar nicht miteinander sprechen!«

»Brot und Milch werden täglich ans Ende des Landsträßchens geliefert. Ein kleiner Marsch, gleich hinter dem Haus hoch. Und die Tageszeitung. Man kann dem Fahrer auch einen Einkaufszettel mitgeben und das Geld in den Korb legen, den er da hinstellt. Da stört dich niemand. Dexter hat eine sehr schöne Theater-Bibliothek, vielleicht ein kleines bisschen feucht, und abends kann man sich eine Öllampe anzünden.«

»Delilah – ich bin im Moment ein bisschen durch den

Wind. Ich bin anscheinend noch voller Narkosemittel von der Operation. Ich hatte vorhin eine Halluzination. Ist das jetzt auch eine?«

»Halluzination? Nein. Bei einer Halluzination sieht man etwas. Ich bin auch keine akustische Manifestation. Die Rückfahrkarte von Waterloo nach Tisbury Junction ist nicht teuer, und da wirst du abgeholt. Eddies Clerk kümmert sich darum. Bring dir einen warmen Umhang für morgens mit, damit du im Morgentau spazieren gehen kannst. Und ein Insektenspray. Du bist da ziemlich allein.«

»Treffen wir uns da, Delilah? Liebe, wunderbare Delilah? Ich bin so schrecklich einsam.«

»Das ist doch das Beste für dich, Liebes. Ich glaube kaum, dass wir uns sehen. Ich habe lästige Pflichten gegenüber Dexter. Er lässt übrigens schön grüßen. Aber irgendwann sehen wir uns bestimmt mal wieder. Man weiß nie, was kommt. Ich nehme an …« Ihre Stimme verlor sich, dann kam sie zurück wie der Klang einer sehr dünnen Lautensaite, »du hast wohl auch nichts von den Gärten gehört? Sie haben doch nicht alles gefällt, oder? Meinen Londoner Wald?«

Betty sagte: »Nein, nein. Bestimmt nicht«, und dann war die Leitung tot.

Aber die Telefonnummer? Sie konnte Delilah nicht zurückrufen. Sie musste die Kanzlei anrufen. Sie musste Fahrpläne raussuchen. Eine Liste mit Besorgungen anlegen. Edward anrufen. Über das Abendessen nachdenken.

Sie fand Milch und Lebensmittel im Kühlschrank, und auf dem Tisch stand schon wieder ein Blumenstrauß von Edward und eine Nachricht von den *Inns* mit den sonntäglichen Gottesdienstzeiten der Temple Church. Das Telefon klingelte unablässig, lauter Freunde von nah und fern riefen an. Die Welt wurde immer kleiner und war so voll mit gutgemeinten Nachfragen, dass sie den Hörer danebenlegte. Freundlich und lärmend stieg die Stadt vom Embankment und der Strand her zu ihr herauf, üppig und prächtig. Ab morgen würde sie sich mit Krähen zufriedengeben.

Dann sah sie zwischen der ganzen Post und den Karten auf dem Tisch ein Päckchen aus Hongkong. Sie öffnete es langsam und vorsichtig. Darin war eine kurze, doppelreihige Perlenkette mit einem Brillantverschluss und der Nachricht: *Es geht ihm besser. Er wird leben. Die Kette kannst du auf eigene Gefahr zurückschicken. Immer Dein V. PS: Wo warst du denn plötzlich?*

23. Kapitel

Die Zugfahrt war ein Fest. Eine Zugfahrt wie in ihrer Kindheit. Edwards Kanzlei hatte sie zum richtigen Gleis und bis auf den reservierten Platz gebracht. Die Clerks gaben ihr Pralinen mit und sagten, in Tisbury Junction werde ein Taxi auf sie warten. Sie stieg auf dem einzigen Bahnsteig aus und setzte sich auf eine Bank in der Sonne. Wie in einem alten Film kam ein Mann zu ihr und sagte mit ländlichem Akzent: »Taxi, Ma'am? Lassen Sie mich den Koffer tragen.«

Er fuhr die Landsträßchen entlang und hielt an einem Baum, der über einer Hecke thronte wie eine Henne im Nest. Durch eine Lücke in einer langen Steinmauer blickte man in eine Senke mit einem massiven, gemauerten Schornstein darin, der zu etwas zu gehören schien, was man nicht sehen konnte. Der Fahrer ging mit ihrem Koffer vorweg, den Hang hinunter, bis sie auf einer Höhe mit dem Schornstein waren und auf einen fast senkrecht verlaufenden Weg und ein reetgedecktes Dach hinunterblickten.

»Da kriege ich den Koffer nicht runter. Das muss die Rückseite sein, es muss noch irgendwo einen Vordereingang geben.«

»Was machen wir?«

»Ich versuche es mal.«

Er stolperte und rutschte, Elizabeth folgte ihm, und sie schafften es in einen befestigten Hof und an eine Hintertür. Sie bezahlte ihn.

»Kommen Sie jetzt klar, Miss?«

»Ja«, sagte sie. Ihr gefiel das »Miss«. »Danke.« Sie ließ das Gepäck im Gras stehen und ging erstmal die Haustür suchen, wo der Schlüssel unter einer Matte liegen sollte. Sie fand weder Tür noch Schlüssel, und das schweigende Tal beobachtete sie. In einem Nebengebäude, einem Plumpsklo, hing ein großer, schwarzer Eisenschlüssel, den sie an der Hintertür ausprobieren wollte. Sie ging weiter um das schlafende Haus herum und gelangte endlich an die Haustür, in der ein Sicherheitsschlüssel steckte, den sie nur noch umdrehen musste. Die Räume drinnen waren dunkel, und es roch nach feuchten Büchern. Sie sah Möbel unter Staubüberwürfen, eine Paraffinlampe mit blind gewordenem Glas, eine Schachtel Streichhölzer daneben und ein frisches Brot auf dem Tisch.

Es dämmerte noch nicht, also setzte sie den Kessel auf den schwarzen Aga, der bereits warm wurde. Jemand hatte ein Feuer darin angezündet. Betty ging noch einmal hinaus in den Garten.

Der Garten war eine Lichtung, aus einem Wald herausgeschnitten. Der Grasstreifen, der bis zu einigen weiter entfernt stehenden Bäumen reichte, war mehr Wiese als Rasen, und die verschwundenen Bäume schienen nur darauf zu warten, sich ihre Heimat zurückzuerobern. Sie spürte, dass sich unter dem Rasen Leben regte, die Winden standen schon mehrere Fuß hoch und suchten nach etwas zum Festhalten. Sie schwankten wie unter Wasser. Sonst gab es nicht viel, nur das schwindende Licht und den perlmuttfarbenen, stillen Himmel.

Sie kehrte ins Haus zurück, nahm den Kessel vom Herd, fand hinter einer vermeintlichen Schranktür eine Treppe und gelangte in ein Schlafzimmer mit holzvertäfelten Wänden, in dem es nach Zedernholz roch. Sie öffnete das Fenster und sah in die Abenddämmerung hinaus. Ohne auch nur ein Glas

Wasser zu trinken, ohne das Haus abzuschließen oder den Mantel auszuziehen, legte sie sich auf den Patchwork-Quilt, streifte die Schuhe ab und lauschte dem Ende des Tages. Bald endeten alle Geräusche, und sie schlief.

Die Morgendämmerung war unheimlich, windig und wolkig, und sie hatte keine Ahnung, wo sie war. Als es ihr einfiel, horchte sie nach den Krähen, hörte aber keine. Eine Weile fürchtete sie, die gestrige Reise gar nicht selbst erlebt zu haben. Dann rollte sie sich vom Bett, trat ans Fenster und stellte fest, dass dies ein fremder, aber irgendwie vertrauter Ort war. Das Fenster ging auf die reinste Pflanzenwand hinaus, die so nah an die Scheibe kam, dass sie sie hätte berühren können. Sie sah das Dach eines Nebengebäudes, das wohl das Plumpsklo sein musste. Aber sie erinnerte sich noch an einen goldenen Raum.

Dann fiel ihr ein, dass sie sich das winzige hintere Schlafzimmer ausgesucht hatte. Das andere Zimmer mit dem mächtigen Federbett war ihr wie ein zu intimer Teil des Dexter'schen Ehelebens vorgekommen. Sie ging nach unten und zog den Kessel auf die noch heiße Platte des Agas. Sie brauchte mehr Holz und fand auch schnell welches. Sie fand auch eine Blech-Teekanne und eine Teedose, die verkündete, sie sei ein Geschenk aus Blackpool. In einer Wasserschüssel auf dem Boden der Speisekammer stand ein Krug Milch. Er war mit einem Baumwolltuch abgedeckt, das mit ein paar kleinen, bunten Perlen beschwert war. Die Steinfliesen in der Speisekammer waren kühl unter ihren nackten Füßen.

Es kam nicht viel Licht ins Cottage. Betty nahm den Tee mit zur Tür und schob sie auf. Vor ihr lag die Wiese. In den umstehenden Bäumen toste der Wind, das Gras war feucht vom Tau. Mitten auf der Fläche stand ein Fuchs und sah sie mit schwarzen Augen an, der neue Anblick interessierte ihn. Er hatte einen toten Vogel im Maul, der zu beiden Seiten hinunterhing. Der Fuchs machte kehrt und verschwand. Der Wind ließ nach, und der Garten war plötzlich in zitronenfarbenes Licht getaucht; der Fluss erstreckte sich bis zum Horizont, wo oben auf drei Hügeln Bäume standen wie eine Girlande.

Es wurde wärmer. Sie setzte sich auf die schäbige Holzveranda und trank Tee. Sie dachte an ihr neues Zuhause in London, von dem aus sie auf tausend namenlose Leben blickte. Hier war sie die Einzige ihrer Art. Sie war vollkommen glücklich, nicht einsamer als der Fuchs oder die Kaninchen, die sich jetzt im Farn tummelten, oder der Fasan, der plötzlich an ihr vorbeistolzierte. Kein Telefon würde klingeln, kein Auto auf der Straße oben vorbeifahren, sie würde keine menschliche Stimme hören.

Amy würde in ihrem Haus in Kai Tak sagen: »Betty, das geht so nicht. Du brauchst eine Aufgabe.« Elizabeth dachte an die hohlwangigen Menschenmengen in den stinkenden Gassen. Den alten Mann ohne Beine, der mit ausgebreiteten Krücken auf der Straße saß und Krustentiere aufbrach, die Preise ausrief und Krebspanzer knackte. Urin in den Pfützen. »Wir müssen uns *selbst* vergessen, Bets. Unser Englischsein.« Amy war nicht im Lager gewesen.

Sie blieb sitzen und betrachtete die Baumgirlande des nächstgelegenen Dorfes. Über den Wipfeln der Dexter'schen Bäume flackerte etwas. Da musste ein Haus sein, und ihr Herz setzte einen Schlag aus. Nein – zu dicht. Eine Illusion. Sie sah wieder über die Wiese hinweg. Zwei Kinder gingen Hand in Hand vorbei. Sie schenkten ihr keinerlei Beachtung und verschwanden im hohen Gras. Später durchquerte ein junger Mann den Garten, aber in einer ziemlichen Entfernung. Er war schlank, ungekämmt, dunkelhäutig, alert und verschlossen. Ein Zigeuner oder so. Er hatte eine Axt dabei und würdigte das Haus keines Blickes. Aus der Ferne hörte sie den Wagen, der ihr die Einkäufe bringen würde, oben auf der Straße vorbeifahren. Die Krähen begannen mit ihrem Spektakel. Ich muss entscheiden, was ich heute mache, dachte sie. Aber jetzt noch nicht.

Auf der Veranda stand ein hölzerner Liegestuhl mit Fußteil und gepolsterten Kissen, und sie dachte: Das ist bestimmt feucht. Sie legte sich dennoch hin und fand es warm und duftend und schlief wieder ein.

Sie blieb die ganze Woche allein im Haus und im Garten, holte sich die Einkäufe oben am Ende des steilen Wegs an der Straße ab und hinterließ im Gegenzug Geld und einen Zettel mit ihren Wünschen für den nächsten Tag. Eine Dose Suppe, ein Stück Käse, drei Äpfel. Anfangs machte sie sich Sorgen, wo sie Wasser herbekommen sollte. Jemand hatte zwei Krüge voll in die Speisekammer gestellt, ansonsten gab es nur einen Bach. Sie wusch sich im Bach und kochte sich Bachwasser ab, später trank sie es unabgekocht. Sie fing es einfach in einem Blechbecher auf und trank es sofort. Sie mochte das Plumpsklo. Dort saß sie bei offener Tür und blickte über das Tal hinweg, als würde sie eine römische Kohorte auf dem Marsch nach Salisbury befehligen.

Am dritten Tag fiel ihr auf, was im Garten getan werden könnte, und sie verbrachte den Vormittag damit, Unkraut auszureißen und armeweise auf einen Komposthaufen zu tragen. Sie wunderte sich über sich selbst. Sie hatte keine Ahnung, woher ihr Wissen kam. Sie staunte über den fruchtbaren Boden und erinnerte sich an die Arbeiter mit den großen Sonnenhüten, nur Haut und Knochen, die in ihrer Kindheit in

China in der Erde herumgekratzt hatten. Sie stellte sich einen Gemüsegarten vor, der das ganze Jahr über Früchte tragen würde, und dazu ein europäisches Tulpenmeer an der alten, roten Mauer entlang. Dann fiel ihr ein, dass dies Delilahs Garten war.

Nachdem bei den ersten Versuchen, die Petroleumlampe anzuzünden, schwarze Flocken zur Decke aufgestiegen waren und der Docht geflackert hatte wie ein Ölfeuer, hatte sie herausbekommen, wie die Lampe funktionierte, und las an den Abenden Bücher über Theaterproduktionen und Biografien großer Schauspieler. Manchmal fielen alte Theaterprogramme heraus, wenn sie ein Buch aus dem Regal zog. Manche waren schwungvoll mit vergessenen Namen signiert, andere rochen nach längst verwelkten Veilchen. Ein- oder zweimal fiel eine gepresste Blüte heraus – eine Gardenie (braun geworden) oder eine Rose – und zerfiel vor ihren Augen, als sie sie aufhob. Ein paar Bücher waren *Meiner geliebten Delilah, der ultimativen Desdemona* gewidmet, oder *Meinem Marcus Antonius, von deiner dich bewundernden Frau*, und dazu ein Datum vor mehr als einem halben Jahrhundert.

Liebe, dachte Elizabeth. Bewunderung. Ist das alles nur Theater?

24. Kapitel

Eines Tages wachte sie auf und zwang sich nachzudenken: Wann fahre ich eigentlich nach Hause?

Sie wusste das Datum. Irgendwo stand es geschrieben, wahrscheinlich auf ihrer Rückfahrkarte. An dem betreffenden Morgen sollte ein Taxi sie abholen und sie wieder zum Zug nach London bringen. Daran erinnerte sie sich.

Aber wann war das? Sie hatte keine Möglichkeit, das aktuelle Datum in Erfahrung zu bringen. Sie hatte Briefe bekommen, sie aber nicht geöffnet, und sie hätten ihr auch nicht weitergeholfen. Sie würde beim Dorfladen darum bitten, morgen mit den Baked Beans die Zeitung in den Korb zu legen. Den *Telegraph* oder die *Times* oder den *Manchester Guardian* hatten sie sicher nicht, vielleicht gab es nur die Lokalzeitung. Sie wollte es mal mit dem *Daily Express* versuchen. Als sie den Korb abholte, stellte sie fest, dass sie nur noch einen Tag hatte. Diesen Tag. Das Taxi würde am nächsten Morgen vor neun Uhr da sein, um sie zum Zug nach London zu bringen.

Sie ertrug es kaum.

Und wenn sie morgen früh einfach weglief und sich im Wald versteckte? Sie konnte am Abend zurückkehren. Oder an einem anderen Abend. Sie konnte im Wald schlafen.

Aber es würde sich herumsprechen. Die Leute vom Dorfladen (wo auch immer der war) würden nachsehen kommen. Freunde in London – die Kanzlei – selbst Edward in Hongkong.

Ich sitze immer noch in der Falle, dachte sie. Ich muss fahren.

Sie reinigte die Küche von dem herrlichen Schmutz, den sie dort hinterlassen hatte. Sie wischte Staub. Sie trimmte die Lampe und dachte, dass das wohl kaum noch jemand beherrschte. (Aber wo hatte sie es gelernt? Und wann?) Als sie den wunderschönen Glaskolben wieder aufsetzen wollte, zerbrach er in tausend Stücke, und sie war entsetzt. Das Licht der Lampe war das Wunder ihrer Abende gewesen, und das Hochtragen der schweren Lampe am Abend ans Bett. Ach, Delilah! Gäbe es bloß ein Telefon …

Nein. Gott sei Dank. Ich weiß die Nummer ohnehin nicht. Ich lasse dir, Delilah, eine Unmenge Geld für eine neue Lampe hier. Ich werde in London nach einer neuen suchen.

Sie schrubbte das ganze Haus. Am Abend ging sie in den Garten hinunter und betrachtete im Licht der Dämmerung die rote Mauer. Die Krähen krakeelten sich in den Schlaf.

Am nächsten Morgen stellte sie ihre Sachen an der Tür zusammen und aß etwas Brot. Vor dem Fenster bewegte sich ein Schatten, und sie sah den Zigeuner draußen herumstolpern. Er versuchte, hereinzuschauen.

»Ja?«, rief sie durch die geschlossene Tür. »Ja?« Er hielt seine Axt hoch. »Wer sind Sie?«

Er formte Wörter mit dem Mund, und sie dachte: Der Arme ist ein wenig schlicht. Aber die Axt ließ sie zögern. Er sagte etwas von einem Schlüssel. Er brauchte einen Schlüssel. Das Taxi würde gleich kommen.

»Aber die Axt!«, sagte sie.

»Die ist für das H-h-h-holz. Feuerholz.«

Sie ließ in herein. »Tut mir leid. Ich hatte Angst vor Ihnen.«

Unter den Dingen, die sie den Dexters hinterlassen wollte, waren zwei Flaschen Wein aus dem Dorfladen, die sie jetzt dem Zigeuner gab. Er wirkte vollkommen verdattert, also gab sie ihm Geld. Er nahm den Schlüssel und das Geld und ging ihr mit dem Koffer voran, und als sie durch die Haustür getreten war, schloss er hinter ihr ab und steckte sich den Schlüssel in die Tasche. Er ging vor, den steilen Hang hinauf, durch den Spalt in der Mauer, ohne ihr zu helfen. Als sie die gefährliche Kletterei geschafft hatte, stand ihr Koffer bereits an der Straße, und er war verschwunden.

Sie setzte sich auf einen Stein am Straßenrand und lehnte sich mit dem Rücken an die Mauer. Es war noch nicht mal Viertel nach acht. Der Himmel zog sich zu. Es war wolkig und feucht. England im Oktober, auch wenn es tatsächlich erst September war. Niemand kam vorbei.

Ich sollte vor neun Uhr hier sein und auf das Taxi warten, dachte sie. An Regen habe ich gar nicht gedacht. Und es ist erst zwanzig nach acht.

Sie zog das goldbraune Pashminatuch aus dem Koffer und schlang es um sich. Als es anfing zu regnen, legte sie es sich um den Kopf. Sie saß hell leuchtend unter den dunklen Büschen im Regen, und als der Lieferwagen des Dorfladens an ihr vorbeifuhr, winkte sie, aber sie hatte ihre Rechnung am Vortag bezahlt, und der Wagen fuhr einfach weiter.

Niemand kam. Der Regen wurde stärker. Es war jetzt nach halb neun, der Wind wehte den Regen in Böen heran, er klang wütend und verbittert. Der Regen schlug zurück.

Elizabeth sah die Straße auf und ab und überlegte, wie weit es wohl bis ins Dorf war. Das Cottage war abgeschlossen. Vielleicht sollte sie den steilen Weg wieder hinunterschlittern und im Klohaus Schutz suchen.

Nein. Lächerlich. Das Taxi würde sie zu einem ganz bestimmten Zug bringen. Zur Waterloo Station hatte Edwards Kanzlei ebenfalls ein Taxi bestellt, das sie in die Wohnung im

Temple zurückbringen würde. Alles war arrangiert. Idiotensicher.

Aber es kam kein Taxi.

Ich gehe mal gucken, ob da oben wirklich ein Haus ist, dachte sie zitternd. Sie fürchtete sich vor Häusern im Wald.

Nein. Sie würde nach Shaftesbury gehen und ihren Koffer mitnehmen. Ihre Narbe schmerzte immer noch, und sie blutete auch immer noch etwas, aber das war ihr egal. Sie zog das Pashminatuch enger um sich, griff nach dem Koffer, und dann hörte sie ein Auto herankommen. Gott sei Dank! Oh, Gott sei Dank!

Sie stand mit dem Koffer in der Hand da, als das Auto in Sichtweite kam. Es war kein Taxi, sondern ein ganz normaler Privatwagen. Er fuhr sehr schnell und spritzend an ihr vorbei den Hügel hinunter und verschwand hinter der nächsten Kurve.

So viel, dachte sie, zum Nutzen von Gebeten.

Sie packte den Koffergriff fester, wandte sich – hoffentlich – Richtung Shaftesbury, inzwischen nass bis auf die Knochen, da hörte sie den Wagen zurückkommen, den Hügel herauf, so schnell, dass sie in die Hecke springen musste.

Der Wagen hielt an, die Fahrertür flog auf, und auf der Straße stand Edward.

Klatschnass fing Elizabeth in seinen Armen an zu weinen, und Edward machte seine sonderbaren Brüllgeräusche, die seit seiner Kindheit das Stottern abgelöst hatten und inzwischen nur noch kamen, wenn er den Tränen nah war.

Sie sagte: »Ach, Eddie! Filth!«, und barg das nasse Gesicht an seinem sauberen, warmen Hemd.

Sie dachte: Ich liebe ihn.

Er sagte: »Ich dachte, du hättest mich verlassen!«

Teil vier:

Leben nach dem Tod

25. Kapitel

Hongkong.
Knattern und Brummen der Limousine, die den Richter exakt zur vereinbarten Zeit vom Gericht nach Hause bringt. (Neunzehn Uhr.)

Innen. Elizabeth wartet im Wohnzimmer der Judges' Lodgings, *einer Häuserreihe hinter einer Mauer und einem bewachten Stahltor. Auf ihrem Schoß liegt ein aufgeschlagenes Buch aus der Bücherei mit der Schrift nach unten. Draußen klingelt Edward Feathers' Fahrer an der Tür.*

Elizabeth zählt stumm. Eine volle Minute. Länger. Zwei Minuten.

Dann hört sie Lili Woos schlurfende Schritte aus der Küche durch den polierten Flur kommen.

Lili Woo: Guten Abend, Sir.

Schlurf-schlurf wieder zurück.

Edward zieht sich im Flur die Schuhe aus. Klonk, klonk. Zieht die Hausschuhe an, die Lili ihm hingestellt hat. Er geht sich die Hände waschen. Er öffnet die Wohnzimmertür und sieht Elizabeth auf ihn warten wie immer. (Hübsches Kleid, gut frisiert, Goldschmuck, perfekt manikürt. Sie ist bereits umgezogen.)

Edward (Filth): Gin? Alles in Ordnung?
Elizabeth: Ja, bitte. Und nein. Nichts ist in Ordnung. Ich habe heute festgestellt, dass ich offiziell alt bin.

Filth: Eis? Alt?

Elizabeth: Ja und ja. Ich habe heute beim Kinderhilfskomitee zu jemandem gesagt, dass wir seit über zwanzig Jahren in Hongkong leben und es mir vorkommt wie höchstens sechs. Und wohin nur die Zeit so schnell verflogen ist. Wenn man so etwas sagt, ist man alt.

Filth: Weiß Gott, wo die Jahre hin sind. Verweht.

Im Flur läutet eine Glocke. Klingeling! Eine kleine Messingglocke aus Indien, von der Hochzeitsreise. Schlurf-schlurf, als das Mädchen in die Küche zurückkehrt. Filth sieht in seinen trockenen Martini und stürzt ihn dann hinunter.

Elizabeth: Du trinkst zu schnell. Mal wieder.

Filth: Ich kann es gerade gebrauchen. Aus verschiedenen Gründen. Was soll das jetzt, mit dem Altsein?

Elizabeth: Ich empfinde das so. Ganz plötzlich. Ich werde melancholisch, weil Dinge sich ändern. Ich bin einfach alt.

Filth: Dinge müssen sich ändern. Dies ist ein Ort für Veränderungen. Hongkong zu annektieren war der Startschuss für Veränderungen. Es wird nie stillstehen. Nie zufrieden sein. Aber wir haben nur Gutes gebracht. Arbeit. Medizin. Die englische Sprache. Den christlichen Glauben. Das Gesetz. Mit all seinen Unzulänglichkeiten, aber am Gesetz wollen sie nichts ändern.

Geht zum Getränketablett.

Elizabeth: Das war das Glöckchen zum Umziehen. In zwanzig Minuten gibt es Abendessen.

Filth: Oder in einer Dreiviertelstunde. Sie ist schludrig.

Elizabeth: Ja. Nun mach schon. Ab nach oben. Geh duschen und dir ein frisches Hemd anziehen, du kannst nach dem Essen noch einen Whisky trinken.

Esszimmer.

Ein schweigsames Abendessen. Das Silber und die Gläser spiegeln sich im polierten Rosenholztisch. Lammkoteletts, Erbsen, neue Kartoffeln. (Lili Woo kann Kartoffeln inzwischen sehr gut zubereiten, und manchmal ist so etwas eine nette Abwechslung zum Essen mit Stäbchen.) Heute Abend: englisches Pfarrhaus.

Filth: Etwas Käse zum Abschluss wäre schön.

Elizabeth: Etwas Käse zum Abschluss wäre eine Sensation. Es gibt in der ganzen Kolonie kein Krümelchen Käse. Wo bist du denn mit den Gedanken!

Nach dem Abendessen starrt Filth in die Akten für den nächsten Tag. Er geht früh zu Bett, ohne noch einen Whisky zu trinken. Mitten in der Nacht wacht Elizabeth auf, weil er zu ihr ins Bett gekommen ist und ihr den Kopf auf die Brust gelegt hat.

Filth: Ich habe heute einen Mann zum Tode verurteilt.

Elizabeth: Ich weiß. Es stand in der Abendzeitung. War er schuldig?

Filth: Und wie. Ein Verbrechen aus Leidenschaft.

Elizabeth: Dann stirbt er sicher gern.

Sie liegen lange wach. Die Hinrichtung ist für acht Uhr angesetzt. Elizabeth hat den Wecker eine halbe Stunde vorgestellt und Lili Woo angewiesen, das auch mit der alten Standuhr unten zu tun. Sie liegen zusammen wach.

Filth: Die Todesstrafe muss abgeschafft werden.

Elizabeth: Das wird Jahre dauern.

Filth: Bis dahin haben sie ihr eigenes Rechtssystem. Als ich heute vom Gericht weggefahren bin, hat jemand mein Auto angespuckt. Sie verändern sich. Lili Woo hat heute fünf Minuten gebraucht, bis sie aufgemacht hat.

Elizabeth: Zwei. Aber ich weiß, was du meinst. Der Respekt schwindet. Ich bin nicht mehr sicher, ob sie je welchen hatten. Aber die Mädchen beim Juwelier heben kaum noch den Kopf, wenn ich reinkomme. Sie fädeln einfach weiter Jade auf. Früher haben sie mir die besten Steine besorgt. Für Nellie Wee machen sie das immer noch.

Filth: Na ja. Sie ist prominent.

Elizabeth: Och, ich bin auch ziemlich prominent. Ich gebe mir Mühe. Ich versuche, so zu sein, wie Amy früher war. Immerhin habe ich einen *Order of the British Empire*! Und die Hälfte meiner Freundinnen sind Chinesinnen.

Filth: Wenn du früher auf dem Markt mit der Hand durch die Edelsteine gefahren bist, habe ich immer gesagt, du bekommst Schlitzaugen, du wirst zur Asiatin.

Elizabeth: Schlitzaugen mit englischen Lidern. Filth, wir müssen hier draußen leben, oder? Wir sind lebenslängliche Expats. Oder?

Filth (nach einer langen, langen Pause): Ich weiß es nicht.

Sie machten eine Busreise und rollten durch Kanton. Über Meilen hinweg waren die Straßen von rostigen, verfallenden Fabriken gesäumt. »Die haben die Russen uns verkauft«, sagte der Reiseleiter. »Sie haben uns reingelegt.« Im Schatten der rostigen Schornsteine hatten sich riesige, schlammige Tümpel gebildet. In manchen davon wuchs Lotus, und zwischen den Blüten schwammen weiße Enten durch das faulige, olivgrüne

Wasser. Die Straße war schlimm, voller Schlaglöcher, schmal und schäbig. An den Seiten der hohen Fabrikgebäude liefen lange Schmutzstreifen hinunter wie Tang. Die kleinen Fenster waren verrammelt.

Der Bus hielt an, damit sie Fotos machen konnten, und die meisten stiegen aus und stellten sich nebeneinander auf, um die Männer zu betrachten, die auf einem Feld herumkratzten. Die Kameras klickten. Die Männer waren so dünn, dass man unter ihren mit Gürteln zusammengehaltenen blauen Hemden die Knochen erkennen konnte. Ihre Hüte waren diese unglaublichen Lampenschirme, farblos und wunderschön. »Achten Sie darauf, dass Sie die Hüte mit draufkriegen!«, riefen die Fotografen. Die Feldarbeiter zogen weiter ihre Stöcke über den Boden und sahen nicht auf.

»Träumen sie von Hongkong?«, fragte Elizabeth.

»Wir wissen nicht, wovon sie träumen.«

Der Bus ruckelte weiter, und der Reiseleiter beschwor sie, nach rechts zu sehen, in Richtung des noch weit entfernten, hochmodernen Restaurants, in dem sie zu Mittag essen sollten. »Sehen Sie auf gar keinen Fall nach links. Sehen Sie *nicht* nach links!«

Alle sahen nach links, wo Männer in weißen Gewändern und spitzen Hüten in loser Reihe an einem Feld entlangliefen. Einige von ihnen trugen ein Bündel, das auf einer tragbaren Pritsche festgebunden war.

»Eine Beerdigung«, sagte Betty. »Es bringt Unglück, eine Beerdigung zu sehen.«

»Das ist eine chinesische Beerdigung!«, rief ein anderer Tourist im Bus. »Oder der Ku-Klux-Klan.«

Der Fahrer ratterte weiter die kurvenreiche Straße hinunter und bog zum Restaurant ab. Jemand rief: »Es bringt doch Unglück, eine chinesische Beerdigung zu sehen, oder?«

»Ich habe keine Beerdigung gesehen«, sagte der Reiseleiter. »Was für eine Beerdigung?«

Ein sehr altes englisches Paar hielt Händchen, sah einander aber nicht an. »Wir sind hier geboren«, sagten sie. »Wir waren lange weg.« – »Ich bin in Tianjin geboren«, sagte Betty, »und in Shanghai aufgewachsen.« Sie sahen sie an und nickten anerkennend. »Wir sind heimatlos«, sagte die alte Frau, und Filth sagte: »Sie kennen nicht zufällig Judge Willy?« – »Was, Old Pastry? Natürlich!« Sie lachten. »Als Pastry Willy geboren wurde, gab es nur ein einziges Lagerhaus in ganz Hongkong.«

In einer Stadt stiegen sie alle aus, rannten aufgeregt in einen großen Laden und kauften Keramikvasen und Teekannen und riesige elektrische Tischlampen mit chinesischen Szenen darauf, für halb so viel Geld wie in Hongkong und ein Zehntel so viel wie bei Harrods. Filth fragte Betty, ob sie vielleicht eine neue Tischlampe wollten. »Nein«, sagte sie, »nicht so eine«, und dann wunderte sie sich über ein Bild, das zwischen all den Chinoiserien vor ihr auftauchte. Sie sah eine alte Petroleumlampe aus Messing mit einem Glaskolben und einem langen Hals und einem dicken, weißen Baumwolldocht. Die Lampe flammte violett auf, dann gelb, dann beruhigte sich die Flamme und brannte stetig. Aus dem Hals des Kolbens stieg ein dünner, blauer Rauchfaden auf. Betty streckte die Hand nach der Lampe aus, aber ihre Hand fuhr durchs Nichts.

»Was machst du denn da?«, fragte Filth.

»Ich weiß nicht. Ich hatte gerade eine Vision oder so etwas. Eine Erinnerung. Bestimmt, weil diese alten Expats nach ihrer Heimat suchen. Lass uns zum Bus zurückgehen. Hier gibt es nichts für uns.«

Zurück in Hongkong sagte sie: »Filth – haben wir uns eigentlich schon entschieden? Setzen wir uns hier zur Ruhe?«

Er sagte: »Ich habe nicht die Absicht, mich überhaupt zur Ruhe zu setzen. Ich habe noch jede Menge zu tun.«

»Du bist bald über siebzig.«

»Je älter ich werde, desto besser werde ich.«

»Das sagt ihr alle.«

»Wenn sie wollen, dass ich mich zur Ruhe setze, werden sie es mich schon wissen lassen.«

»Dann willst du für den Rest deines Lebens in einer untergehenden Kolonie sitzen und Urteile fällen?«

»Wenn du so fragst: Man hat mir vorgeschlagen, das Amt ruhen zu lassen und das Umweltschutzgesetz auf den neuesten Stand zu bringen. Das wird international von Bedeutung sein.«

»Das haben sie dich tatsächlich schon gefragt?«

»Ja.«

»Na, herzlichen Glückwunsch! Wann hättest du es mir denn erzählt? Dir ist schon klar, was sie sagen werden?«

»Ja. *Filth on Filth.* Filth über Schmutz. Ich bin ja nicht blöd.«

»Manchmal glaube ich, im Chancellor's Office sitzt ein Spaßvogel. Sie wählen einen nach Namen aus. Wie *Write on Walls.*«

Beinahe hätte er gesagt. »Als Nächstes kommt *Veneering über Heuchelei*«, beherrschte sich aber.

»Ich fühle mich in der Tat geehrt«, sagte er. »Und außerdem wurde ich ausgesucht, den *Hudson* neu zu schreiben.«

»Wer um alles in der Welt ist das denn?«

»Wir sind seit tausend Jahren verheiratet, und du kennst den *Hudson* nicht?«

»Nur seine Bay.«

»Sehr witzig. Hoho. *Hudson über Baurecht.* Dafür werden sie mich dann wohl zum Ritter schlagen.«

»Wie aufregend! Aber könntest du das nicht überall tun?«

»Nun ja, in London wäre es am einfachsten. Oder Oxford. Die Juristische Bibliothek. Vielleicht Cambridge, aber das ist nicht mein Stall. Allerdings wäre das ein etwas härterer Ruhestand, nach dem Leben hier. Keine Angestellten. Kein gescheites Wetter. Urlaub im Lake District. Kälte. Regen. Singende Jungsbands mit schrecklichen Liedern. Und das Essen!«

»Ja«, sagte sie. »Das Essen. Aber außer den Beatles gibt es auch noch die Oper, und es gibt das London Theatre und Konzerte.«

»Alle reden darüber, ins Theater und ins Konzert zu gehen, aber wer macht das denn wirklich? London ist nicht mehr England. Wir wären nur irgendein altes Ehepaar.«

»Wir könnten uns umsehen. Es ist ja zwanzig Jahre her, dass wir irgendwo in England waren, außer London. Wir könnten mal bei Dulcie und Pastry Willy vorbeischauen. Willy muss langsam alt werden. In Dorset.«

Am selben Abend, am Ende der großen Ferien und nach dem Ausflug nach Kanton, drei Monate nach der Exekution, hörte Betty Filth im Schlaf schreien und rannte in sein Zimmer. Er wachte stöhnend auf und sagte, sie würden ihn hängen. Nach der Übergabe 1997 würden sie ihn hopsnehmen und erhängen.

Am nächsten Morgen erwähnte keiner der beiden die Nacht, und Edward wurde reibungslos zum Gericht chauffiert wie immer. Aber Elizabeth begann, Pläne für England zu machen, und schrieb einen ihrer skizzenhaften Briefe an Pastry Willy in den Donheads in Dorset.

Liebe Dulcie, lieber Willy,

wir kommen für eine Weile nach England zurück und würden Euch so gern sehen! Waren wir nicht erst gestern alle zusammen hier in Hongkong? Wir denken oft an Euch. Weihnachtskarten reichen nicht aus.

Könntet Ihr mir wohl schreiben, ob Ihr um Weihnachten herum zu Hause seid? Dürfen wir für ein oder zwei Nächte zu Euch kommen, oder könnt Ihr uns eine Unterkunft vermitteln? Wir bleiben nicht lang, denn wir wollen ein bisschen das Land erkunden. Wir wissen noch nicht so recht, was wir mit unserer Zukunft anfangen wollen.

Alles Liebe, wie immer,

Betty (ehemals Macintosh aus Shanghai)

PS: Wie geht es den Kindern? Habt Ihr Enkel?

26. Kapitel

Zwei ineinanderliegende Profile, wie die Bilder des Königspaars in einem Medaillon, das anlässlich einer Krönung herausgebracht wird: Edward Feathers und seine Frau Elizabeth, an einem frostigen Winternachmittag auf der A33 in Wiltshire unterwegs in den Sonnenuntergang.

Sie suchten Pastry Willy und Dulcie und fragten sich, ob sie einander nach so langer Zeit wohl noch etwas zu sagen haben würden.

»Hatten die beiden nicht Kinder?«, fragte Betty. »Ein Mädchen. Es muss jetzt schon richtig alt sein.«

»Nein. Sie kam doch so spät. Sie ist noch jung. Susan.«

»Oh Gott, ja«, sagte Elizabeth. »Die lustlose Susan.«

»Lustlose Sue«, sagte Filth. »Gut, dass wir keine lustlose Tochter haben.«

Elizabeth schwieg. Sie kamen an Stonehenge vorbei.

»Wir müssen gleich abbiegen. Gleich hinter Stonehenge. Da ist Stonehenge.«

Er fuhr weiter und wandte den Kopf nicht um. Sie bekreuzigte sich. Immer noch ohne sich zu ihr umzudrehen, sagte Filth: »Was machst du denn da?«

»Na ja, man bekreuzigt sich doch normalerweise, wenn man an Stonehenge vorbeikommt. Es gibt hier Tausende von Unfällen. Das liegt am Magnetismus der Steine.«

Nach einer Weile sagte er: »Manchmal frage ich mich, woher du sowas hast.«

»Das weiß man doch.«

»Die Unfälle gibt es deswegen, weil alle sagen: ›Guck mal, Stonehenge!‹, und die Fahrer sich danach umdrehen. Das sagt einem doch der gesunde Menschenverstand.«

»Der sagt auch: Hier links ab! Schnell! Das ist die Straße nach Chilmark. Fast hättest du sie verpasst! Die ist aber auch schmal. Und gewunden. Oh, guck mal, der Baum da, hinter der Hecke! Der ist ja riesig. Sieht aus wie ein Huhn!«

»Ein Huhn?«

»Wie eine riesige Henne, die im Nest schläft. Die Hecke ist das Nest – jetzt sind wir unter dem Baum durchgefahren.«

»Eine Baumhenne?«

»Ja. Und ich habe sie schon mal gesehen.«

»Unwahrscheinlich. Hier waren wir noch nie.«

»Ich war allein hier. Damals, nach der Operation. Irgendwo hier muss das gewesen sein.«

»Nein, das war viel weiter westlich. Das weiß ich. Ich habe dich doch damals abgeholt. Das war in der Nähe von Somerset, noch weit hinter Bath. In der Nähe des Theaters, wo diese Dickens-artigen Leute gearbeitet haben, mit denen du damals befreundet warst.«

»Wahrscheinlich hast du recht«, sagte sie. »Die haben wir auch aus den Augen verloren. Wir haben sie doch nie wieder gesehen, oder?«

»Sind sie nicht längst tot?«

»Das nehme ich an – ich weiß nicht mal mehr, ob wir davon erfahren haben oder nicht. Ich habe ihnen mal geschrieben. Ihnen einen Ersatz für irgendetwas geschickt, was mir kaputtgegangen war. Ich weiß gar nicht mehr, was das war …«

Ein sehr alter Mann tauchte aus der Hecke auf und überquerte vor ihnen die Straße. Er hatte eine Axt dabei.

»Elizabeth – was hast du denn schon wieder?«

»Keine Ahnung. Ich habe nur das Gefühl, schon mal hier gewesen zu sein. Das durchrieselt mich richtig.«

»Wenn Leute so etwas sagen«, sagte Edward, »weiß man nie, wie man reagieren soll. Wie wenn einem jemand einen Traum erzählt. Hier steht ›The Donheads‹, was auch immer das sein soll. St. Ague ist das, wonach wir Ausschau halten müssen. ›*Ague*‹, was für ein Name! Hier ist der Hügel, den sie uns auf der Karte markiert hat. Könnte hier jeden Moment sein. Was für ein Labyrinth!«

»Ich glaube, wir müssen links ab. Nein, wir sind schon dran vorbei. Da war doch diese doppelte Einfahrt, die nach rechts und links geht? Eine runter und die andere hoch.«

»Nein«, sagte er. »Wir müssen erst an einer Kirche vorbei. Steht auf der Karte. Hier ist die Kirche. Und hier ist Privilege Lane. Oh, in der Tat! Sehr hübsch! Der gute, alte Willy! Schmiedeeisernes Tor!« Und: »*Hallo*, Willy! Was für ein hübsches Fleckchen!«

(*Beiderseitige Ausrufe des Entzückens, dann nimmt Willy Elizabeth umgehend mit, hinter dem Haus hinauf ans obere Ende des Gartens, und Edward kümmert sich um das Gepäck. Dulcie macht eins ihrer berühmten Souflés.*)

»Was für ein Blick, was für ein Blick, Willy! Was für eine leuchtende, goldene Aussicht! Und außerdem, Uncle Willy, werden wir dich nie wieder Pastry nennen, du bist ja knackebraun. Das muss an Thomas Hardy liegen!«

»Thomas Hardy ist immer nach London ins Theater gefahren, aber ich verlasse die Donheads gar nicht.« Er tatterte ins Haus zurück. Elizabeth nahm seinen Arm und tat, als müsse sie sich abstützen, aber sie wussten beide, dass er es war, der gestützt werden musste. Er sagte: »Wir haben eine Überraschung für euch. Zwei Überraschungen! Eine ist Fiscal-Smith.«

»Oh Willy, nein! Wie konntet ihr!«

»Er ist auf der Durchreise und war auf der Suche nach einer günstigen Pension, hat er gesagt. Da hat er sich wundersamerweise an uns erinnert.«

»Aber habt ihr denn Platz für uns alle? Du hast doch gesagt, Eddie und ich könnten bei euch übernachten?«

»Ja. Natürlich. Hier ist jede Menge Platz, trotz des Reetdachs und der winzigen Fenster. Wir haben sogar noch mehr Besuch: Die zweite Überraschung ist Susan. Aus Massachusetts. Sie sagt, sie hat euch schon seit der Schulzeit nicht mehr gesehen.«

»Nein. Das stimmt. Ist sie allein?«

»Frag nicht. Ehekrise in Boston. Sie hat ihn und das Kind sitzenlassen. Sie sagt nicht viel. Wir lassen sie hier einfach auf einem Pferd über Land reiten. Das sind wir gewohnt. Hat sie schon immer gemacht.«

»Ach, das tut mir leid, Willy.«

»Aha, da ist Fiscal-Smith an der Tür! Dann ist die Hochzeitsgesellschaft ja komplett.«

Der Tisch in dem palastartigen Cottage war wie für einen Nachmittagstee der Oberschicht zur Vorkriegszeit gedeckt. Dutzende briefmarkengroßer Sandwiches, braunes und weißes Brot, Butter, hausgemachte Marmeladen und Mohnkuchen. Dulcie saß hinter einer silbernen Teekanne.

Susan hingegen kauerte in einem Schaukelstuhl in der Ecke neben dem Kamin und überwachte sie mit ihrem unheilvollen Blick. Sie hatte einen Becher Tee in der Hand und war barfuß. Als Betty und Filth ins Zimmer kamen, stand ihr Mund weit offen, in Erwartung des Stücks Kuchen, das sie sich mit der anderen Hand eben zuführte.

»Susan!«, rief Elizabeth vorschriftsmäßig.

»Oh, hallo.«

Filth nickte kurz. Er war überrascht, dass sie so vertraut wirkte, und vor seinem inneren Auge tauchte ein Schatten aus der Schulzeit auf. Ein anderes Mädchen zu Gast in einem anderen Haus während des Kriegs. Die große Isobel mit ihrer güldenen Schönheit und den düsteren Stimmungen. Er hatte geglaubt, heutzutage wären die Frauen weniger unangenehm. Er betrachtete sie finster. Dem Himmel sei Dank für Betty.

Alle setzten sich.

Später gab es Dinner und für Susan eine Extrawurst. Wieder überkam ihn eine Welle von Erinnerungen und – nun ja, Verlangen.

Am nächsten Tag war Susan nicht beim Frühstück, ritt aber später auf einem dampfenden Pferd am Fenster vorbei, ohne irgendjemanden eines Blickes zu würdigen.

Fiscal-Smith reiste zeitig ab. Er wollte noch bei einem anderen ehemaligen Kollegen in der Nähe von York vorbeischauen, von dem er wusste, dass er ein Gästezimmer hatte. »Haben Sie sich in der Gegend mal umgesehen, Filth? Und sich entschlossen, wo Sie sich zur Ruhe setzen wollen? Sie kommen doch hoffentlich nach Hause, oder? Es wäre gut, Sie in der Nähe zu haben.«

Aber wollten sie wirklich nach Hause? Sie setzten sich jedenfalls mit dem Thema auseinander. Filth hatte eine ebenso detaillierte Reiseroute ausgearbeitet wie bei ihren Reisen nach Java und Japan während der Gerichtsferien. Sie hatten sich eine winzige Wohnung im Temple als Basislager gemietet, ein gutes Auto, hatten Landkarten und Reiseführer gekauft und sich gegen den Uhrzeigersinn auf den Weg gemacht, die Great North Road hinauf, die jetzt A1 hieß und viel schneller war als früher. Sie fuhren an Cambridge vorbei, weil es so kalt und nicht Oxford war, dann weiter nach East Anglia, was ihnen noch kälter vorkam und wo es außerdem windig war. Sie verbrachten die Nacht bei einem reizenden ehemaligen Richter, der sich der Dichtkunst und der Gartenarbeit zugewandt hatte. Sie lernten seine Freunde kennen, die anscheinend allesamt Grünkohl anbauten. Sie erkundeten die Ostküste, aber Filth fand das Meer farblos und bedrohlich, und Betty fand die glitzernden Kirchen zu groß für Blumenschmuck.

Sie fuhren weiter nach York, das unpersönlich war, und dann zum Hadrianswall, wo Freunde aus Hongkong lebten, deren Körper und Geist in diesem Klima verschrumpelt waren. Sie näherten sich der Borders-Region und sahen über das grau plätschernde Wasser des Solway hinweg auf Schottland. »Wenn unsere Gene schon von hier stammen«, sagte Filth, »dann sollten wir Schottland wenigstens eine Chance geben.«

Also stiegen sie in einem eleganten Hotel am Loch Lomond ab und besuchten einen weiteren Anwalt im Ruhestand, den sie aus dem Fernen Osten kannten und der sich anscheinend schämte, seine Heimat Glasgow jemals verlassen zu haben. Er war voll beschäftigt mit Verhandlungen um ein paar Berge in der Region, auf denen in den siebziger Jahren Sprengköpfe installiert worden waren. Sie waren alle noch da, oh ja. Er selbst war nicht für die Atombombe. Aber immer gut, sich verteidigen zu können. Zum Teufel mit den Russen. Sie fragten sich, ob er noch ganz klar im Kopf war. Vielleicht war er verstrahlt.

Sie traten von Schottland zurück, als wären sie drauf und dran gewesen, in eiskaltes Wasser zu springen, ohne Handtücher dabeizuhaben. Sie fuhren nach Südosten Richtung Lake District und Grasmere, weil Betty in der Schule Wordsworth gemocht hatte. Vor Dove Cottage standen Pilger Schlange, und am See war alles voller Japaner. Sie fühlten sich fremd.

»Ich glaube, mit uns stimmt etwas nicht«, sagte sie, »wir sind verbittert und abgehalftert.« An einer pittoresken Gaststätte außerhalb der hübschen Kleinstadt Appleby hielten sie an, um darüber nachzudenken. Es war halb zwei, und sie fragten nach Mittagessen. »Um *die* Tageszeit?«, fragte der Wirt. »Mittagessen ist um zwölf. *Sandwiches*? Sie können doch nach ein Uhr nicht mehr nach Sandwiches fragen. Der Koch braucht auch mal Pause.«

Also wieder Richtung Süden. Sie waren sich unausgesprochen einig, dass sie sich Wales gar nicht erst anschauen würden, wo Filth als Kind gelitten hatte, und auch nicht Lancashire oder West Cumberland, wo er – das wussten sie beide, auch wenn sie nie darüber sprachen – an seiner Prep School unglaublich, fast schon unerträglich glücklich gewesen war. Eine nahezu heilige und nicht wiederholbare Zeit.

Sie fuhren den M6 hinunter, und es wurde wärmer. Sie verbrachten eine Nacht in Oxford, besuchten aber niemanden. (Zu viel Cliquenbildung. Zu lange her.) Und weiter nach Süden, zu Pastry Willy. Und für Betty zu einem Traum von Garten, der wahrscheinlich nie existiert hatte. Sie erklärte das nicht. Sie trug inzwischen eine neue Rüstung.

Und dann sah sie die Henne im Baum und den Mann mit der Axt.

Bevor sie Privilege Hill verließen, sagte Betty: »Es ist mir wieder eingefallen. Das Haus, wo ich zur Erholung war, hieß Dexters. Jedenfalls hießen die Leute, denen es gehörte, Dexter. Erinnert ihr euch? Aus der Ebury Street? Sie waren Schauspieler.« Aber Dulcie und Willy winkten vom schmiedeeisernen Tor aus und sagten, sie hätten in den Donheads noch nie von irgendwelchen Dexters gehört.

»Auf Wiedersehen!«, sagten sie. »Und danke! Wir werden euch vermissen!« Willy nahm Elizabeths strahlendes Gesicht zwischen beide Hände und küsste es.

In der folgenden Woche ging Susan zurück nach Boston, und als sie abreiste, sagte sie: »Diese Feathers – ich kann die nicht leiden. Konnte ich noch nie. So selbstgefällig. Und politisch *ignorant*. Und kulturell tot! Und kinderlos. Und egoistisch. Und so ekelhaft stinkreich.«

»Elizabeth«, sagte Dulcie, »wollte zehn Kinder.«

»Ach, das sagen sie alle. Etepetete-Weibchen ohne Hirn.«

»Elizabeth hat durchaus Hirn«, sagte Willy. »Sie war in Bletchley Park und hat Codes dechiffriert, und Filth hat das höhere juristische Examen als Jahrgangsbester abgelegt. Und keiner der beiden bildet sich was drauf ein!«

»Die sind doch total verknöchert«, sagte Susan.

»Nein«, sagte Willy.

»Gab es nicht irgendeine Skandalgeschichte über *sie*?« Susans Augen blitzten.

»*Nein*«, sagte Willy.

»Nun ja«, sagte Susan. »Ihr Gedächtnis ist jedenfalls nicht besonders gut. Hier im Dorf gibt es ein Haus, das Dexters heißt. Ich bin beim Reiten dran vorbeigekommen. Die Einfahrt runter, die sich dann aufteilt, eine nach oben, eine nach unten. Kann man von der Straße aus nicht sehen.«

»Ach was, das wüssten wir doch.«

»Von den Dexters sieht man nur den Schornstein, außer wenn man ums Haus herumgeht, den Hügel runter, Richtung Donhead St. Anthony. Das ist schon seit Jahren eine Ruine. Ich habe nachgefragt, weil da alles verriegelt und verrammelt ist.«

»Schatz, warum hast du ihnen das denn nicht gesagt?«

»Warum sollten sie denn hier wohnen? Ich könnte das nicht.«

Die Feathers richteten sich für den Winter im Temple ein. Filth arbeitete am Umweltschutzgesetz, sonntags nach der Kirche gab es stets ein exzellentes Mittagessen in der Inner Temple Hall, sie gingen ins Theater, trafen alte Freunde und verbrachten gelegentlich ein Wochenende in Surrey. Was schnell langweilig wurde. Filth ging für eine Weile nach Hongkong zurück, aber Betty blieb.

Im neuen Jahr starb Old Willy, und Betty lud Dulcie ein, bei ihr in der Wohnung zu wohnen, die nahe der Temple Church lag, wo der Gedenkgottesdienst stattfand. Betty war natürlich zur Bestattung in die Donheads gefahren und hatte gesehen, wie Willy auf seinem heimischen Friedhof in die Erde hinuntergelassen wurde. Susan war nicht aus Amerika gekommen, aber zum Gedenkgottesdienst würde sie da sein. Betty lud auch sie ein, bei ihr im Temple unterzukommen, aber das blieb ungewiss. Oder anders ausgedrückt: Susan hatte nicht geantwortet.

Je nun, dachte Elizabeth.

Es war ein regnerischer Tag, und die Gemeinde kam mit tropfenden Schirmen an und trat sich im Vorraum der Temple Church stampfend das Wasser von den Schuhen. Willy war im Alter so zufrieden gewesen, sagten sie zueinander, dass dies eine Feier seines Lebens sein sollte, keine Trauerfeier. Es waren ein paar alte Anwälte aus Singapur und Hongkong da, außerdem einige Richter aus sämtlichen Inns of Court, die einander über den Altarraum hinweg zuversichtlich ansahen und gelegentlich eine Hand zum Gruß hoben.

Betty setzte sich und wünschte sich Filth herbei. Sie war sehr traurig. Dulcie neben ihr war perfekt gekleidet, schwarz – Harrods mit einer leichten Chanel-Anmutung –, und weinte ununterbrochen, und die lustlose Susan schluchzte und schniefte in ein großes Taschentuch. Betty hatte sich nicht groß darum geschert, was sie tragen und wen sie grüßen sollte. Sie saß da und dachte an Willy und das alte Shanghai und Kinderreime. All das war tausend Jahre her. Ich erkenne Liebe, wenn ich sie sehe, dachte sie. Er hat mich geliebt, und ich habe ihn geliebt. Jetzt sind nicht mehr viele übrig. Sie versuchte, Fiscal-Smiths scharf geschnittenes Gesicht direkt gegenüber zu ignorieren. Er trug einen schwarzen Anzug, der von den vielen Beerdigungen schon ganz abgeschabt war.

Es gab Geraschel und Bewegung, und Fiscal-Smith ließ unbeholfen einen stolpernden Zuspätkommer durch, der höflich nach rechts und links nickte. Der Priester stieg bereits auf die Kanzel, um aus der Bibel zu lesen. Der Zuspätkommer blickte Betty, die genau gegenüber saß, über den Altarraum hinweg an und winkte erfreut. Es war Harry Veneering.

»Kommen Sie, wir gehen Tee trinken«, sagte er hinterher.

Alle versammelten sich vor der Kirche oder in der Vorhalle, einige gingen schon über den Hof zur Totenwache in der Parliament Chamber. Es regnete nicht richtig, war aber sehr feucht, und viele von ihnen waren alt. Die älteren Richter gingen unter ihren Schirmen durch die Privattüren aus der Kirche, und der Priester des Temple kümmerte sich um Dulcie und Susan.

»Nicht da lang«, sagte Harry Veneering zu Betty. »Kommen Sie hier lang, um die Herren auf dem Boden herum.« Er hakte sie unter und führte sie durch die Tempelritter auf ihren Grabplatten, mit ihren Schwertern und vorgerecktem Kinn.

»Vielversprechende junge Leute, die es nicht ganz geschafft haben«, sagte Harry. »So wäre ich auch geworden, wenn ich Jurist geworden wäre. Die Army war besser für mich. Wobei die Armee denen hier auch nicht gerade gutgetan hat. Stolze Bastarde, die sich vorkamen wie Jesus und alle umgebracht haben. Taxi!«

»Wohin fahren wir denn?«

»Ins Savoy.«

»Das sind nur zwei Minuten zu Fuß.«

»Wir gehen aber nicht zu Fuß. Ich bin Offizier im Garderegiment.«

»Außerdem«, sagte sie, »haben wir nicht reserviert.«

»Die finden schon ein Plätzchen für mich.«

Er winkte dem salutierenden Wachmann zu und führte sie lachend und grüßend durchs Foyer. *Natürlich*, Sir, einen Tisch. Selbstverständlich nicht, Sir. Nicht zu nah am Klavier. Sie bekamen einen Platz in einer Nische, wo gedämpftes Licht und Wärme die Feuchtigkeit draußen wiedergutmachten.

»Ja«, sagte er, »einmal den kompletten Afternoon Tea, und ja, mit einem Glas Champagner, bitte. Natürlich. Und …« Er sah sie an und nahm ihre Hand.

»Harry, hör sofort damit auf. Sie glauben ja, du wärst mein – wie nennt man das? Mein jugendlicher Liebhaber.«

»Bin ich doch auch«, sagte er. »Mrs Wasserdicht und Galoschen. Sehen Sie mal, mein rechter Oberschenkel!« Er streckte das Bein aus, als gerade die Kellnerin kam. Es wurde gekichert und gelacht.

»Harry, setzt du dich jetzt mal hin? Du bist ja noch genauso wie mit neun!«

»Ich wünschte, sie hätten hier Hummer«, sagte er.

Gekicher.

»Und ich wünschte, ich säße wieder unter dem Tisch und

würde meinen Rückflug zur Schule verpassen. Ich wünschte … ich wäre nie erwachsen geworden.«

»Harry, wie kannst du so etwas sagen! Wie kannst du es wagen! Nach allem, was wir getan haben!«

»Entschuldigung. Ja. Sehen Sie sich mal meinen Oberschenkel an. Er ist doppelt so dick wie der linke, und doppelt so stark. Die Ärzte fallen bei jeder Röntgenaufnahme in Ohnmacht. Eine wundervolle Operation. Haben Sie es in der Zeitung gelesen? Ich habe den Eiger bestiegen.«

»Ja, habe ich.«

»Nicht, dass ich der Erste gewesen wäre.«

»Nein, warst du nicht. Wieso stand es in der Zeitung?«

»Ich ziehe die Aufmerksamkeit auf mich. Wie mein Vater.«

Sie schenkte sich blassgoldenen Tee ein und sagte: »Und wo ist dein Vater? Und deine Mutter? Ich dachte, ich würde sie bei der Beerdigung sehen.«

»Pa ist zu einer Schlichtung auf den Fijis. Ich nehme an, Ma ist zu Hause in HK. Ich höre nicht viel von ihr.«

»Und von deinem Vater schon?«

»Oh ja. Aber im Moment bin ich in Ungnade gefallen.«

»Warum?«

»Fragen Sie nicht. Ich habe es ein bisschen übertrieben. Ich glaube, heimlich prahlt er damit. Lässt mich dastehen wie einen Dandy.«

»Er war ganz schön gut zu dir.«

»Sie auch, Miss Regenmantel. Sie sind meine wahre und einzige Liebe. Immerhin waren Sie die ganze Nacht bei mir, als man mir beinahe das Bein abgenommen hätte.«

Ein Kellner kam und brachte den Champagner.

»Das stimmt«, sagte Harry zu ihm. »Sie war die ganze Nacht bei mir. In der russischen Steppe. Sie hat sie davon abgehalten, mir das Bein zu amputieren. Dann ist die Sache ein bisschen aus dem Ruder gelaufen, und wir wurden von Wölfen angegriffen …«

»Ist das alles, Sir?«

»Oh nein«, sagte Harry, »da kommt noch jede Menge!«

»Harry«, sagte sie, »ich muss zurück zur Totenwache und mich um Dulcie kümmern. Sie wohnt bei mir.«

»Wo ist denn Hyperion?«, fragte er. »Kann er sich nicht um sie kümmern? Filth, meine ich. Sir Edward?«

»Er ist im Ausland. Auch bei einer Schlichtung. Er wird sich bald zur Ruhe setzen, dann ziehen wir nach Dorset, in die Nähe von Dulcie.«

Aber er starrte die Wanduhr an. »Ach, du lieber Himmel«, sagte er. »Großer Gott! Die Zeit! Ich muss los«, und klopfte seine Taschen ab. »Ich bin schon viel zu spät dran. Ich – mein Portemonnaie!«

»Schon gut«, sagte sie. »Ich lade dich ein. Nächstes Mal spendierst du mir ein Abendessen. Im Ritz.«

»Mache ich! Mache ich wirklich gern, Mrs Burberry, mein Schutzengel«, und weg war er, durch den Raum geflitzt und durchs Foyer auf die Strand.

Sie folgte ihm, nachdem sie die horrende Rechnung bezahlt hatte, und kehrte zurück in den Inner Temple zur Trauerfeier für ihren lieben alten Freund. Als sie den Raum betrat, schien er irgendwo in der Menge zu sein und sie zu beobachten und liebevoll den Kopf zu schütteln.

»Ich habe keinen eigenen Sohn«, erklärte sie dem Geist. (»Oh, hallo, Tony! Hallo Desmond!«) »Ich habe kein Kind. Ich habe niemanden, mit dem ich unvernünftig sein kann. Ich liebe ihn so sehr.«

27. Kapitel

Dexters war von Anfang an das Richtige. Von dem alten Cottage war nur noch wenig übrig. Alles war vergrößert worden, der Garten öffnete sich zu einem weiten Blick. Der Eingang war nicht mehr so halsbrecherisch wie bei Elizabeths erstem Besuch, und es gab inzwischen Strom, einen neuen Aga, Telefon, eine wundervolle Küche, zwei Badezimmer, ein Esszimmer für den Rosenholztisch und eine Eingangshalle, die groß genug war für den roten Sessel. Und eine Terrasse, von der aus man an Sommerabenden mit einem Gin in der Hand den Sonnenuntergang sehen konnte. Der große steinerne Schornstein war geblieben. Dexters lag ruhig und abgeschieden, aber nicht so weit von allem entfernt, dass es eines Tages zur Herausforderung für einen Pflegedienst werden würde, wenn sie richtig alt waren. Bis zum Dorfladen war es eine halbe Meile, Zeitungen und Lebensmittel wurden geliefert wie seit eh und je, und neben Dulcie auf Privilege Hill stand unerschütterlich die Kirche. Es gab ein Zimmer, in dem Filth arbeiten konnte, umgeben von zahlreichen Regalmetern juristischer Fachliteratur, und eine Garage für ein bescheidenes Auto. Der fast jungfräuliche Garten – falls es so etwas gab – rief, und bald trafen die Pflanzen ein, die Betty bestellt hatte. Ein Gärtner wurde eingestellt, außerdem eine Putzhilfe, die sich auch um die Wäsche kümmerte. Wenn man das Fenster öffnete, duftete es nach Laub und Morgentau, drinnen nach dem frisch verlegten Holzboden und dem Holzofen. Betty sammelte Lavendel und verstreute ihn in den Schubladen.

So richteten sie sich ein. Die Vorhänge aus Licht und Feuerwerk, Lärm und Luxus, Glanz und Schmutz von Hongkong lagen hinter ihnen. Die Sonne ging weniger hektisch auf und unter, weniger spektakulär, aber es sangen mehr Vögel. Die Krähenkolonie war immer noch da, die Nester hingen inzwischen riesig und windschief und schwer zwischen den Zweigen. Die Vögel – wahrscheinlich immer noch dieselben, sagte Filth – diskutierten immer noch und widersprachen einander und verhandelten und verurteilten und richteten und sammelten weitere und bessere Beweise. Filth sagte, solange sie da seien, werde er seine Arbeit nicht vermissen.

Sowohl Filths als auch Elizabeths Erinnerungen veränderten sich. Es waren jetzt weniger Menschen da, die sie wachhalten konnten. Die Weihnachtskarten wurden spärlicher. Betty fing schon im Oktober an, Briefe an die wenigen verbliebenen Freunde zu schreiben. Nur an die guten. Amy und Isobel und ein paar wunderliche Cousinen von Edward. Genauso, wie sie sich bei ihrer Hochzeit in eine Kopie ihrer Mutter verwandelt hatte, verwandelte sie sich jetzt in die Ehefrau eines distinguierten älteren Herrn. Sie übernahm die Kirche – der Vikar war verschwunden – und bildete Ausschüsse. Sie trat in einen Lesekreis ein und fand DVDs mit den herrlichen alten Filmen aus ihrer Jugend. Sie lernte wieder Französisch und ließ sich in Salisbury die Finger- und Fußnägel machen. Für die Haare fuhr sie oft nach London, wo sie dem University Women's Club beitrat. Sie wusste, dass sie immer noch attraktiv war. Sie hatte immer noch verwirrende erotische Träume.

Sie genoss ihre neue Rolle und kaufte sich sehr teure Kleidung für das Leben auf dem Land. Sie trug Veneerings Perlenkette (Edwards lag im Safe) immer unverhohlener und mit immer weniger schlechtem Gewissen.

Tagsüber trug sie sie mit dem Brillantverschluss nach hinten. Vorne riskierte sie ihn nur bei Dinnerpartys, wo er manchmal Bewunderung auslöste. Filth schien es nie zu bemerken.

Eines Tages sagte Filth: »Erinnerst du dich, dass ich einmal an einer Schlichtung in Den Haag beteiligt war?«

»Am Internationalen Gerichtshof? Natürlich. Ich habe dich monatelang nicht gesehen. Du fandest es trostlos.«

»Dieser Typ war auf der Gegenseite.«

»Veneering«, sagte sie. »Ja.«

»Wir haben Abstand gehalten. Du bist nicht mitgekommen.«

»Doch, bin ich. Für ein oder zwei Nächte. Ich habe mich mit einer Schulfreundin in einem Park getroffen. An viel mehr erinnere ich mich gar nicht. Das war, nachdem wir … geheiratet hatten.«

»Jedenfalls«, er blickte durch sein Rotweinglas und schwenkte es, »haben sie mich wieder dorthin eingeladen.«

»Was? Das ist doch schon Jahre her!«

»Es geht um einen Staudamm in Syrien. Mit Staudämmen kenne ich mich aus. Die beiden Seiten schwadronieren nur herum und verschleudern Millionen. Sie suchen ein paar neue Schlichter, die die jetzigen beaufsichtigen.«

»Könntest du das? Und möchtest du? Bist du noch fit genug?«

»Könnte ich. Ja, ich will. Und ich glaube schon. Komm doch mit! Den Haag ist hübsch, und drum herum gibt es auch alles Mögliche. Delft und Leiden und Amsterdam und Brügge. Wundervolle Museen. Gemälde. Oh, und gutes, sauberes Essen! Gute, saubere Leute. Das wäre was für dich!«

»Ich denke mal drüber nach. Aber du solltest das tun.«

»Ja. Ich glaube auch. Ich glaube auch.«

»Der Internationale Gerichtshof! In deinem Alter!«

»Ja.«

»Aber«, sagte er eine Woche später, »es kommt nicht in Frage. Rat mal, wen sie als dritten Ersatz-Schlichter wollen?«

Sie leckte sich die Finger ab. Sie kochte gerade Marmelade.

»Das ist einfach«, sagte sie. »Sir Terence Veneering QC, Rechtsgelehrter.«

»Ja.«

»Ist das wichtig? Wäre es nicht langsam Zeit ...«

»Das will ich meinen!«, sagte Filth. »Er ist der Einzige, der sich mit Staudämmen so gut auskennt wie ich. Es wäre ein fairer Kampf. Außerhalb des Gerichts muss ich ja nicht mit ihm sprechen.«

»Er macht auch Staudämme?«

»Ja. Er hatte mal den Assuan-Staudamm. Den hätte ich auch gern gehabt. Dafür habe ich den im Iran bekommen. Weißt du noch? Der lief gar nicht voll. Sehr interessant. Sie hatten die halbe Bevölkerung umgesiedelt und ihre Dörfer geflutet. Den habe ich gewonnen. Damals habe ich Morddrohungen bekommen.«

»Das hast du immer gedacht. Ist dieser Staudamm denn interessant?«

»*Alle* Staudämme sind interessant!«, sagte er empört.

Etwas später, sie aßen die selbstgemachte Marmelade zum Frühstück, sagte sie: »Aber ich glaube nicht, dass ich mitgehe, Filth, Schatz. Wenn es dir nichts ausmacht.«

»Warum nicht?«

»Ach, na ja. Es ist Ostern. Ich werde in der Kirche gebraucht. Und so weiter.«

»Das kann Dulcie doch machen.«

»Ach nein, mir geht es gut hier, Eddie. Ich bin es doch auch gewohnt, dass du weg bist. Wir sind ja hier nicht in Ost-Pakistan mit nur drei Telefonleitungen.«

»Also, ich gehe hin. Tatsächlich« – er stieß sein betretenes Brüllen aus – »habe ich das Angebot schon angenommen, ich werde also gehen, und an den Wochenenden komme ich zurück. Ich könnte jeweils freitagabends wieder hier sein, bis sonntagabends. Und – man weiß ja nie – vielleicht überlegst du es dir noch und kommst doch mal für ein Wochenende zu mir? Wir könnten irgendwo außerhalb von Den Haag ein Hotel nehmen.«

Also war sie zu Beginn des Frühjahrs allein in den Donheads. Es war eine einsame und kalte Fastenzeit. Wenn Eddies Wagen ihn freitagabends bei Dexters absetzte und sie das Essen und die Neuigkeiten aus dem Dorf für ihn parat hatte, dann schien er abwesend und gleichgültig.

»Gefällt es dir am Internationalen Gerichtshof?«

»Na ja, ›gefallen‹? Die Kreatur ist immer noch giftig. Hasst mich immer noch. Aber ich freue mich, da zu sein. Betty, komm doch mal mit. Wir können ja irgendwo außerhalb von Den Haag und dem ganzen Klüngel bleiben. Das wäre wirklich eine schöne Gelegenheit für dich! Du könntest Blumenzwiebeln kaufen!«

»Oh«, sagte sie.

»Dort kannst du eine Million Tulpen bestellen«, sagte er.

»Tulpen«, sagte sie.

»Überleg es dir.«

»Ich liebe dich, Filth. Ach ja, gut, ja. Ich komme mit!«

28. Kapitel

Also fuhr sie mit. Sie kamen in einem Hotel bei Delft unter, Edward ließ sich täglich nach Den Haag und wieder zurück fahren, und so sah sie nichts vom Gericht.

Die Tulpenfelder standen in voller Blüte, und sie buchte sämtliche Besichtigungstouren, manchmal sogar über Nacht, und bestellte jedes Mal große Mengen Zwiebeln für Dorset mit Liefertermin im Oktober. Sie unterhielt sich in den Bussen und Kanalbooten ununterbrochen mit anderen Gärtnern und vergaß alles andere.

Sie ging einkaufen. In einem Antiquitätenladen kaufte sie ein breites Schwert, das sie an Rembrandts *Mann mit Rüstung* erinnerte. Sie kaufte ein blau-weißes Delfter Messer mit schwarzer Klinge und kaputtem Griff, weil möglicherweise einmal in Vermeers Küche damit Obst geschnitten worden war. Sie kaufte drei Fliesen aus dem siebzehnten Jahrhundert für Dulcie – einen Jungen, der einen Drachen steigen ließ, eine dicke Windmühle und ein Boot mit viereckigen Segeln – und einen schweren Kupfertopf für Amy. Sie versuchte, nicht an die Versandkosten zu denken. Sie ging viele Meilen – die Geschenke wurden stets ins Hotel geliefert – die Kopfsteinpflasterstraßen mit einem Kanal in der Mitte zwischen den hohen Häusern entlang. Gesichter guckten aus den Fenstern und nickten ihr zu. Das müssen Häuser für ältere Menschen sein, dachte sie, was für breit strahlende Gesichter! Sie rechnete jeden Moment damit, dass Frans Hals um die Ecke kam. Als wäre er nur gerade außer Sichtweite.

Am vierten Samstagmorgen, dem Tag, an dem Filth normalerweise schon zu Hause gewesen wäre, musste er einige Akten in den Sitzungssaal zurückbringen.

Er brachte seine verschlossene Aktentasche mit zum Frühstück und stellte sie neben sich ab. Sie sagte: »Übertreibst du nicht ein bisschen? Wir können die Akten auch unterwegs abgeben.«

»Nein, vielleicht muss ich noch mit den beiden anderen sprechen. Sie sind auch da.«

Er trug den dunklen Gerichtsanzug mit der gestreiften Hose und dem schwarzen Jackett, eine gediegene Krawatte, ein gestärktes Hemd und ein viktorianisches Seidentuch.

»Die anderen laufen da doch sicher nicht so herum«, sagte sie.

»Vermutlich nicht, aber es ist korrekt. Ich habe Akten dabei.« Filth und Betty verabredeten, sich nach dem Lunch wieder im Hotel zu treffen.

Sie nahm ein Taxi zu einer Galerie mit Blumengemälden aus dem siebzehnten Jahrhundert, in der sie noch nicht gewesen war. Sie streifte durch die lichtdurchfluteten Räume, die sie für sich allein hatte, weil die Osterferien noch nicht angefangen hatten und keine Touristen da waren. Das Klappern ihrer Schritte in der Stille war ihr unangenehm, und sie versuchte, auf Zehenspitzen zu gehen. Die Sonne warf goldene Streifen auf den polierten Boden. Zwischen den Räumen standen die Türen offen, die Sonne leuchtete von einem Saal in den nächsten, zog sich aus dem Vordergrund zurück, wechselte die Richtung und ergoss sich durch ein weit entferntes Fenster oder eine offene Tür. Im Gebäude war es still, und draußen lag der dunkle, ruhige Fluss. Sie suchte sich einen Stuhl und setzte sich. Der Saal war enttäuschend. Sie starrte Gemälde von toten Hasen mit geronnenem Blut vor dem kleinen Maul an, mit dicken Weintrauben, Granatäpfeln und Federwild mit gebrochenen Augen auf Schieferplatten. In einer Ecke stand eine Holzskulptur, Kopf und Schultern eines Mannes auf einem Podest. Das Holz war so schwarz, es musste Jahrhunderte unberührt im Moor gelegen haben, es war rissig und das perfekte Material für dieses runzlige, alte Gesicht, das schwer wirkte von allem Elend der Welt.

Aber es war der Hut, der den Mann ausmachte. Es war eindeutig der Hut, der die Schnitzerei inspiriert hatte. Er hatte eine eng anliegende, runde Krone und eine wagenradgroße Eichenkrempe, hauchdünn und viel breiter als die gebeugten Schultern. Ein religiöser Hut? Ein Pilger? Ein umherziehender Poet? War das alles aus einem einzigen Stück Holz geschnitzt? Oder war der Hut einzeln gemacht worden? Konnte man ihn abnehmen? Sie war wie hypnotisiert von diesem Hut. Sie musste ihn berühren.

Sie hörte Schritte, dann stand ein Museumswärter in der Tür und ging weiter, mit langsamen, quietschenden Schritten.

Dann hörte sie zwei Stimmen in einem Nebenraum.

»Und was ist mit *mir*? Was soll *ich* tun?«

»Geh doch zum Mittagessen ins Hotel. Oder in ein Restaurant. Ruh dich aus. Wir fahren um vier Uhr.«

»Ich möchte übers Wochenende nach Beirut.«

»Beirut? Das ist um die halbe Welt! Und da gibt es nur Nachtclubs und Drogen. Was …?«

»Ich will zur Massage. Und zum Friseur.«

»In Beirut!«

»Ja. Mir ist langweilig. Heutzutage ist man in Beirut. Ich fliege da hin.«

Eine übergewichtige Gestalt schlurfte an einer offenen Tür vorbei in den nächsten Raum. Es war Elsie Veneering. Ein weiterer Schatten folgte ihr, und Elizabeth hörte ihre Stimmen im Treppenhaus. »Aber was soll ich denn den ganzen Nachmittag machen? Wo soll ich hingehen? Ich kann doch nicht alleine Mittagessen gehen.« Elizabeth hörte ein Taxi wegfahren. Sie schloss die Augen und lauschte, und schon bald hörte sie ihn die Treppe wieder heraufkommen.

Er sagte schon von ferne: »Ich habe dich bereits beim Reinkommen gesehen. Sie ist weg.« Betty schlug die Augen auf und sah einen leicht heruntergekommenen Mann mit wenig Haar, der seine Taschen nach Zigaretten abklopfte.

Sie sagte: »Hier drin kannst du wohl nicht gut rauchen«, und er sagte: »Da hast du recht.«

Er trug Jeans und ein braunes Hemd. Er sah nach nichts aus.

Sie trug einen neuen, langen, schmal geschnittenen Mantel mit einem runden Pelzkragen und einem Pelzbesatz an der Knopfleiste und rund um den Saum. Er ließ ihre Taille und ihre Beine geradezu jugendlich wirken. Sie war in Amsterdam beim Friseur gewesen. Er sagte: »Du bist ja noch schöner als früher. Aber ich habe deinen Look damals auch geliebt.«

Sie saßen schweigend da, er auf der anderen Seite des Raumes, auf dem einzigen anderen Stuhl. Sie sahen einander an, und sein Lächeln und sein Blick waren wie immer.

Er sagte: »Der Kerl mit dem Hut sieht aus wie dieser Zwerg, der vor Ewigkeiten Filths Uhr geklaut hat, als sie noch Kinder waren, und sie verscherbelt hat.« Er stand auf und flüsterte dem Mann ins Eichenohr: »Albertros – hab ich dich!« Er hob den riesigen Hut an und rief: »Heureka! Das ist ja gar nicht aus einem Stück!«

Und ließ ihn fallen. Sie schrie auf.

Er hob den Hut auf. »Schon okay. Das ist Mooreiche. Siebzehntes Jahrhundert, härter als Eisen. Ach, und der Typ heißt

Geoffrey. Steht auf dem Etikett: ›Bei Harrods gekauft.‹« Er setzte ihm den Hut wieder auf den Kopf, und der Wärter kam zurück und glotzte blöd, als Veneering sich zu dem Eichenohr beugte, den Hut richtete und sagte: »Pssst, sei leise.« Er ging zu dem Wärter, reichte ihm die Hand und sagte: »Das ist mein Großvater. Er war Hutmacher. Ein ziemlich verrückter. Es ist nichts kaputtgegangen«, und der Mann ging schnell weiter.

»Nein, ich lache nicht. Tue ich nicht«, sagte sie. »Ehrlich nicht. Ich lache nicht.«

Er nahm ihre Hände und sagte: »Wann hast du zuletzt so gelacht, Elizabeth? Noch nie – stimmt doch, oder? Wir haben unsere Leben vermasselt. Elizabeth, geh mit mir weg. Du langweilst dich doch zu Tode. Du weißt das. Ich weiß das. Und ich bin in der Hölle. Das ist unsere letzte Chance. Ich verlasse sie. Es war immer nur eine Frage der Zeit.«

Aber sie stand auf und ging hinaus, die Wendeltreppe hinunter, das Wasser des Kanals warf Lichtreflexe an die gelblichen Wände. Er beugte sich oben über das Geländer und beobachtete sie, und als sie fast unten war, blieb sie stehen, sah aber nicht hoch.

»Du trägst die Perlenkette gar nicht.«

»Auf Wiedersehen, Terry. Ich werde ihn nie verlassen. Das habe ich dir doch gesagt.«

»Aber ich bin immer bei dir. Ich werde dich nie verlassen. Wir werden einander nie vergessen.«

Auf der letzten Treppenstufe sagte sie: »Ja. Ich weiß.«

29. Kapitel

Den ganzen Sommer über gab Elizabeth sich dem Garten hin. Das Haus der Dexters war jetzt perfekt. Bei schönem Wetter konnte man auf der neu gemachten Terrasse sitzen und essen. Sie sprachen darüber, wie warm es im Herbst und Winter sein würde und dass keine Notwendigkeit bestand, der Winterkälte ins Ausland zu entfliehen. Filth saß stundenlang da und sah Elizabeth bei der Gartenarbeit zu.

»Ich sitze hier nur und sonne mich«, sagte er, »wie schamlos. Aber sie lässt mich nicht in ihre Nähe. Wenn ich ein Unkraut ausreiße, schreit sie, dass sie das für die Chelsea Flower Show gehegt und gepflegt hat. Ich mache nur den Abwasch und schenke Drinks ein. Ach ja, und gelegentlich halte ich den Gartenschlauch.«

Filths letzter Fall, der Staudamm in Den Haag, war stolpernd zu Ende gegangen. Seine Zeit als Richter war vorbei, jetzt war die Terrasse seine Bühne. Er arbeitete an *Hudson über Baurecht*, las lange und konzentriert, meist Biografien von Helden des Empire und Bücher über Vögel. Er hatte immer ein Fernglas neben sich, nahm es aber selten zur Hand. Morgens las er den *Daily Telegraph*, überlegte, zu welcher politischen Partei er wohl gehörte, und hasste sie alle. Er hätte sich gewünscht, dass Betty mit ihm darüber diskutierte. Oder über irgendetwas anderes. Aber sie saß abends gähnend über Saatgutkatalogen, und er musste sie oft wecken, damit sie ins Bett ging. Freitags fuhren sie nach Salisbury zum Supermarkt und aßen ein bescheidenes Mittagessen im Hotel. Jeden zweiten Monat lieferte Berry Brothers aus St. James eine Kiste Wein. Sonntags um halb elf gingen sie in die Kirche. Sie ließen es nie ausfallen und sprachen nicht darüber, warum. »Wir sind Hedonisten«, erklärte er Freunden. »Die letzten unserer Art. Keine Verpflichtungen. Wir sind reiche, müßige, langweilige Expats und bekommen immer weniger Besuch. Trink noch ein Glas Chablis.«

Das Jahr verging. In Hongkong fand die Übergabe statt, und sie verfolgten sie minutiös im Fernsehen. Sie sprachen über den Gouverneur und seine drei hübschen Töchter wie über ihre eigene Familie, und als die Töchter weinten, weinten Betty und Filth ebenfalls. Sie sahen, wie der Union Jack zum letzten Mal eingeholt wurde.

»Wir werden langsam senil«, sagte er, und sie ging in den Garten hinaus und wendete mit einer Mistgabel den Komposthaufen.

Sie blieb stundenlang draußen, und Filth versuchte sich darin, das Abendessen vorzubereiten, und zerbrach eine der Delfter Schüsseln. In der Nacht lagen sie in ihren getrennten Zimmern wach und waren gerade erst eingeschlafen, als die Krähen ihr Spektakel begannen.

»Ich fahre nächste Woche nach London«, sagte er. »Es gibt eine Anwaltsrunde im Temple Inn. Ich kann bei irgendwem übernachten.« (Die Wohnung hatten sie längst aufgegeben.) »Oder wir fahren zusammen. Gehen ins Hotel und ins Theater.«

»Ach, ich glaube nicht …«

»Du steckst irgendwie fest, Betty.«

»Nein, ich lege einen Garten an. Nächstes Jahr öffnen wir ihn für einen guten Zweck.«

»Ich weiß gar nicht, was in deinem Kopf vorgeht, Stund um Stunde, Tag für Tag. Beim Gärtnern.«

»Ich denke über den Garten nach«, sagte sie.

»Nun«, sagte er auf der Straße zu Dulcie, »ich nehme an, so ist das Altwerden. Alle Leidenschaft verbraucht – Shakespeare, oder?« Dulcie schürzte die rosafarbenen Lippen und sagte »möglich«.

Nachdem Filth abgereist war, kam Dulcie Betty besuchen. Betty war braun wie eine Südländerin und damit beschäftigt, die Apfelbäume zum ersten Mal zu beschneiden.

»Macht dein Gärtner denn gar nichts?«

»Doch, das Grobe.«

Sie saßen mit Kaffeebechern auf der Terrasse und sahen über den Rasen hinweg in Richtung des neuen Obstgartens und bis zum Horizont und Win Green. Dulcie sagte: »Bist du sicher, dass es dir gut geht?«

»Ja, nur der Blutdruck, aber das hatte ich schon immer.«

»Du bist so still geworden. Als wärst du immer ganz weit weg.«

»Ja, ich bin ein bisschen besessen. Demnächst fahre ich mit den ganzen anderen Langweilern aus dem Dorf mit dem Bus auf Gartenbesichtigungsreisen. So, ich muss weitermachen. Ich muss dem Frost zuvorkommen.«

»Wer sind eigentlich die Leute im Garten?«

»Was für Leute?«

»Ich habe Kinder gesehen. Einen Jungen und ein Mädchen. Und einen Mann.«

»Ach ja. Es ist ein Garten voller Überraschungen.«

Am nächsten Tag lag sie weit hinter der Rasenfläche und hinter dem Obstgarten und der Apfelbaumhecke auf den Knien und pflanzte dicke Bohnen, als sie neben ihren Händen plötzlich zwei Füße stehen sah. Sie gehörten Harry Veneering.

»Harry!«

Er freute sich, dass sie quiekte.

»Hab ich Sie gefunden, Mrs Wasserdicht! Ich habe gehört, dass Filth in London ist. Da dachte ich, vielleicht sind Sie einsam.«

Sie aßen am Küchentisch zu Mittag, und er trank eine ganze Flasche Wein (Filth würde sich wundern!) und brachte sie wegen nichts zum Lachen. Wie immer. Er erwähnte seinen Vater.

»Weiß er, dass du hier bist?«

»Nein. Ich bin erwachsen. Mir fallen schon die Haare aus! Wir verstehen uns auch gerade nicht besonders gut, der alte Showstar und ich.«

»Oh? Das ist aber neu.«

»Nein, ist es nicht. Er hält mich für Abschaum. Schon seit Jahren.« Er nahm eine Blume aus einer Vase auf dem Tisch und rupfte sie in Stücke. Er trat nach einem Hocker.

»Harry! Vielleicht verlierst du schon dein orientalisches Haar, aber du benimmst dich immer noch wie mit acht. Was ist denn los?«

»Er hält mich für einen Spieler.«

»Und stimmt das?«

»Ach, ja, auf meine eigene kleine Weise vielleicht. Er hat mich immer rausgeboxt. Jetzt sagt er, er macht es nicht. Nicht mehr.«

»Wie viel?«, fragte sie.

»Egal. Deswegen bin ich nicht hergekommen.«

»Natürlich nicht«, sagte sie und beobachtete ihn. Er zupfte jetzt an einer rosa Margerite.

»Hör auf damit!«

»Tut mir leid. Ich muss los.«

»Wie viel willst du?«

»Betty, ich habe um nichts gebeten. Das würde ich niemals tun.«

»Wie hoch sind deine Schulden?«

Er stampfte vom Tisch weg und blickte durch den Garten. »Zehntausend Pfund.«

Dann schob er sich an ihr vorbei durch die Hintertür hinaus und verschwand.

Nach einer Weile ging sie ihm hinterher und fand ihn rauchend auf dem dunklen Weg, auf dem auch sie beim ersten Mal angekommen war. Er lehnte an dem dunklen Schornstein und weinte.

»Hier ist ein Scheck«, sagte sie.

»Den kann ich natürlich nicht annehmen.«

»Ich habe eine Menge eigenes Geld. Es ist nicht Filths. Das meiste davon gebe ich für den Garten aus. Wenn ich Kinder gehabt hätte, wäre es alles für sie gewesen. Ich habe aber keine Kinder, denen ich es geben könnte.«

Er umarmte und drückte sie. »Oh, ich liebe Sie, Mrs Regenmantel, ich liebe Sie.«

»Na komm. Du musst nach Hause. Es ist weit nach London, und die Straßen sind schlecht. Ich begleite dich zum Auto.«

»Ach, das geht schon. Oh, danke, danke, vielen Dank! Ich weiß gar nicht ...«

»Ich hole mir nur schnell einen Mantel.«

»Lassen Sie nur. Ich komme schon klar.«

Aber sie bestand darauf, und sie gingen gemeinsam die Einfahrt hinunter und den Hügel hoch zur Kirche.

»Ich stehe gleich da um die Ecke«, sagte er. »Und jetzt drücke ich Sie noch mal, und dann verabschiede ich mich. Ich schreibe Ihnen natürlich! Sofort.«

»Ich möchte dir gern noch hinterherwinken.«

Sehr zögerlich ging er neben ihr am Friedhof entlang, wo sein Wagen geparkt war. Es war ein Porsche.

»Gebraucht bekommt man für die Dinger quasi gar nichts mehr«, sagte er.

30. Kapitel

Als der Porsche weg war, ging sie langsam zurück und blieb oft stehen und starrte die vertrauten Sträßchen an. Sie nickte dem alten Zigeuner in der Hecke zu, in der er mit der Heckenschere zugange war. (Er musste inzwischen hundert Jahre alt sein.) Er ließ von den Heckenzweigen ab und sah ihr nach.

Drinnen auf der Matte hinter der Haustür lag ein Brief, der fälschlich irgendwo anders abgegeben worden sein musste, denn er war schmuddelig, und jemand hatte »Sorry« daraufgekritzelt. Der Zigeuner? Der Brief kam aus Singapur und war für sie, aber an Edwards Kanzlei gerichtet. Sie hatte seine Handschrift zwar kaum je gesehen – nur einmal, auf der Karte, die vor vielen Jahren mit der Perlenkette gekommen war –, wusste aber sofort, dass es Veneerings war.

Darin war ein halbes Blatt altmodisches, schäbiges Luftpostpapier, unterschrieben mit *THV* und den Worten: *Wenn Harry zu dir kommt, gib ihm kein Geld. Ich bin fertig mit ihm.* Sie warf den Brief in den Holzofen. Dann ging sie in den Garten und fing an, um die neuen Obstbäume herum Ordnung zu schaffen, sie schuftete und ackerte, bis es dunkel wurde.

»Hallo?« Filth stand auf der Terrasse.

»Da bist du ja schon! Es ist nicht viel zum Abendessen da.«

»Macht nichts. In London wird dauernd gegessen. Komm rein, im Dunkeln kannst du sowieso nicht mehr viel machen.«

»Ich habe heute etwas beschlossen«, sagte er. »Ich werde nie wieder in London arbeiten. Am *Hudson* kann ich auch zu Hause sitzen, wenn ich die Literatur, die ich brauche, ein bisschen vorausplane. Ich bin londonmüde, und das heißt angeblich, dass ich des Lebens müde bin.«

»Womöglich.«

»Was mich daran erinnert, dass wir unsere Testamente machen sollten. Ich grabe sie mal aus und überarbeite sie, und dann fahren wir ein letztes Mal nach London, in die Bantry Street, und unterschreiben sie.«

»Gut.«

»Meinst du, wir können an einem Tag hin und wieder zurück fahren? Oder wird dir das zu viel?«

»Nein, ich denke nicht.«

Er überarbeitete seinen Letzten Willen haarklein und fügte Appendizes und Ergänzungen hinzu. Ob sie ihn lesen wolle? Und ob er ihren auch noch einmal durchsehen solle?

»Nein, meiner ist ganz einfach. Das meiste ist für dich und Amy. Wenn du zuerst stirbst, geht alles an Amys Kinder.«

»Ehrlich? Du meine Güte! Na, bringen wir's hinter uns. Es wird drei Wochen dauern, einen Termin zu bekommen und so weiter, schätze ich. Es soll ja alles wasserdicht sein.«

Der Termin wurde auf 15:30 Uhr an einem Novembertag festgesetzt, was relativ spät am Tag war für die zweistündige Rückreise. Die neue junge Frau in der Kanzlei war hervorragend und daher sehr beschäftigt. Das war ja nicht schlimm.

Aber sich fertigzumachen dauerte inzwischen länger, auch wenn die Schuhe bereits geputzt und die Kleidung für London schon am Tag vorher rausgelegt worden war. Betty hatte sich vergewissert, dass ihre Bankkarten und Geld, die Bahnfahrkarten, ein kleiner Flachmann mit Brandy (gegen ihre

Schwindelgefühle) und das winzige Kruzifix, das Mrs Baxter ihr hinterlassen hatte, in ihrer Handtasche waren, zusammen mit ihrer beider Pillen (in unterschiedlichen Döschen), für den Fall, dass sie doch über Nacht in London bleiben mussten.

Filth war noch oben und kämpfte mit den Manschettenknöpfen, Betty war fertig und saß unten im Flur auf dem roten Sessel. Auf dem Tisch neben ihr lagen große grüne Netze voller Tulpenzwiebeln. Sie ergossen sich über das Telefon und Filths Bowlerhut. Er würde jeden Moment Theater deswegen machen. (»Wo zum Teufel …?«) Sie steckte einen Finger durch das Netz, berührte die Zwiebeln und dachte, wie erotisch sie sie doch fand, da klingelte das Telefon. Sie kramte unter den Zwiebeln nach dem Hörer und sagte: »Ja? Betty hier«, denn sie wusste, dass es diese anstrengende Frau aus dem Lesekreis sein würde, der am Nachmittag stattfand. Betty hatte sich natürlich schon Wochen zuvor entschuldigt.

»Ja? Chloë?«

»Betty?« Eine Männerstimme.

»Ja?«

»Ich bin in der Orange Tree Road. Wo bist du?«

»Na, hier.«

»Wo genau?«

»In der Eingangshalle. Am Telefon. Auf dem Satinthron.«

»Was trägst du?«

»Was ich trage?«

»Ich muss dich sehen.«

»Du bist in Hongkong.«

»Ich muss dich sehen. Dein Gesicht. Ich habe es verloren. Sonst konnte ich dich immer vor mir sehen, in dem roten Sessel.«

»Also, ich … wir fahren gleich nach London. Filth zieht

sich nur noch kurz die Schuhe an. Er ist in einer Minute hier unten. Ich bin schon gestiefelt und gespornt.«

»Trägst du die Perlen?«

»Ja.«

»Berühr sie mal. Sind sie warm? Sind es meine? Oder seine? Würde er es merken?«

»Deine. Und nein, würde er nicht. Bist du betrunken? Bei dir muss es ja schon nach dem Abendessen sein.«

»Nein. Na gut, ja. Vielleicht. Hast du meine Nachricht bekommen?«

»Ja.«

»Darin habe ich dir gar nicht erzählt, dass Harry einen Orden bekommen hat. Er hat letztes Jahr zwei förmliche Anerkennungen erhalten. ›Besondere Tapferkeit.‹ Nordirland.«

»Nein!«

»Vertraulich. Geheimdienst. Irgendwas im Untergrund.«

»Darfst du mir das überhaupt erzählen?«

»Nein. Er hat es uns auch nicht erzählt. Er war sehr, sehr tapfer. Das muss absolut klar sein.«

»Ich glaube es dir ja. Dein Brief war abscheulich. Ich habe den Jungen ungefähr vor einem Monat gesehen, er war am Boden zerstört. Er sagte, du hältst ihn für Abschaum. Und er hat mich nicht um Geld gebeten. Terry? Terry? Bist du noch da?«

Schweigen.

»Natürlich. Wo soll ich denn hin. Betty, Harry ist tot. Mein Junge.«

Filth kam die Treppe herunter und suchte seinen Bowlerhut.

Im Zug nach London dachte Filth: Sie sieht alt aus. Eine alte Frau. Zum ersten Mal. Die arme, alte Betty: alt.

»Alles in Ordnung, Betty?«

»Ja.«

Ihre Augen wirkten riesig. Sonderbar verschwommen. Er dachte, sie muss auf ihren Blutdruck aufpassen.

Er sah, wie liebevoll sie den jungen tamilischen Schaffner betrachtete, der sie in ein saubereres Abteil in der ersten Klasse umsetzen wollte. Sie bedankte sich sehr nett bei dem Jungen. »Wir sitzen hier gut«, sagte Filth, aber Betty war schon aufgestanden und durch den Gang in den nächsten Waggon gegangen. Törichte Frau. Er hätte ihr Enkel sein können. Sie war immer noch attraktiv. Man sah, dass der Kerl sie mochte.

An der Waterloo Station trennten sie sich, Filth ging zum Mittagessen in den Temple Inn, und wohin Betty eigentlich wollte, da war er nicht sicher. Zum University Women's Club gegenüber des Hyde Park? Aber mit wem denn? Warum ging sie in Richtung Waterloo Bridge los? Die Kanzlei der Anwältin war in der Bantry Street. Er sah sie die Stufen beinahe hinunterrennen, eilig unter den Bögen hindurch und über das Gewirr von Straßen in Richtung des National Theatre. Sie hat immer noch tolle Beine. Die Gute. Er setzte sich in ein Taxi.

Im National Theatre tat Betty, als würde sie zu Mittag essen, und schob in einer Schlange von Leuten, die sich über ihre Tickets für *Elektra* freuten, ein Tablett voran. Sie ging ins Foyer (*Harry ist tot*) und nahm den Lift zur Dachterrasse, wo Feuerschlucker waren und Pantomimen und lebende Statuen und laute Konservenmusik. (*Harry, mein Junge.*) Auf der Bank neben ihr saßen schweigend zwei junge Liebende und kauten auf Baguettesandwiches herum, aus denen Schinken und Salat heraushingen. Als sie aufgegessen hatten, wischten sie sich die Finger an Papierservietten ab und warfen sie auf den Boden. Dann wandten sie sich in einer einzigen fließenden Bewegung einander zu und versanken in den Armen des anderen.

Sie beschloss, sofort zur Bantry Street zu gehen. Wenn sie den ganzen Weg zu Fuß ging, würde sie genau pünktlich ankommen. Sie hatte sogar noch Zeit, vorher kurz auf die Waterloo Bridge zu gehen. Als sie die steilen Betonstufen erklommen hatte, umringte die Menge sie sofort, wie in der Schlacht. Sie hielt sich dicht am Brückengeländer und hätte beinahe eine Hand über die andere gesetzt. Die Menschen in London gingen so schnell! (*Harry ist tot.*) Manche musterten sie im Vorbeigehen, bemerkten die Perlenkette und ihr Kostüm. Die Seidenbluse. Die Handschuhe. Ich bin antik. Sie halten mich für eine Figur von Agatha Christie. (*Ist tot!*) Mein Haar ist ordentlich frisiert, wie bei der Frau … der Frau in … die Frau bei dem Friseur in Hongkong, die aussah wie meine Mutter. An dem Tag, als in der Nacht die vielen Schatten um mich waren, auf dem Weg zu dem Haus zwischen den Bäumen. *Er ist tot.*

Auf dem Weg zur Bantry Street wurde ihr schwindelig. Sie kramte in ihrer Handtasche nach einer Pille, nahm sie und sah sich um, ob Filth zufällig in der Nähe war. Er würde sich fürchterlich aufregen, wenn er kein Taxi bekam. Er würde niemals den Bus nehmen. Und er hatte sicher keine Lust, zu Fuß zu gehen. Keine Spur von ihm.

Ach, aber worum machte sie sich eigentlich Sorgen? Er bekam immer ein Taxi. Er war so groß. Und noch größer, wenn er seinen zusammengerollten Schirm schwenkte. Den Bowlerhut hatte er zu Hause gelassen, Gott sei Dank. Er lag immer noch unter den Tulpenzwiebeln. Der letzte Bowlerhut von London, und mein Junge ist tot.

Da war die Bantry Street, und da war Filth, was für ein

Glück. Er stieg aus einem Taxi und lächelte. Der Fahrer war ausgestiegen und hielt ihm die Tür auf. Filth machte was her. Und sein wundervolles Lächeln!

Aber es war das letzte Lächeln des Tages. Im nächsten Zug zurück nach Tisbury Junction saßen sie einander gegenüber an einem Tisch in einem eindeutigen Zweite-Klasse-Abteil. Betty war blass und Filth dunkelrot angelaufen vor unterdrückter Wut.

Die Anwältin war nicht da gewesen! Sie hatte kranke Kinder zu Hause und hatte es entweder vergessen, oder die Kanzlei hatte es versäumt abzusagen. Und am Empfang – es sah dort inzwischen aus wie in einem Hotel, sie hatten Topfpalmen – schien es ihnen nicht mal besonders unangenehm zu sein.

»*Salisbury*«, sagte er nach einer Stunde. »Wir unterschreiben den ganzen Mist einfach in Salisbury. Die Anwälte dort sind vollkommen in Ordnung und kosten die Hälfte.«

»Sage ich doch schon immer.« Betty schloss die Augen. (*Harry.*)

»Ich bin wirklich empört. Ich werde es der Anwaltskammer melden.«

(*Mein Junge, Harry.*)

»Wir sind schließlich nicht mehr die Jüngsten.«

»Nein.«

»Und wir sind auch nicht irgendjemand. Wir sind seit vierzig Jahren Mandanten dieser Kanzlei.«

»Ja.«

Sie schlug die Augen auf und sah Wiltshire vorbeifliegen. Auf der Hinreise hatte sie gemeint, sie hätte einen Wiedehopf in einer Hecke gesehen. Filth wäre hingerissen gewesen, aber sie hatte es ihm nicht gesagt. *Sehr tapfer. Förmliche Anerken-*

nung. Nordirland. Harry. Nein. Nein. Er ist nicht tot. Mein Harry.

Und als sie die ersten Kreidefelsen in der Landschaft auftauchen sah, wusste sie, dass sie Filth verlassen würde. Sie musste zu Veneering.

Jetzt schloss Filth die Augen, und sie betrachtete sein Gesicht. Er wirkte wie ein edles Porträt seiner selbst, jede Linie seines Gesichts perfekt gezogen. Oh, dieser Dünkel! Diese Ichbezogenheit! Diese Torheit und Belanglosigkeit! Ich sage es ihm, wenn wir zu Hause sind. Ihr Herz wurde wunderbar leicht, und sie aalte sich in der Erinnerung vergangener sexueller Genüsse.

Es wird ihn umbringen, dachte sie. Aber ich muss gehen. Am besten sage ich es ihm sofort. Jetzt.

Der Zug bremste vor Tisbury ab. Er blieb normalerweise für ein paar Minuten vor dem Bahnhof stehen, denn der Bahnsteig war kurz, und er musste erst den Schnellzug von London nach Plymouth durchlassen. Betty blickte aus dem Fenster, und am anderen Ende des Bahnsteigs, weit hinter dem Signal, sah sie, als der Zug gerade zum Stehen kam, Albert Ross. Er schaute sie direkt an.

Filth stand auf und machte sich bereit zum Aussteigen. Er kam zu ihr herum und schüttelte sie an der Schulter. »Komm, Betty. Da sind wir. Was hast du denn?«

»Nichts«, sagte sie.

Im Auto, das sie morgens – vor tausend Jahren – am Bahnhof abgestellt hatten, sagte sie: »Ich habe Albert Ross gesehen. Er stand auf dem Bahnsteig und hat den Zug aus Plymouth durchfahren sehen.«

Filth meisterte die Berrywood Lane – ein Traktor, zwei

Geländewagen, zwei stolze Reiterinnen hoch zu Ross – und sagte: »Du bist eingeschlafen.«

»Nein. Er hat mir direkt ins Gesicht gesehen.«

Auf dem Tisch in der Eingangshalle lagen die Tulpenzwiebeln.

Ich warte noch, bis ich sie eingepflanzt habe, dachte sie. Wenn ich sie hier zurücklasse, vertrocknen sie und vergehen. Sie zog die Schuhe aus und ging schnurstracks zu Bett. Ich sage es ihm morgen nach dem Mittagessen.

Sie stand früh auf, kurz nach der Morgendämmerung, und zog ihre Gartensachen an. Sie würde sich später umziehen, wenn sie gepackt hatte. Es war ein schwülwarmer Tag, perfekt, um die Zwiebeln zu setzen, und sie pflanzte jeweils fünfundzwanzig Gleichfarbige in einer Raute an der roten Mauer entlang. Um die Apfelbäume herum war sie schon fertig. Mit ihrem Lieblings-Pflanzholz machte sie für jede Zwiebel ein Loch. Sie setzte sie gern mindestens fünfzehn Zentimeter tief, dann konnte man noch Mauerblümchen obendrüber setzen, die zuerst blühten, aber dieses Jahr war sie dafür zu spät dran. Sie ruckelte sich auf der Pflanzmatte voran, gab ein wenig Sand in jedes Loch und legte eine Zwiebel daneben. Wie steif und schwerfällig ihr Körper inzwischen war. Wie hässlich ihre alten Hände in den riesigen grünen Handschuhen. Ein Sonnenstrahl wanderte durch den Garten, und sie ging ins Haus, um einen Kaffee zu trinken. Edward war in der Küche, schweigend in seiner eigenen Welt.

»Fertig mit den Zwiebeln?«

»Noch nicht ganz.«

Sie ging wieder in den Garten, und er folgte ihr mit seinem Gehstock und nahm das Fernglas mit auf die Terrasse.

Sie nahm ihren Kaffee mit, und urplötzlich begannen die Krähen ein wildes Spektakel in den Eschen; ein schrecklicher Streit, eine Palastrevolution, eine Vorahnung. Sie segelten um die Baumwipfel und ihre windschiefen Nester, sie schwirrten am Himmel umher wie Rußflocken aus einem brennenden Schornstein. Betty war jetzt wieder auf den Knien am Ende das Gartens und sah neben sich im Blumenbeet Veneerings Perlenkette liegen. Zum ersten Mal in ihrem Leben hatte sie vergessen, die Kette abzunehmen, bevor sie ins Bett ging. Sie hatte sie auch heute Morgen nicht bemerkt, als sie sich gewaschen und angezogen hatte. Sie musste ihr vom Hals gerutscht sein. Sie kniete auf dem Boden, den Kopf gesenkt, Auge in Auge mit der Kette. Sie nahm sie auf und ließ sie in eines der Pflanzlöcher für die Tulpen gleiten.

Die Schandperlen. Hoffentlich schadet der Sand ihnen nicht.

Sie konnte sich kaum noch rühren. Sie befand sich in einer schwierigen Position auf Ellbogen und Knien. Wenn ich mich auf die Hände stützen könnte, dachte sie. Herrgott! Na los. Gut, John Travolta war ich nie. Aber so geht es. Jetzt die andere Seite.

Sie verschnaufte und sah von ihrer Position am Boden aus, dass der Rasen von Winden durchsetzt war, die sich in grünen Spiralen ziemlich hoch nach oben wanden und nach etwas suchten, an dem sie sich festhalten konnten. Die Natur kehrte in den Garten zurück.

Sie sah auch Filth, der mit seinem Kaffee auf der Terrasse saß und mit seinem Fernglas die Krähen beobachtete. Dann legte er das Fernglas beiseite und nahm den Gehstock mit dem Airedale-Kopf, richtete ihn auf die Krähen – er schien sich Bettys gar nicht bewusst zu sein – und rief: »Peng, peng,

peng!« Dann schwenkte er den Gehstock herum und richtete ihn nach rechts und nach links. »Peng, peng, peng!«

Er ist ganz schön verrückt, dachte sie. Es ist zu spät. Ich kann ihn jetzt nicht mehr verlassen.

Aber dann tat sie es.

Eine Minute später ließ Filth den Blick von den Krähen wegwandern, in den Garten hinunter, und sah sie im Blumenbeet liegen, ganz besonders still.

Teil fünf:

Frieden

23. Kapitel

Drei Jahre später – Jahre, die Feathers als Zeit des Leidens und der Folter empfand und in denen er im Dorf für seine Stärke bewundert wurde – kam die erstaunliche Neuigkeit, das Haus nebenan, das monströse, versteckte Haus über ihm, sei verkauft worden.

An einem Wintertag hielt ein einzelner Lieferwagen und war schnell wieder weg. Niemand wusste, wer das höher liegende Haus gekauft hatte. Eines Tages machte Edward Feathers seinen üblichen Morgenspaziergang zur Straße, um den *Daily Telegraph* hereinzuholen, für den er als Regenschutz eigens ein Stück Regenrinne am Tor angebracht hatte. Am Tor seines neuen Nachbarn hing ebenfalls ein Stück Regenrinne. Er bekam aber nicht den *Daily Telegraph*, sondern eine dickere Zeitung; soweit Filth sehen konnte, den *Guardian*.

Unverschämtheit! Unerlaubt seine Erfindung für eine trockene Zeitung nachzumachen! Er stolzierte auf seinen Emubeinen davon, das Kinn vorgereckt, und rammte bei jedem Schritt den Spazierstock in den Boden. Er traf seine Nachbarin Dulcie, die ihn anstrahlte wie immer. Als er an ihr vorbeigestampft war, sagte sie zu ihrem Hund: »Was hat er denn heute?«

Sie konnte nicht ahnen, was noch folgen würde.

Etwa einen Monat nach der Ankunft des neuen Nachbarn wurde ein neues Telefon installiert (in den Donheads geht alles ein bisschen langsamer), und der Neuankömmling benutzte es, um im Dorfladen eines weiter entfernten Donheads anzurufen. Er bedankte sich für die Lieferung der Tageszeitung und fragte, ob es ihnen wohl möglich wäre, einen Zettel ins Schaufenster zu hängen, dass er eine Haushaltshilfe suche. Was denn der übliche Preis sei? Fein, verdoppeln Sie das. Und schreiben Sie dazu, dass es auch um die Wäsche geht. Der Neue hatte im Fernen Osten gelebt und schämte sich zuzugeben, dass er vollkommen unfähig war, für sich selbst zu sorgen.

»Ach du meine Güte«, sagten sie. »Und Sie sind nicht verheiratet, Sir?«

»Meine Frau lebt nicht mehr. Sie war Chinesin. Ich fürchte, sie hatte auch keine Ahnung, wie man eine Waschmaschine bedient. Wir hatten immer Angestellte.«

»Wir tun, was wir können«, sagten sie im Dorfladen. »Sie klingen genau wie ihr Nachbar. Er kam damals aus Singapur. Er ist Anwalt.«

»Oh.«

»Welchen Namen darf ich denn auf den Zettel schreiben, Sir? Womöglich sind Sie auch Anwalt?«

»Wie es der Zufall will, ja.«

»Das ist ja ein Ding. Am Ende sind Sie befreundet?«

»Mein Name ist Veneering.«

»Er heißt Sir Edward Feathers.«

Am anderen Ende herrschte Schweigen. Dann wurde aufgelegt. »Der ist ja komisch, der Neue«, sagten sie im Dorfladen zu Edward Feathers' Hilfe, die gerade Orangenmarmelade für ihn kaufte. »Klingt nicht gerade nach einem Ausbund guter Laune.«

»Dann sind sie ja schon zu zweit«, sagte Kate. Eine halbe Stunde später, als sie bei Edward Feathers hereinkam, sagte sie: »Was sind das denn für Neuigkeiten? Der nebenan ist auch Jurist, und er ist auch aus Singapur. Er heißt Veneering. Komischer Name. Ist er Jude? Er sucht eine Haushaltshilfe, aber keine Sorge, ich habe gleich gesagt, dass ich nicht zu haben bin. Ich habe hier genug zu tun. Ich finde jemanden für ihn, aber ... Sir Edward, was ist denn? Sie sind ja ganz grün im Gesicht. Setzen Sie sich mal hin, ich hole Ihnen eine Tasse Tee.«

Feathers saß schweigend da und wusste nicht, was er denken sollte. Schließlich sagte er: »Zum Glück lebt Betty nicht mehr.«

Am Ende der anderen Einfahrt saß Veneering lange neben dem Telefon und sagte schließlich: »Ich muss umziehen. Zum Glück lebt Betty nicht mehr.«

Feathers sah eine Weile ins Feuer, das in dem großen Kamin brannte, und sagte irgendwann: »Ich muss umziehen.«

Ein wahnsinniger Zufall? Es war nicht so unwahrscheinlich, dass Veneering ausgerechnet in diesem Haus gelandet war. Die Donheads waren voller internationaler Juristen im Ruhestand, und in den Exposés der Immobilienmakler waren die County-Grenzen nicht immer exakt angegeben. Dorset ist groß, und Veneering hatte die Adresse der Feathers ohnehin nicht gekannt. Er hatte nicht den detektivischen Spürsinn seines Sohnes. Nein, das einzig wirklich Erstaunliche war, dass sie sich, auch nachdem sie voneinander wussten, nie begegneten. Filth war viel zu stolz, um die Route seines Nachmittagsspaziergangs zu verändern, er blieb auf denselben Wegen wie eh und je. Er ging zur Kirche, wie immer, fuhr zum selben Supermarkt wie immer, hatte dieselben Freunde. Es war Veneering, der sich außer Sichtweite hielt. Er war einfach nie zu sehen. Relativ häufig wurde Wein geliefert, und der Dorfladen brachte ihm frugale Lebensmittel bis zu Tür. Seine Putzhilfe kam, wenn ihr danach war, und berichtete, dass er offenbar verarmt war. Sein Garten verwilderte. Manchmal kam ein Mietwagen, brachte ihn zum Zug nach London und setzte ihn nach Einbruch der Dunkelheit wieder zu Hause ab. Später hieß es, so verarmt könne er auch wieder nicht sein, der Mietwagen bringe ihn inzwischen bis nach London. Wenn Leute klingelten, um für den Kinderschutz oder für die Krebshilfe zu sammeln, wurden sie ignoriert. Der Postbote sagte, er bringe sehr wenig Post dorthin. Es war selten Licht zu sehen.

Einmal, als ein sehr viel jüngerer Anwalt aus Hongkong Filth besuchte und Filth ihn hinterher zum Auto am Ende der Einfahrt begleitete, sagte der Anwalt: »Hat Terry Veneering sich nicht auch irgendwo hier zur Ruhe gesetzt?« Erst danach fiel ihm die Legende von der Fehde der Titanen wieder ein. Aber die war sicher längst Geschichte?

»Er wohnt nebenan«, sagte Filth.

»Nebenan! Dann sind Sie sicher befreundet.«

»Befreundet?«, sagt Filth. »Ich habe ihn noch kein einziges Mal gesehen. Und das muss auch wirklich nicht sein. Er hat sich da ein Stück Regenrinne aufgehängt. Das hat er mir abgeguckt. Er hatte noch nie eigene Ideen.«

»Großer Gott! Da juckt es mich ja glatt, ihn kurz zu besuchen. Er hat ganz schön was mitgemacht. Das ist wirklich albern.«

»Gehen Sie ruhig zu ihm«, sagte Filth. »Aber dann brauchen Sie sich bei mir nicht mehr blicken zu lassen.«

An diesem Tag dehnte Filth seinen Spaziergang weiter aus als sonst und kehrte erst nach Einbruch der Dunkelheit nach

Hause zurück. Es ging auf Weihnachten zu, und Kate und der Gärtner hatten eine Lichterkette an sein altes Bleirohr gehängt. An seiner Tür hing ein Stechpalmenkranz, und in seinen Fenstern glitzerten bunte Lichter. Er sah das Kohlenfeuer in seinem Wohnzimmer und die Tischlampe, die die im Flur aufgestellten Weihnachtskarten beleuchtete. Wie immer lagen die andere Einfahrt und das obere Haus in vollkommener Dunkelheit.

Bestimmt ist er gar nicht da, dachte Filth. Der Playboy! Wahrscheinlich ist er die halbe Zeit in seinem Club in London. Oder bei einer Prostituierten. Oder mehreren. Oder über Weihnachten in Las Vegas oder so etwas Vulgäres. Disneyland.

Nach drei entsetzlichen Jahren ohne Betty lernte Filth langsam wieder zu leben. Reue überkam ihn. Er hatte das Gefühl des Trostes verloren, den sie ihm gespendet hatte, er vermisste ihr Mitgehen mit den Jahreszeiten, ihren Glauben an die Eigenständigkeit des Geistes, über den sie nie gesprochen hatten. Oft, wenn er allein im Haus war und sie direkt neben ihm zu stehen schien, sagte er laut zu ihrem Schatten: »Ich habe dich zu oft allein gelassen. Meine Arbeit war mir zu wichtig.« Er sprach jedoch nie über die ersten Tage nach ihrer Verlobung. Nie. Nie.

Er mochte es, Weihnachten allein zu sein. Ohne Betty gab es niemanden, mit dem er die Feiertage hätte verbringen wollen. In den letzten Jahren waren Betty und er an Weihnachten zum Mittagessen ins Hotel nach Salisbury gefahren. Keine große Party. Keine Papierhütchen. Keine Luftschlangen, die sich in ihren ganzen Ketten hätten verfangen können. Jetzt fuhr er allein in dasselbe Hotel, an denselben Tisch. Er fuhr mit dem Taxi hin und zurück. Dann ein bisschen lesen, einen Whisky oder zwei, und dann ins Bett. Dieses Jahr, das vierte ohne sie, sollte genauso ablaufen.

Aber es schneite. Und es schneite bereits seit dem Aufstehen heftig. Die Flocken fielen so schnell und dick, dass er nicht hätte sagen können, ob sie sich nach oben oder unten bewegten. Er konnte nicht mal die Baumbarriere sehen, die ihn vor den Blicken des Nachbarn schützte.

Und dieses Jahr war auch das Taxi nicht zu sehen. Es war bereits eine halbe Stunde zu spät. Filth wollte das Taxiunternehmen anrufen, aber die Leitung war tot. Ha!

Er tapste umher – es wurde jetzt wirklich spät – und war erleichtert, ein Rutschen und einen lauten Knall draußen zu hören. Danach kam nichts mehr.

Das Taxi ist im Schnee gegen die Hauswand gerutscht, dachte er. Er trat einen Schritt vor die Tür, immer noch in Hausschuhen und ohne Mantel, aber da war kein Taxi, nur ein großer Haufen Schnee, der vom Dach auf die Einfahrt gerutscht sein musste. Es schneite jetzt noch heftiger. Hinter ihm fiel mit einem leisen Klicken die Tür ins Schloss.

Im selben Augenblick kauerte Veneering oben hinter den Bäumen in seinem Bett. Er trug seinen Pyjama, einen abgetragenen Fleecepullover und dicke Wollsocken unter zwei Bettdecken. Er hatte ein Auge auf den Weihnachtstag geworfen und das andere auf den Wecker, sich ächzend geräkelt und gestreckt und gesehen, dass sein Schlafzimmer mit dem fadenscheinigen Teppich auf dem Boden und den marineblauen Baumwollvorhängen, die er von den Vorbesitzern geerbt hatte, genauso klamm und düster war wie immer, aber die Vorhänge einen majestätischen Glanz um die Ränder hatten. Er mühte sich aus dem Bett, zog einen Vorhang zurück und sah den Schnee.

Der Himmel musste irgendwo da draußen sein, und die Bäume unter ihm, Win Green. Aber er sah nur die tanzenden Flocken, so dicht, dass er nicht einmal hätte sagen können, ob sie sich nach oben oder unten bewegten. Der Schnee steigt hoch, dachte er und bekam Angst. War er noch betrunken von gestern Abend? *Oder stehe ich auf dem Kopf?* Er konzentrierte sich, sah hinunter und machte einen dunkleren Fleck aus, das musste … doch, Filths Schornstein sein. Ja, der Schornstein war da, und um ihn herum war der Schnee auf dem Dach schon geschmolzen. Woohoo – Veneering sah zu, wie sich etwas bewegte und der gesamte wärmere, nassere Schnee (bestimmt hatte Filth die Zentralheizung voll aufgedreht) zu Boden rutschte und mit einem ordentlichen Wums vor dem Haus landete.

Das bringt ihn um, wenn er zufällig darunter war, dachte Veneering. Ist er aber bestimmt nicht. Er ist bestimmt auf einer schrecklichen Weihnachtsfeier »Mit allem Drum und Dran«. Er dachte an Betty vor langer, langer Zeit, wie sie sehr aufrecht und gerade dasaß, Luftschlangen hatten sich in ihren Ketten verfangen. Vielleicht manchmal in seiner Perlenkette … Er ging wieder ins Bett, und dann klingelte es an der Haustür.

Veneering zog sich eine Hose über und einen weiteren Fleecepullover, irgendwelche Schuhe, und wieder klingelte es. Wer zum Teufel …?

Er sah aus seinem Wohnzimmerfenster, und draußen auf seiner Veranda stand Filth in einer Kaschmirstrickjacke und Hausschuhen, nass bis auf die Haut. Ha! Der alte Trottel hat sich ausgesperrt. Bestimmt hat er nach dem Wums von der Dachlawine geguckt. Ha!

Er öffnete beim nächsten Klingeln, und sie standen einander gegenüber. Filth klappte der Unterkiefer aus dem perfekten Gesicht, wie im Cartoon. Veneering fiel ein, dass er sich nicht rasiert hatte. Gestern auch nicht. Feathers rechnete mit Achilles und stand vor einem alten Mann, der sich ein paar gelblich-graue Strähnen über die Glatze gekämmt hatte und von Arthritis gebeugt war. Veneering hatte die Schönheit Agamemnons erwartet und sah ein schlaksiges Skelett, das gerade fünf Faden tief aus dem Meer hätte gezogen worden sein können, aber die Augen sein waren sicher keine Perlen.

»Oh, guten Morgen«, sagte Veneering.

»Ich wollte nur kurz frohe Weihnachten wünschen«, sagte Edward Feathers und trat über Veneerings ungeschmückte Schwelle.

»Wie nett von Ihnen, vorbeizuschauen«, sagte Veneering. »Ich hole Ihnen schnell ein Handtuch. Am besten ziehen Sie die Strickjacke aus. Hier ist eine Tasche. Und die Hausschuhe vielleicht auch? Hier drin ist eine Heizung.«

Sie gingen gemeinsam im Veneerings kahles Wohnzimmer, wo er einen elektrischen Heizlüfter anschaltete, in dem schon bald ein Heizstab glühte. »Wir können auch den zweiten Heizstab anmachen, wenn Sie möchten«, sagte Veneering. Und dann tat er es. Sie betrachteten die Heizstäbe. »Lasst uns froh und munter sein«, sagte Veneering. »Man will ja nicht verbittert werden wie Fiscal-Smith.«

Ein kaum merkliches Lächeln umspielte Filths blaue Lippen.

»Whisky?«, fragte Veneering.

Sie tranken jeder einen doppelten guten Whisky. Auf einem Tisch lag ein enormes Puzzle, das erst zur Hälfte fertig war. Sie betrachteten es und nippten. »Zu viel Himmel«, sagte Veneering. »Setzen Sie sich.«

In einer gläsernen Vitrine auf Füßen sah Filth ein paar lange Ohrhänger. Er erinnerte sich an sie. Auf dem Kaminsims stand ein Foto eines gutaussehenden Gardeoffiziers. Das Feuer, der Whisky, die Ohrringe, der stetig fallende Schnee hätten Filth beinahe zum Weinen gebracht.

»Noch einen?«, fragte Veneering.

»Ich sollte langsam gehen.«

»Ich hab von Betty gehört. Mein Beileid«, sagte Veneering und schaute weg.

»Und ich habe von Elsie gehört. Herzliches Beileid«, sagte Filth, der sich an ihren Namen erinnerte, an ihre Schönheit, ihr gelbes Seidenkleid im Hongkong Jockey Club. Ihre Unzufriedenheit. »Was gibt es denn Neues von Ihrem Sohn?«

»Tot«, sagte Veneering. »Getötet. Soldat.«

»Das tut mir schrecklich leid. Wahnsinnig leid. Ich höre von gar nichts mehr. Oh, das tut mir so leid.«

»Manchmal denke ich, wir hören alle zu viel. Es ist zu hart, mit jedem mitzuleiden. Ich glaube, wir hatten in all den Jahren viel zu viele Anhörungen.«

»Ich muss nach Hause.«

Filth wirkte beunruhigt, und Veneering dachte: In einer Minute muss er mir gestehen, dass er sich ausgesperrt hat. Mal sehen, wie wir da drum herumkommen.

»Es war nett, dass Sie vorbeigekommen sind, Filth.«

Filth sagte eine Weile nichts. Dann: »Ich wollte eigentlich fragen, ob ich mal Ihr Telefon benutzen darf. Meins ist tot. Ich warte auf ein Taxi.«

(Gut gemacht, dachte Veneering. Gute Eröffnungsstrategie.)

»Dann wird meins auch tot sein, vermute ich. Aber natürlich, versuchen Sie es gerne.«

Die Leitung war tot.

(Und das Dorf ist eine halbe Meile entfernt, und den Ersatzschlüssel wird seine Putzfrau haben, es ist Weihnachten, und sie kommt bestimmt erst an Neujahr zurück. Und ich habe ihn.)

»Tatsächlich«, sagte Veneering, »wollte ich schon längst einmal bei Ihnen vorbeigekommen sein.«

Filth sah in sein Whiskyglas. Er schämte sich. Er selbst hatte nie darüber nachgedacht.

»Mir ist nur nicht recht ein Vorwand eingefallen. Früher war ich ja ein ziemlicher Hitzkopf.«

»Aber ein verdammt guter Richter«, sagte Filth, denn das war die Wahrheit.

»Und Sie waren ein verdammt guter Verteidiger. Na kommen Sie. Einen noch.«

»Der einzige Vorwand, der mir eingefallen wäre«, sagte Veneering kurz darauf, »war, dass ein alter Schlüssel zu Ihrem Haus in meinem Schuppen hängt. Die Adresse steht drauf. Er muss da schon seit Jahren hängen, wahrscheinlich hatten die Vorbesitzer ihn für Notfälle bekommen. Womöglich haben Sie auch einen von mir?«

»Nein, ich glaube nicht«, sagte Filth.

»Soll ich ihn eben holen? Oder machen wir das ein andermal?«

»Ach, ich kann ihn auch gleich mitnehmen.«

Auf Veneerings Veranda – es schneite nicht mehr so stark, und Filth trug Veneerings unvorteilhaften Mantel – hörte Edward sich sagen: »Ich habe noch einen Schinkenbraten im Kühlschrank. Eine Dose Krabbenfleisch. Eine gute Flasche Wein. Wenn Sie am zweiten Weihnachtstag vorbeikommen möchten?«

»Sehr gerne«, sagte Veneering.

Filth schlitterte die Einfahrt hinunter und hielt sich sehr gut an Veneerings Eiben fest. Er steckte den alten Schlüssel der Dexters ins Schloss. Ob er sich umdrehen lassen würde?

Ja.

32. Kapitel

Im Frühjahr spielte Veneering einmal die Woche bei Dexters Schach. Dann zweimal die Woche, donnerstags und sonntags. Bevor er ankam, nahm Filth stets Bettys rosa Schirm aus dem Schirmständer im Flur und legte ihn in den Schrank unter der Treppe. Später würde er ihn wieder herausholen. Er brachte auch das Foto von Betty außer Sichtweite, auf dem sie in einer gebieterischen Pose ihren *Order of the British Empire* für Wohltätigkeit hochhielt, und ersetzte es durch eins von Betty und sich in Bhutan, lachend. Veneering schien im Haus der Feathers nichts weiter zu bemerken als das Schachbrett.

Als es wärmer wurde, gingen sie gelegentlich gemeinsam spazieren, und Veneering wirkte weniger gelb und arthritisch. Er blieb stehen, wann immer ihnen jemand begegnete, machte Konversation oder nahm die Menschen ins Kreuzverhör. Sein Charme kehrte zurück, und er erfreute sich wieder an jedem, den er traf, vor allem, wenn es Frauen waren. Er bezeichnete alle Frauen als »Mädchen«. Der alte Sprachgebrauch der Oberschicht, dachte Filth. Muss er auf Botschaftsempfängen gelernt haben. Jedenfalls sicher nicht in Middlesbrough, wo er herstammt. Filths Snobismus war inzwischen unerträglich.

Das »Mädchen«, das Veneering am liebsten mochte, war Dulcie. Wenn sie sich trafen, blieben sie stehen und quatschten sich fest, während Filth den Himmel betrachtete oder manchmal seinen Spazierstock als Golfschläger benutzte und ein paar Abschläge übte. Sie schnüffeln aneinander herum wie die Hunde, dachte er. Los jetzt, Veneering, Sie erkälten sich noch.

»So langsam«, sagte Filth zu Bettys Schatten, »wünsche ich mir manchmal, ich hätte den verdammten Schlüssel gelassen, wo er war. Jetzt habe ich ihn am Hals.«

Aber das hatte er gar nicht. Eines Donnerstags beim Schach sagte Veneering, als er Filth eben die Königin abnahm: »Ach, übrigens, ich gehe auf Kreuzfahrt.«

Filth ließ sich Zeit. Er machte einen recht interessanten Zug mit einem Springer und nahm Veneering einen Läufer ab. »Guter Zug«, sagte Veneering. »Ins Mittelmeer. Nach Malta. Ein bisschen Wärme in die Gelenke kriegen.«

»Ich habe gehört, im März kann es auf Malta noch ganz schön kalt sein.«

»Ach, ich hoffe, ich kann beim Gouverneur unterkommen. Ich habe ihn ein- oder zweimal getroffen. Nette Frau.«

»Sie klingen wie Fiscal-Smith. Sie fahren aber nicht mit ihm, oder?«

»Großer Gott, nein. Auf zu neuen Ufern.«

Filth rechnete beinahe damit, dass Veneering vorschlagen würde, er solle ihn begleiten. Aber das tat er nicht.

»Betty und ich fanden die paar Expats, die noch auf Malta sind, ein wenig heruntergekommen. Sie hat sie den ›Abschaum Europas‹ genannt.«

»Ehrlich? Ach, wir sind doch inzwischen alle Abschaum. Ich hätte Malta auch nicht für den besten Ort für Sie gehalten, Edward. Die See kann unangenehm sein, und Sie sind zu alt zum Fliegen. Versicherungsproblem.«

»Ich kenne die See, und Sie sind auch nicht viel jünger als ich. Was ist denn mit Ihrer Versicherung?«

»Mir egal. Ich habe genug Geld, falls ich die maltesische

Grippe bekomme und ins Krankenhaus muss. Außerdem gehe ich davon aus, dass der Gouverneur mich schon päppeln würde.«

Filth dachte, dass er genau das an Veneering immer verabscheut hatte: dass er Formulierungen wie »mich päppeln« benutzte.

Am Abend, bevor er zu seiner Kreuzfahrt aufbrach, kam Veneering mit einer Supermarkttüte voller angebrochener Lebensmittel, von denen er dachte, Filth könne sie noch gebrauchen, und er hatte auch eine detaillierte Aufstellung seiner Reiseroute dabei. Filth brachte die Lebensmittel in die Küche und warf sie schnurstracks in den Müll. Dann ging er ins Wohnzimmer zurück und fragte: »Wozu?«

»Dann kann man mich im Notfall benachrichtigen.«

»Sie meinen, Sie wollen informiert werden, wenn ich ins Gras beiße?«

»Ja, natürlich.«

»Und dann kommen Sie zu meiner Beerdigung zurück?«

»Das nicht. Ich würde wahrscheinlich ein Blümchen schicken. Aber ich würde später zum Gedenkgottesdienst kommen. Der wäre ja erst Monate danach, und ich könnte in Ruhe meine Eroberungen machen. Aber doch, ja, ich würde es wissen wollen.«

Dann merkte er, was er da gesagt hatte. »Nicht, dass ich je ein Schürzenjäger gewesen wäre. Nie. Ich war immer ein ernsthafter Mensch – deswegen war mein Leben auch so anstrengend. Egal, wie es nach außen hin gewirkt haben mag. Ich weiß, wie man eine Frau liebt.«

Er hatte sich tatsächlich noch tiefer hineingeritten.

Filth saß stumm da. Jetzt war Veneering zu weit gegangen. Nicht nur seine Gesundheit war wiederhergestellt, sondern auch seine eitle Geschmacklosigkeit. Er war immer noch der alte Mistkerl.

»Ich begleite Sie noch nach Hause.«

»Oh.« Veneering hatte noch gar nicht gehen wollen. Er roch Filths Abendessen auf dem Herd.

»Ich muss vor der Dämmerung noch mal eine Runde raus«, sagte Filth. »Kommen Sie.« Er nahm seinen Spazierstock aus dem Schirmständer und sah (verdammt!), dass er vergessen hatte, Bettys rosa Schirm wegzuräumen. Und (verdammt, verdammt!) als er Veneering die Tür aufhielt, entdeckte der den Schirm und (verdammt noch mal!) *berührte* ihn.

Filth stieß sein sonderbares Brüllen aus. Er ging hinaus und führte Veneering nicht in Richtung der Straße, sondern ans Ende des Gartens, am Tulpenbeet vorbei, am immer noch winterlich kahlen Obstgarten, an Bettys immer noch wundervollem Gemüsegarten, ihrem Teich, ihrem Gehölz, und dann waren sie irgendwie wieder am Haus, aber diesmal an dem steilen Weg, der hinter einem Schuppen den Hang hinaufführte.

»Das ist das alte Plumpsklo«, sagte Filth. »Ich zeige Ihnen eine Abkürzung nach Hause«, und dann kletterte er den rutschigen Hang hinauf wie ein Junge.

Veneering folgte ihm auf allen vieren.

»Großer Gott, wohin gehen wir denn?«

»Zur Straße«, sagte Filth. »Am besten geben Sie mir die Hand. Als dies hier noch ein einfaches Cottage war, gab es da vorne eine Öffnung zur Straße. Man musste nur durch … Kommen Sie schon.«

Veneering zögerte, aber irgendwann standen sie in der aufziehenden Dunkelheit an der Straße.

»Einmal habe ich Betty hier aufgelesen«, sagte Filth. »Vor langer Zeit. Sie war sehr krank gewesen und hatte irgendwie dieses Cottage gefunden. Ein Taxi hat sie vom Bahnhof hierhergebracht, und sie war ganz allein hier. Ich weiß nicht mehr, wie lange. Es kam mir ewig vor. Ich konnte sie nicht anrufen. Sie hat meine Briefe nicht beantwortet. Ich war mitten in dem Stauseeprojekt. Sie erinnern sich.«

»Na, das konnten Sie ja auch nicht einfach allein lassen.«

»Nein? Nun ja, ich frage mich … Sie war verschwunden. War sie mit Ihnen zusammen, Veneering? Und gar nicht da unten?«

»Ich schwöre, nein. Ich war doch auch in dem Stauseeprojekt, wissen Sie nicht mehr?«

»Was weiß ich nicht mehr? Dass Sie es Ihrem Juniorpartner überlassen haben? Da macht man sich schon Gedanken. Ich habe sie gesucht. Am Ende habe ich sie auch gefunden, hier auf der Straße, in so einem braungoldenen Seidending, klatschnass, den Koffer neben sich. Ich bin verdammt noch mal durch sämtliche Donheads gekurvt. Ich dachte schon, ich sehe sie nie wieder. Als ich sie gefunden habe, hat sich ihr nasses Gesicht richtig aufgehellt vor Freude. Sie hat gestrahlt, als sähe sie mich zum ersten Mal. Da wusste ich, dass ich mir wegen Ihnen nie wieder Sorgen zu machen brauche.«

Veneering sagte: »Ich muss meinen Koffer fertigpacken.«

»Aber«, sagte Edward Feather QC, Rechtsgelehrter, » – ich begleite Sie noch nach Hause – aber sie hat die Wahrheit über *mich* nie erfahren. Die beiden Nächte, nachdem Betty und ich uns in Hongkong verlobt hatten, habe ich mit dem Mädchen verbracht, von dem ich seit meinem sechzehnten Lebensjahr besessen und fasziniert war. Sie war zufällig in Hongkong. Ich wusste überhaupt nicht, dass sie Betty kannte. Ich habe sie gar nicht mit dem Mädchen in Verbindung gebracht, mit dem Betty unterwegs war. Ich wusste nicht mal, dass sie und Betty und Amy auf derselben Schule gewesen waren. Bis zu Bettys Tod nicht. Und dann habe ich herausgefunden, dass Betty und Isobel zusammen in Bletchley Park waren. Betty hat sie immer Lizzie genannt.

Als ich Isobel wiedergefunden habe, damals in Hongkong, kurz nachdem ich Betty das Versprechen abgenommen hatte, mich niemals zu verlassen, habe ich Betty komplett vergessen. Zwei Nächte lang war ich mit Isobel in meinem Zimmer im Peninsula Hotel. Ekelhafter und abstoßender geht es wohl nicht. Veneering? Das Einzige, was gleichermaßen widerlich gewesen wäre, wäre, wenn sie die Nacht mit einem anderen Mann verbracht hätte. Oder?«

»Das passiert. Solche Dinge.«

»Ach, es *passiert*? Aber nur, wenn man wirklich ein Schwein ist. Finden Sie nicht? Würden Sie das nicht sagen? Wenn Sie mal in sich gehen? Veneering?«

»Das ist mehr als ein halbes Jahrhundert her. Wir waren jung.«

»Ja. Aber ich habe ihr etwas Schlimmeres angetan. Ich wusste, dass sie Kinder wollte. Zehn, hat sie einmal gesagt. Ich hatte den Verdacht, unfruchtbar zu sein. Irgendwas mit – Mumps in der Schulzeit oder so etwas. Anscheinend habe ich Ross das erzählt, als ich in Afrika Fieber hatte. Ich erinnere mich nicht mehr. Niemand wusste davon, außer vielleicht Isobel.

Ich bin also wirklich kein Heiliger, Veneering. Sie hätte etwas zehnmal Besseres als mich verdient gehabt. Aber in dem Moment, als ich sie hier auf der Straße stehen sah, wusste ich, dass sie mich niemals verlassen würde. Sie waren nicht da. Auf Wiedersehen, alter Mann.« Und damit ging Filth wieder den Abhang hinunter.

Von unten, neben dem Toilettenhäuschen, rief er hinauf:

»Veneering! Es ist übrigens egal, wer von uns der Vater des Babys war!«

»Baby?«

»Das Baby, das sie verloren hat. Vor der Operation. Ihres oder meins, es hat nicht sollen sein. Viel wichtiger ist etwas ganz anderes. Betty hat keinen von uns beiden besonders geliebt. Der Einzige, den sie wirklich geliebt hat, war Ihr Sohn. Harry.«

»Ja«, sagte er, aschfahl im Gesicht. »Ja. Ich glaube, sie hat Harry geliebt.«

»Sonst hätte sie ihm kaum die zehntausend Pfund geschenkt.«

»Das ist gelogen! Das ist *gelogen*! Sie hat mir selbst gesagt, dass Harry sie nicht um Geld gebeten hat!«

Filth wurde gegen seinen Willen weich. »Das hat er bestimmt nicht. Betty hat immer gern gegeben, ob man sie gefragt hat oder nicht.«

Jetzt habe ich es ihm aber gezeigt, dachte Filth. Gewonnen. Am Abend ging er langsam die Treppe hinauf ins Bett und machte auf dem Treppenabsatz kurzatmig eine Pause. Schachmatt, dachte er.

Aber dann lag er im Bett, alle Knöpfe seines Pyjamas zugeknöpft, ein sauberes Taschentuch in der Pyjamatasche, und fragte sich, warum er kein Triumphgefühl verspürte. Keine Genugtuung.

Gut, dachte er. Ich werde wohl nie wieder von ihm hören.

Veneering kehrte tatsächlich nicht aus Malta zurück. Er brach sich an einem Felsspalt, der durch die wild wachsenden Abendlevkojen verdeckt war, die auf der ganzen Insel wuchern und sie im Frühjahr zum reinsten Paradies machen, den arthritischen Knöchel. In der Folge bekam er eine Thrombose und starb.

Als Edward Feathers die Neuigkeit erfuhr, sagte er: »Nun ja. Er war ziemlich alt. Er hat nicht gut auf sich aufgepasst. Aber das Schachspielen werde ich vermissen.«

Die maltesische Post war langsam, und so erhielt Filth in Donhead St. Ague etwa zwei Wochen später eine Postkarte. Darauf stand:

> Alles ist in goldenes Sonnenlicht getaucht [Ach, dann ist er doch in den Himmel gekommen?], und ich erhole mich prächtig. Wie schade, dass es Ihnen zu viel geworden wäre. Heute werde ich die einzige Süßwasserquelle der Insel besuchen (panta rhei und so), zusammen mit einem Mann, der behauptet, Sie hätten ihm mal angeboten, als Ihr Clerk zu arbeiten. Kommt mir unwahrscheinlich vor. Aber die Erinnerung belügt einen ja gerne mal. Ich freue mich schon auf unser nächstes Treffen. Herzliche Grüße,
>
> T. H. V.

Filth ging nicht zu Veneerings Gedenkgottesdienst. Das hätte er theatralisch gefunden. *Die große Versöhnung*. Dulcie würde ihm alles erzählen. Kate, die Putzhilfe, war ein bisschen ungehalten, sie fand, er hätte sich mit irgendwem ein Auto teilen können, aber er sagte: »Ich habe zu tun. Ich plane selbst eine Reise.«

»Na, hoffentlich keine Kreuzfahrt.«

»Nein, nein. Keine Kreuzfahrt. Ich denke darüber nach, an meinen Geburtsort zurückzukehren, nach Malaya. Heute heißt es Malaysia, das klingt wie Kopfschmerzen. Ich fliege.«

Sie schnappte nach Luft und rannte hinaus, um es dem

Gärtner zu erzählen, und Filth sah die beiden ins Gespräch vertieft, als er in seinem Arbeitszimmer am *Hudson* weiterarbeitete. Er dachte darüber nach, wer die Arbeit vollenden könnte, wenn er mal nicht mehr war. Veneering hätte nahegelegen. Nun ja.

Er vermisste Veneering mehr, als er zugab. Als das vulgäre Schild »Zu verkaufen« wieder an der Straße hing, versetzte es ihm einen Stich. Als aus dem hässlichen Haus wieder Lichter durch die Bäume fielen, hatte er gerade bei offenen Vorhängen ein wenig gedöst. Das freudige Gefühl beim Aufwachen flaute schmerzlich ab, als ihm einfiel, dass Veneering nicht dort sein würde.

»Sie können von meinen Sachen haben, was Sie möchten, falls ich nicht zurückkomme«, hatte er gesagt.

Filth hatte gesagt: »Ach nein, danke. Höchstens vielleicht die Schachfiguren.«

An einem warmen Herbstnachmittag machte Filth mit einer Tartandecke über den Knien ein Nickerchen im Garten, als er plötzlich eine Bewegung in einem der Obstbäume registrierte. Ein Nachbarskind fiel aus dem Baum und aß einen Apfel. Das Kind stromerte ungerührt über den Rasen, als wäre es hier der Hausherr. Filth hatte das Protokoll des letzten Runden Tischs im Temple Inn gelesen. Er hätte das Kind gern über die Hecke zurückgeworfen.

»Entschuldigung«, sagte das Kind.

»Du wolltest bestimmt deinen Ball zurückholen.«

»Ich habe gar keinen Ball.«

»Was hast du denn da in der Hand? Mal abgesehen von meinem Apfel.«

»Nur so alte Perlen, die habe ich in dem Blumenbeet da gefunden.« Dann verschwand es.

Ganz schön selbstbewusst, dachte Filth. Sir hätte ihn übers Knie gelegt. Dann: Was für ein Unsinn. Sir hätte ihm etwas über Äpfel erklärt.

»Behalt die Perlen!«, rief er. »Sie gehören dir!«

Am Abend, bevor er nach Malaya heimfliegen würde, überkam Filth eine solche Sehnsucht nach Betty, dass er sich hinsetzen und die Augen schließen musste. Zu seiner Sehnsucht gehörte auch das schlechte Gewissen darüber, dass er sie zu vergessen begann. Seine lange Sehnsucht zu vergessen begann. »Erinnerung und Sehnsucht«, sagte er laut. »Die muss ich mir bewahren, sonst ist es vorbei.« Dann dachte er: Oder sie ziehen lassen?

Es klingelte an der Haustür, und eine ernst dreinblickende Familie stand auf der Schwelle, Vater, Mutter, Sohn und Tochter.

»Dürfen wir reinkommen? Wir wohnen nebenan«, sagte der Vater (ein Gentleman, allerdings mit langen Haaren). »Wir müssen in einer ernsten Angelegenheit mit Ihnen sprechen.«

»Treten Sie ein.«

Sie kamen in den Flur. »Sebastian«, sagte der Vater, und der Junge streckte ihm Bettys Perlenkette entgegen.

»Er sagt, Sie haben sie ihm geschenkt. Wir wollen die Wahrheit wissen. Er sagt, er hat sie in einem Blumenbeet gefunden.«

»Hat er auch. Stimmt alles. Haargenau.« (Der Blick in den Augen der Eltern. Halten die mich für pädophil?)

»Wissen Sie, Sir«, sagte der Vater. »Wir glauben, dass diese Perlen wertvoll sind.«

»Ja. Das sind sie mit Sicherheit. Sie haben meiner Frau gehört. Sie hat sie von einem ehemaligen Geliebten geschenkt bekommen. Und dann hat sie sie weggeworfen. Törichte Person. Sie hatte von mir eine viel wertvollere Perlenkette. Meine sind ein Erbstück von einer Cousine, glaube ich. Diese – nun ja, ich bin froh, wenn ich sie nicht mehr sehen muss. Ich habe sie für mich immer ihre ›Schandperlen‹ genannt.«

»Also, wirklich, wir können doch nicht …«

»Ich verreise. Wenn Sie sich erkenntlich zeigen möchten – würden Sie in der Zeit ein Auge auf das Haus haben? Ich habe hier einen Ersatzschlüssel. Für den Notfall.« Er reichte ihnen den Schlüssel, der sich in ihrem Haus schon auskannte. »Ich habe gehört, Sie sind ›Ökos‹. Und Intellektuelle?«

»Ich nicht«, sagte das kleine Mädchen.

»Aber Dad schon«, sagte der Junge. »Er ist Dichter.«

»Schön, schön.«

»Und ich werde ein Bed and Breakfast aufmachen«, sagte die Frau. »Ich hoffe, es macht Ihnen nichts aus, wenn ich ein Schild in die Einfahrt stelle?«

33. Kapitel

Als er aus dem noch vibrierenden Flugzeug trat und den Fernen Osten roch, den heißen Flughafen, den heißen Urwald, die schweren Gerüche von Gewürzen und Menschen und tropischen Bäumen, da vergaß Filth alles andere und wusste, dass jegliche Erinnerung nun hinfällig und alle Sehnsucht erfüllt war. Mit Betty an seiner Seite sank er in die ewigen Arme. Das Mysterium und die Dunkelheit des Mutterleibs trugen ihn zurück an den Beginn von allem und an das Ende aller Bedürfnisse.

Seine Gedenkfeier einige Monate später am anderen Ende der Welt war vornehm, aber recht klein. Es war so lange her, dass Sir Edward Feathers praktiziert hatte. Die Jahre, in denen er mit dem *Hudson* allein gewesen war, waren lang und einsam gewesen, und er war so alt geworden, dass sich kaum noch ein Jurist persönlich an ihn erinnerte.

Dennoch tauchten ein paar Leute auf. In den Chorstühlen der Höheren Anwaltschaft saß der Lord Chief Justice, denn Feathers war zu seiner Zeit ein großer Name gewesen – da war der Lord Chief Justice vermutlich noch zur Schule gegangen. Der höchste Priester des Temple predigte über Feathers' Integrität und sein Engagement (»das wir heute zweifellos für altmodisch halten würden«), seine Tapferkeit im Zweiten Weltkrieg, seine lange, ruhige, glückliche Ehe. Seinen Charme. Er hatte sich von Politik ferngehalten und sich ganz den Grundsätzen des englischen Gesetzes verpflichtet. Einen solchen Mann gab es nicht zweimal … und so weiter.

»Wer ist das denn?«, fragte eins von Amys Kindern. Amys Kinder und Enkel sorgten für ein ziemliches Durcheinander auf den Bänken. »Direkt unter der Kanzel. Er sieht aus wie eine eingelegte Walnuss.«

Albert Ross war tatsächlich von einem Platzanweiser gebeten worden, sich nicht auf einen der Plätze zu setzen, die für die Angehörigen des Temple Inn reserviert waren, hatte dem aber keine Beachtung geschenkt. Ihm gegenüber saß auf einem ebenso prominenten Platz rechtmäßig ein Anwalt, der aussah wie in Aspik eingelegt, und starrte ihn an. Es war Fiscal-Smith, begleitet von der guten alten Dulcie. In seiner Brusttasche steckte eine billige Rückfahrkarte.

Gegenüber von Amys Familie, aber etwas weiter hinten, saßen Edward Feathers' Nachbarn. Die Mutter trug eine wunderschöne, doppelreihige Perlenkette. Mehrere Bänke hatten sich mit höheren Anwälten für Baurecht gefüllt, vor allem solchen aus der Kanzlei, die Sir Edward und die eingelegte Walnuss gegründet hatten. Einige Clerks waren da; einer von ihnen hatte im Kinderwagen gelegen, als Sir Edward eines Winternachmittags der Verzweiflung nahe ohne Arbeit in einem zugigen Korridor gesessen hatte.

Eine große, schöne, sehr alte Frau schlüpfte neben Amy in die Bank und sah niemanden an. Sie trug einen hellen Seidenmantel, und ihr Gesicht war rätselhaft.

»Wer ist das denn?«, fragte der Dichter. »Bestimmt seine Geliebte.«

Sie sangen die üblichen Lieder, »I vow to thee my country« war davon das unpassendste. England war nie Filths Land gewesen.

Hinterher versammelten sich alle draußen, um die Glocke

für jedes Jahr seines Lebens einmal schlagen zu hören, und es kam ihnen vor, als würde es gar nicht mehr aufhören. Es war Herbst, und unter ihren Füßen raschelten trockene, goldene Blätter.

Der Zwerg, die eingelegte Walnuss, ließ sich in seinen Rolls-Royce helfen. Er reichte dem obersten Clerk seinen großen Filzhut. »Ich brauche ihn nicht mehr«, sagte er. »Behalten Sie ihn in der Kanzlei. Das ist ihr Grundstein.«

»Kommen Sie nicht mit zum Leichenschmaus, Mr Ross?«

»Nein, ich muss meinen Flieger kriegen. Ich bin auf dem Weg nach Kabul. Auf Wiedersehen.« Er winkte wie ein gefeierter Held und war verschwunden.

»Ist das eine Pantomime?«, fragte eins der Kinder, und der Dichter sagte: »Sowas in der Art.«

In der Parliament Chamber der Inner Temple Hall floss jetzt der Wein, und der berühmte Hut wanderte von einer Hand zur anderen. Jemand sagte: »Angeblich hatte er da immer seine Spielkarten drin.«

»Ja, da ist ein Reißverschluss innen.«

Sie machten ihn auf und fanden die Spielkarten in der Innentasche.

»Da ist ja noch etwas. Was ist das denn?«, fragte der Junge von nebenan.

Es war ein kleines Päckchen aus Ölzeug, mit einem sehr alten Bindfaden verschnürt. Darin war eine Uhr.

Danksagung

Ich danke meinen lieben Freunden Charles und Caroline Worth, die die Hongkonger Topografie der 50er-Jahre zu verifizieren versucht haben – eine nahezu unmögliche Aufgabe –, und Richard Wallington, der mir zahlreiche Fragen über die höhere englische Anwaltschaft in Hong Kong beantwortet hat. Ich danke auch William Mayne für seine Informationen über Ostpakistan.

Mein Dank gilt überdies Richard Ingrams, der mich vor fast zehn Jahren um eine Weihnachtsgeschichte für die *Oldie* gebeten und dadurch Sir Edward Feathers QC aus den Tiefen meines Unterbewusstseins hervorgeholt hat, der seitdem drei Bücher und einen beträchtlichen Teil meines Lebens dominiert. Besonders dankbar bin ich meiner wie immer unentbehrlichen Lektorin Penelope Hoare. Sämtliche noch verbliebenen Fehler gehen auf mein Konto.

Und vor allem danke ich meinem Mann David Gardam, besonders für die Erinnerungen an unsere Reisen an Orte, deren Rechtsprechung bis heute englisch geprägt ist.

Jane Gardam
Sandwich
Kent
2009